2
MIZUNA present
illustration by Ruki
著 MIZUNA
ill. Ruki
やり込んだ乙
悪役
断罪は嫌なので
真っ当に生きます
TOブックス

Contents

illustration◆Ruki　design◆アオキテツヤ(musicagographics)

CHARACTERS

＜登場人物紹介＞

メルディ

主人公の妹でリッドとナナリーからは
愛称で『メル』と呼ばれている。
とても可愛らしく、寂しがり屋。
誰に似たのか、
活発、お転婆、悪戯好きな女の子。

リッド

本作の主人公。
ある日、前世の記憶を取り戻して自身が
断罪される運命と知り絶望する。
だが、生まれ持った才能と前世の記憶を活かして、
自身と家族を断罪から守るために奮闘する。
たまに空回りをして、周りを振り回すことも……。

ナナリー

ライナーの妻であり、主人公の母親。
不治の病である『魔力枯渇症』を患っており、
リッドとライナーの活躍により
一命を取り留め、現在闘病生活中。
本来はお転婆、活発、悪戯好きな女性らしい。

ライナー

立場上色々と厳しい事を言うが、
主人公の一番の理解者であり、
彼を導く良き父親。
ただし、気苦労は絶えない。
リッドを含め、家族をとても大切にしている。

クリス

バルディア領で『クリスティ商会』代表を
務めるエルフの女性。
感情豊かに走り回るキャリアウーマン。
リッドとの邂逅から、バルディア家お抱えの商会となった。

ダナエ

バルディア家のメイド。
実力や人柄などを考慮され、リッドとメルディの
身の回りを世話するメイドに認定された。
実は出来る子。

ルーベンス

バルディア騎士団の一般騎士。
高い剣術の持ち主だが、恋愛には奥手。
しかし、リッドの後押しで
幼馴染と付き合うことに成功する。

サンドラ

リッドの魔法教師。
少し狂気的な所があるが、様々な学問に精通している。
リッドと協力して、『魔力回復薬』の開発に成功。
ナナリーの危機を救う活躍を見せる。

スライム

レナルーテの魔の森に住む
最弱の魔物。
昨今レナルーテでは、シャドウクーガーと
いつも一緒にいるスライムの存在を
見かけることがあるらしい。

シャドウクーガー

レナルーテの魔の森に住む魔物。
昨今レナルーテでは、
シャドウクーガーとスライムの
珍しい番を見ることがあるとのこと。

ディアナ

バルディア騎士団の一般騎士。
実力は高く、剣術以外にも、
暗器、格闘術など様々な武術に長けており
ライナーからの評価も高い。
最近、幼馴染のルーベンスと
恋仲になった。

プロローグ　レナルーテ王国の会議

ダークエルフが治める国、レナルーテの城内にある本丸御殿では、帝国から返事としてきた親書の回答をどうするべきか？　という議題で会議が連日行われていた。この日も、会議は行われており、初老のダークエルフが玉座に座る王に対して、怪訝な面持ちを浮かべている。

「陛下、帝国から来た返事の親書をそのままお受けになるおつもりでしょうか？」

「……帝国の言い分は、約定通りだ。破っているわけではない。それに、今回の訪問は婚姻を決定するものでないとあったはずだ」

親書の内容はレナルーテの姫君と帝国貴族の婚姻についてである。勿論、会議に参加しているのは『密約』を知る上級華族だけだ。

「しかし、今の時期に帝国の辺境伯の息子。しかも、姫君と同じ年齢であれば決まっているも同然ではありませんか？　エリアス陛下もそれはおわかりのはずです」

「くどいぞ、ノリス。では、どうしろというのだ。バルスト事変における帝国と我が国の密約を知らぬとは言わせぬぞ。その状況下において帝国に何を言えるというのだ」

ノリスと呼ばれた男は、黒い髪に青い目をした初老のダークエルフである。見た目から察するに、かなりの高齢と思われ、ダークエルフながら顔には少し年齢を感じさせる印象があった。エリアス陛下と呼ばれた男性は、黒い髪と黄色い目をしているダークエルフだ。特に年齢を感じさせる要素はないが、威風堂々としたその姿は武士を彷彿させる。

二人はお互いに険しい顔をして激しく意見をぶつけ合っていた。そんな中、ノリスは畏まった面持ちで、じっとりと視線をエリアスに向ける。

「帝国との密約には『皇族もしくはそれに準ずる貴族』と確かに記載がありました。それであれば、帝国の皇族と我が国の姫君が縁談をするのが筋でございます。その上で破談となり『準ずる貴族』であれば私も納得致します。ですが、今回のようにいきなり姫君の相手が『準ずる貴族』となれば、我が国と姫君が軽んじられているとしか思えません」

彼の言葉に対して、エリアスは眉間に皺を寄せながら険しい面持ちを浮かべる。確かに、ノリスの言い分もわからなくはない。エリアス自身も密約があるとはいえ、娘は『皇族』と婚姻すると思っていたからだ。しかし、レナルーテが密約に沿った親書を帝国に送ると、帝国からの返答は辺境伯の息子をレナルーテに婚姻候補者として視察に行かせるという内容だった。これには、エリアスも驚いたが、『ライナー・バルディア辺境伯』の息子であれば悪い話ではないと思ったのである。

「ノリス、お前の言い分もわかる。だが、相手はあのマグノリア帝国において『最強の剣』と称えられている『ライナー・バルディア辺境伯』の息子だ。しかも、我が国と帝国の国境にある領地の貴族だ。これはこれで良い条件だと思わんか？」

帝国においての辺境伯は公爵と同等に扱われる位であることは、為政者では知らぬ者はいない。そして、かの国で有名なライナー・バルディア辺境伯とグレイド・ケルヴィン辺境伯は帝国における軍事力においては『剣と盾』と称される、二大巨頭の実力者だ。

数年前に起きたバルスト事変がようやく落ち着いてきたとはいえ、今後のことを考えると帝国の皇族や中央貴族と繋がるより、恐らくバルディア辺境伯の息子と婚姻したほうが実益はあるだろうと、エリアスは考えていた。

だが、ノリスの考えはエリアスとは全く違う。彼は帝国と結んだ、名ばかりの同盟。事実上はレナルーテが帝国の属国となる密約を結ばされたことにより、対等な立場で帝国と交渉出来なくなったことを非常に悔しがっていた。そして、機会があれば帝国と対等な立場になれるようにと、国内で彼同様に帝国との密約に不満を持っている華族を集めて、画策を続けている。

エリアスはそんな彼の動きをある程度把握していたが、粛清するようなことはしなかった。ノリスを泳がすことで、その密約に不満を持った勢力のガス抜きになるように利用しているのだ。

しかしその結果、ノリスはこの手の会議になるとなかなか引き下がらないのが、エリアスにとって悩みの種である。エリアスの言葉を聞いても、ノリスの表情に変化はなく、畏まった面持ちを続けていた。

「はい。陛下の言い分も、もっともでございます。ですが、私共と致しましては、皇族との縁談をしてからが『筋である』と進言しているのみでございます。皇族と姫君の婚約が破談となれば、是非ともバルディア家との繋がりは持ちたいと存じます」

エリアスは永遠とも思える議論の平行線に頭が痛くなってきて、そっと悩むように自身の額に手を添えて俯いた。

ノリスは皇子と姫君の縁談を諦めるわけにはいかず、一歩も引く気配はない。姫君と帝国の皇子との縁談を纏めれば、婚姻出来る可能性はゼロではないだろう。だが、会うことも出来なければ可能性はゼロだ。姫君が帝国の皇后になれば、将来的には帝国の中枢にレナルーテ寄りの為政者を生み出すことが出来る。

ダークエルフの出生率は低いが姫君と皇子の間に子供が生まれればさらに、強い権力を手に出来る可能性もあるだろう。ノリスの考えでは、帝国の皇族と姫君の婚姻は長期的に考えた『政争』であると位置づけていた。姫君との婚姻をきっかけに、帝国の中枢に入り込み、時間をかけてレナルーテを属国から解放する。いや、それだけでは生ぬるい。レナルーテが帝国を内部から牛耳るのだ。

ノリスは帝国から名ばかりの同盟、実質は属国という内容の密約を提示、締結された屈辱を忘れたことはない。だからこそ、自国の姫君を皇后にすることが出来れば、帝国に意趣返しも出来ると考えていた。

しかし、エリアスも馬鹿ではない。彼の考えていることに大体の想像がついていた。ノリスは自尊心が強く、レナルーテという国に生まれたことに加え、ダークエルフという種族に『誇り』を持っている。だからこそ、彼は属国となったことを非常に屈辱として感じているはずだ。

そして、ノリスの性格から察するに、姫を帝国に送り込みあわよくば、帝国の中央権力に入り込もうとしているのだろう。だが、現時点において帝国とレナルーテにおける『政争』の火種をわざわざつくる必要性は無い。むしろ、隣国バルストの脅威を考えれば、帝国との関係悪化は長期的に考えれば、むしろ悪手であるとエリアスは考えていた。

ダークエルフとしての誇りも大切だが、誇りを優先して国と民を王が犠牲にするわけにはいかない。その為、エリアスも彼の意見を受け入れるわけにいかず、一歩も引く気配はなかった。

平行線を辿る会議に、エリアスは大きいため息を吐くとおもむろに顔を上げて、ノリスを威圧するようにギロリと睨みつける。

「はぁ、ノリス……お前の言い分もわかるが、ライナー辺境伯の息子が、我が国を訪問することは決まったことだ。こちらが婚姻の時期を打診しておきながら相手が気に入らないからと、皇子を寄こせと言えば外交問題になるのはわかるだろう？　まぁ、辺境伯の息子に問題でもあれば別だが……」

平行線の話を延々としていて疲れていたのかもしれない。エリアスは自身の発言に失言があったことにすぐ気が付き、表情はそのままに心の中で舌打ちをする。当然、ノリスがその失言を聞き逃すわけがなく、彼はじっとりとほくそ笑んだ。

「……確かに、辺境伯のご子息が我が国の姫君に釣り合う器量があるかどうかは、調べて確認すべき事項ですな」

ノリスの言葉に対して、エリアスは表情を変えずに鋭い眼光でギロリと彼を睨みつけた。対して、ノリスはその視線に怯みもせず意地の悪い面持ちを浮かべると、自身の一派とも言える華族達に目配せをする。すると、あちこちから「確かに」「ノリス殿の言う通りだ!!」という声が上げられた。

エリアスは、自身の失言で会議の主導権がノリスに渡ってしまった事を悔やんだが、後の祭りである。額に手を添えて、首を小さく横に振ると観念した様子で彼はノリスに尋ねた。

「……何をするつもりだ？」

「いえいえ、他国の来賓に失礼な真似はできません。ですが、こんな趣向はどうでしょうか……？」

その後の会議はノリス達が主導権を握ることになる。エリアスは自身の失言を後悔しながら、会議に頭を抱え続けるのであった。

◇

長い会議が終わり、自室に戻ったエリアスは大きなため息を吐いた。

「ふぅ、娘を送り込んだところで、我が国が帝国と対等な立場になれるわけがなかろう……」

帝国が皇子と姫の縁談を纏めなかったのは、恐らく属国となったレナルーテの姫君と皇子を結婚させたところで帝国側にメリットなどないからだ。恐らく、帝国中央にいる貴族達が王に意見したのだろう。帝国の上級貴族達は優秀な人材が多い。もちろん、全員ではないが、少なくとも公爵、辺境伯達は一癖も二癖もある強者ばかりだ。エリアスは帝国の強かさを、バルスト事変で嫌と言うほど知っている。エリアス自身、属国ではなく同盟で留めようと必死に交渉したが、帝国が折れることはなかった。

彼等はレナルーテの選択肢が一つしかない事をわかっていたからこそ、一切譲らなかったのだ。国として滅亡するか、属国として生き残るか。王として非常につらい判断をすることになってしまったが、幸い帝国は密約を含め約束を守る国だった。バルストに対しても、強く圧力をかけて拉致された自国の民を救ってくれたのだ。故に、レナルーテ国内の国民は帝国に対してとても友好的である。その時、帝国と密約を結んで正解だったとエリアスは初めて安堵した。

勿論、エリアス自身、国として属国の立場を改善したい気持ちもある。しかし、帝国の属国であることをやめれば、またバルストとのいざこざが発生するだろう。そう考えると、抑止力も含んだ「帝国の傘」は、国家間においての一つの手札になると気付いたのである。恐らく、ノリス達もそれには気付いているのだろうが、独立国としてやってきた歴史とダークエルフの誇りが邪魔をして認めきれないのだろう。

「ふぅ……難儀だな……」

エリアスは先程の会議と今後の事を考え、額に手を添えながら人知れず疲れた表情でため息を吐く。それから間もなく、ドアがノックされたことで、エリアスは表情を引き締めた。そして、返事をしたところ、「失礼します」とダークエルフの少年が部屋に入ってくる。彼は、エリアスと同じ黒髪と黄色い目をしており、顔も整ったダークエルフだ。

「父上、会議お疲れ様でございました」

「レイシスか、どうした。何用だ」

エリアスの部屋を訪れて来たのは『レイシス・レナルーテ』。彼はエリアスの息子であり、レナルーテ国の第一王子である。彼は父親の問いかけに対して、畏まった面持ちでおもむろに口を開いた。

「父上、妹を……ファラを婚姻という名のもとに、やはり帝国に人質として差し出すおつもりなのでしょうか？」

思いがけない息子の言葉に、エリアスは眉を顰めて険しい面持ちを浮かべる。

「……そのようなことを誰がお前に言ったのだ？」

息子に問いかけながらも「大方、ノリスだろう」とエリアスは内心では当たりを付けていた。レイシスの母親は遠縁だがノリスとも血の繋がりがある。ノリスが昨今、政界において発言力が強くなっているのもそのような背景があった。

「……誰でも良いではありませんか。重要なのは妹が国外に人質として嫁に出されるということです。何故、そこまでする必要があるのですか？　ファラはまだ六歳です。国内外でも六歳で婚姻出来る国などありません」

彼は父親の問いかけを厚顔で受け流すと、そのまま自身の意見を主張する。彼は八歳にしては中々聡明であり、武術の才もあり将来有望という評価を国内では受けていた。しかし、レイシスは帝国とレナルーテが結んだ密約についてはまだ知らされていない。いずれは密約についても知るべきだろうが、今はまだその時ではないだろう。

エリアスは息子の厚顔な態度と言葉に渋面を浮かべた。

「国同士の繋がりだ。何事にも例外はある、私とて自分の娘を意味もなく他国に嫁がすわけではない。お前もいずれ王となるのだ。言葉の裏に潜む意図の理解や状況から推察できることから仮説を立てる力を身につけろ」

父親の言葉に対してレイシスは、険しい表情を浮かべると怒気を込めた言葉を吐き捨てた。

「それでも、納得出来ません!!」

(息子とはいえ王子たるものがこうも簡単に感情を出してしまうとは、まだまだ子供か……)

エリアスは心の中で呆れたように呟くと、額に手を添えて首を横に振り諭すように言った。

「自室で頭を冷やせ」

「……出すぎた事を申しました。失礼致します……!!」

レイシスは悔しさに顔を歪めて一礼すると、エリアスに背を向けて部屋から出て行った。

「ふぅ……奴のこともそろそろ考えんといかんな」

レイシスが出て行くと、エリアスの深く重いため息が部屋の中に響くのであった。

◇

レイシスは部屋を出た後、父親に言われた通り頭を冷やそうと自室に向かっていた。その時、正面から妹のファラ・レナルーテとその従者がやって来ることに気付き、レイシスは妹が近付いて来ると、ニコリと微笑みながら問いかける。

「ファラ、どうしたのだ？　こっちまで来るなんて珍しいな」

「兄上、ごきげんよう。母上に部屋に呼ばれましたので、向かっていたところなのです。兄上こそ、どうしてこちらに？」

ファラは兄のレイシスに対して、綺麗な所作で丁寧な挨拶を行った。レイシスは彼女の言動に、嬉しそうな笑みを見せる。

「そうか、エルティア様からの呼び出しか……。いや、私は、父上と話していてね。でも、頭を冷やせと怒られてしまったよ」

「そうなのですか？　父上がお怒りになるのは珍しいですね」

兄の言葉に、彼女はきょとんとして、首を軽く横に傾げる。

ファラは紺色の髪に朱赤の瞳をしたダークエルフだ。小さいながらとても可憐であり、母親の容姿からしても将来は美人になるであろうことが想像に難くない少女である。そして、その容姿を際立たせているのが、歳不相応と感じるまでの綺麗な所作だ。

彼女は兄から見ても可憐であり、自慢の妹であった。だからこそ、王子として、兄として、家族として彼女を守りたいという気持ちが強い。そんな思いが、自然と妹を見ているレイシスの眼力を強くする。対して、ファラはその目線に少し困惑しつつニコリと微笑んだ。

その時、二人のやりとりを彼女の横に控えて見ていた従者が、ファラにそっと声をかけた。

「姫様、差し出がましいようですが、急がないとエルティア様に怒られてしまいます」

「ああ、そうでしたね。……では、兄上失礼いたします」

彼女は従者の言葉に頷くと、レイシスにペコリと綺麗な所作で一礼する。

「引き留めてすまない。エルティア様にもよろしく伝えてくれ」

ファラは顔を上げると兄の言葉に、顔を綻ばせた。そして、そのままその場を従者と共に去っていく。二人の後ろ姿をその場で見送ったレイシスは「必ず……俺が妹を守ってみせる……‼」と一人呟くのであった。

リッドの自室にて

「ふぅ……僕の将来の断罪回避に向けて、まずは第一歩を踏み出せた。という感じかな」

誰もいない自室で僕は机に座りながら、感慨深げに呟いた。

突然だけど僕『リッド・バルディア』は、ある日『前世の記憶』を唐突に思い出したのである。

これは一種の『転生者』と言っていいだろう。そして、奇妙な縁だけど、僕が今いるこの世界は、『前世の記憶』にある『ときめくシンデレラ!』略して『ときレラ!』という乙女ゲームの世界に酷似している。

この世界にある各国の名前。僕が住んでいる国、マグノリア帝国の皇帝の名前なども前世の記憶にあるゲームと全く同じなのだ。

だけど、違う事も多々ある。それは、魔法における発動条件や修練などだ。ゲームの世界だと、ダンジョンで敵を倒せば経験値がもらえてレベルアップだが、この世界では日々の修練がモノを言う。何も努力しないと、本当に何もできないままなのである。だから僕はいま毎日、魔法や武術、学問全般などを学ぶ忙しい日々が続いていた。

しかし、何故そんなにも頑張る必要があるのか? それは僕が、『ときレラ!』の世界において、このまま何もせずに大きくなると『断罪』される運命にあるからだ。

『ときレラ！』は乙女ゲームであり『悪役令嬢』という、ゲームを遊ぶプレイヤーにとってのお邪魔キャラともいうべき存在がいる。僕、リッド・バルディアは本来であれば『悪役令嬢』の派閥に加わることになる『悪役モブ』だ。キャラのイラストなどはなかったが、名前だけ出てきて悪役令嬢と一緒にゲームの主人公達、つまりプレイヤーの邪魔をする存在だったのである。

そして、悪役令嬢がプレイヤーによって倒される時、僕も一緒に断罪されてしまうというわけだ。その事を思い出した時は絶望したけど、僕は『僕自身』の可能性を思い出したことで、そこに活路を見出した。

実は、『ときレラ！』という乙女ゲームは、『本編はおまけ。クリア後に出来るフリーモードが本編』と言われていた。というのも、乙女ゲームの恋愛要素よりも、レベル上げ、ダンジョン、領地戦など様々な要素のバランスが絶妙であり、しかもクリア後のフリーモードにおいては本編で使えなかったキャラクターも使えるようになるのだ。その時、『リッド・バルディア』も使用可能となる。

そして、悪役モブとして本編には全然出てこないのに、リッド・バルディアは魔法を使用する際に必要となる『属性素質』を全部所持している。さらに、初期能力は低いけど、育てきると最強クラスに強くなるという強キャラだったのだ。その分、ゲームでは育てるのに時間がかかったけどね。

そこで僕は、将来訪れる断罪にそなえて自分自身を今のうちから鍛え上げることにした。ちなみに、今の僕はまだ六歳だ。断罪される正確な年齢はわからないけど、今から約十二年後ぐらいなのは間違いない。その為、僕は日々の鍛錬を欠かさないようにしている。

しかし、僕が何故『前世の記憶』を取り戻したのか？　恐らく、そのきっかけは『母上』だと思う。

僕の母上は、この世界で不治の病と知られる『魔力枯渇症』を発症している。だけど、前世の記憶を取り戻したことで、僕はその病を治せる薬や病状の進行を遅らせることができる薬の知識を得ることができた。

そして先日、母上があわや亡くなるという状況になった時、その薬を作製していたおかげで母上は一命を取り留めることができたのである。しかし、母上はまだ完治していない。完治する為には、また別の薬が必要だからだ。その薬の原料はどこにあるのか？　その目星は、前世の記憶からすでに付いている。マグノリア帝国の隣国であるレナルーテだ。

「記憶を取り戻した時は困惑したし、一時はどうなるかと思ったけど……母上の病がようやく快復の一歩を踏み出したんだ……。見てろよ、悪役モブとその家族の大逆転を絶対にやってやる……!!」

誰に聞かせるわけでもなく、僕は僕自身を奮い立たせるように決意を口にする。様々な事を思案していたその時、特殊魔法の『メモリー』にあるお願いをするつもりだった事を思い出した僕は、早速彼を呼び出すのだった。

◇

「リッド……何なの、この記憶!!」

僕は自室で、先日覚えた魔法を試していた。その魔法は、『前世の記憶』を呼び起こす為に編み出した特殊魔法『メモリー』だ。魔法の使用方法は心の中で『メモリー』と呼ぶと彼が反応してくれる。さらに欲しい情報を伝えると、メモリーが該当する記憶を前世も含めて捜してくれるというものだ。なお、彼と会話できる状態になっていると一定時間ごとに魔力が消費される。その仕組みを理解した時は前世の記憶にある携帯電話の通話料と一緒だと思った。

さて、僕はいまメモリーに怒られている。何故、頭の中にメモリーの怒号が響くのか？　それはついさっき捜すようにお願いした前世の記憶にあった。ちなみに、お願いしたのは前世の『ときレラ！』の記憶だ。というのも、実は前世において僕は『おまけ要素のフリーモード』ばかりしていたから、そんなに本編を覚え込むほどやっていなかった。せいぜい本編で覚えているのは主人公達の名前ぐらいだ。それも、名前だけで苗字まで覚えていない。

ただ、シンデレラストーリーということで、すべての攻略対象が様々な国の王族に連なる面々だったのは何となく覚えている。マグノリアの皇族しかり、確か今度行く予定のレナルーテの王族にも攻略対象はいたはずだ。確か王子の名前は『レイシス』だったと思う。ゲームだと万能キャラで、鍛え上げると結構使いやすい感じだった気がする。キャラの育成に付随してくる情報に関してはこんな感じで覚えているんだけど……。

しかし、肝心の『レイシス』がメインとなる本編ストーリーをよく覚えていない。そして、僕が覚えていない理由にも実は心当たりがあった。ただ、それをメモリーにあえて言わずに頼んだ結果、彼の怒りを買ったわけだ。

「えぇ……でもメモリーが情報集められるって言ったよね？」

僕は、とぼけた様子で彼に返答する。もちろん確信犯だ。

「……リッド、君わかって言っているよね？」

「そうかぁ、やっぱり厳しいかぁ……」

残念な気持ちが一杯な感じで僕は呟いた。さすがに厳しいよねぇ。

「当たり前だろ!! 君、本編でほとんど『未読スキップ』を使っているじゃないか!! 記憶を遡っても出た情報がぼろぼろの紙屑状態なんだから……こんなの引き出すなんてさすがに無理だよ!!」

そうなのである。前世で『ときレラ!』を一応は全クリしたけど、本編は少しやった後に読むのが面倒くさくなって、未読スキップ【ON】にして進めたのだ。

ちなみに、未読スキップ機能について簡単に説明すると、乙女ゲーや美少女ゲーと言われる部類には、様々な攻略対象のキャラがいる。その為、何度も周回プレイするのが前提だ。だけど、攻略対象のルートに入るまではある程度同じストーリーが描かれる。だから、一度読んだストーリーを早送り出来る『スキップ』という機能があるのだ。

ただ、一度も読んだことがない『未読ストーリー』は誤って飛ばさないように、初期のシステム設定では『未読スキップ』は【OFF】になっている。そして、この設定は意図的に解除することが出来るのだ。その方法とは、システム設定で未読スキップを【OFF】から【ON】にするだけ。

これさえ使えば、既読だろうが未読だろうがすべてスキップできるようになる。つまり、次の選択肢まですぐにたどり着けるのだ。

僕は前世で『ときレラ!』をしていた時にストーリーについては、途中からほとんど未読スキップを【ON】にしていた。スキップ機能を使うと、ゲームに表示される文面は目で追えない速度で流れていくので、理解するのはほぼ不可能だ。それが、こんな形でしっぺ返しを食らうとは思わなかったけどね……。

では何故、僕は『僕自身』のことを覚えていたのか？　それは、本編クリア後に遊べるフリーモードにおいて、前世の僕は『僕自身』を使い込んでいくうちに、本編で僕というキャラがどんな立ち位置なのだろう？　と、興味が湧いてネットの攻略サイトやらなんやらで『僕自身』のことを調べたからだ。フリーモードでは鍛えれば大化けするのに、本編での不遇で雑な扱いに前世の僕は笑っていたが、今は笑えない。

「うーん……なら、この機会にメモリーが調べられる記憶について詳しく教えてもらってもいい？」

実際、メモリーに記憶を捜すお願いをしたのは今回が初めてだし、今後も彼に頼ることが多くなるはずだ。何が、何処まで可能なのか確認しておいたほうが良いだろう。

「はあ……、わかった。今回の件は僕も詳しいことを伝えていなかったからね」

頭の中でメモリーの声が響き始め、説明が始まった。結論としては、『前世で見聞きしたもの』すべての記憶があるという。

ただし、彼が情報として持ち出せるのは、その中でも意識的に見聞きしたものだけだということだ。例えば、ネットなどの動画を『見る』という意識で視聴したものに関しては大体引っぱり出せる。しかし、右から左に流して意識的に聞いていなかった会社の上司の愚痴などの詳細は引っぱり出せない。つまり、どれだけ前世の僕が集中して意識的に見聞きしていたか？　ということが重要らしい。

意識的に見聞きしたことであれば、前世の僕が幼い頃の記憶も持ち出せる。だけど、大人になった後でも意識せず垂れ流しで見聞きした情報は引き出せない。また、記憶が曖昧な情報をどうしても引き出す場合にはかなりの時間が必要になるそうだ。

「前世の記憶で曖昧な情報を正確に引き出すのは、シュレッダーされた大量の紙屑からプリント一枚を復元するようなものだよ？　君ならこの例えがわかるだろう？」

メモリーは僕の前世の知識も使って説明してくれている。それで最初の『ぼろぼろの紙屑状態』というわけか。

「つまりさ、記憶っていうのはファイリングのようにまとめられているものと、シュレッダーのような紙屑みたいになっているものがある。ファイリングされているものはすぐ出せるけど、紙屑の記憶は復元するのが大変で引き出すことが難しい。最悪不可能ってことでいい？」

僕は聞いた内容を自分なりに咀嚼してまとめると確認するように問いかけた。

「うーん。とりあえず、そんな感じかな？　どちらにしても、君が未読スキップで飛ばした情報を引き出すのはかなり大変。すぐ出来るものじゃないよ。しろと言われればするけど、期待しないでほしいって感じかな。どうする？」

なるほど、時間はかかるけど不可能ではないのか。それなら、手掛かりは少しでもほしい。

「じゃあ、大変だろうけど、お願いしてもいい？」

「わかった。やってみるけど期待しないでね。ほかに捜す記憶はあるの？」

僕は思案してから、とりあえずはその情報だけ今回は捜してほしいと伝える。

「はぁ……『未読スキップ』した記憶についてやるだけ、やってみるよ。でも、期待しないでね？　じゃあ、またね」

彼の返事が頭の中に響くと、それ以降は声が聞こえなくなった。僕は、頑張ってね。と心の中で呟くと「ふぅ」と息を吐きながら天を仰ぐ。その瞬間、「にーちゃま、なにしているの？」と可愛らしい声が部屋に響き、僕はビクっとして思わず振り返る。すると、そこにはドアノブに手をかけながら怪訝な顔をしているメルがいた。

「にーちゃま、だいじょうぶ？　ずっとはなしごえがへやのそとにきこえてきたよ？」

なんと、気付かないうちに声を出してメモリーと話していたらしい。僕は困ったような顔をしながら、いま見聞きした事をメルに秘密にしてほしいと頼んだ。というか、メルに秘密にしてもらっていることが多い気がする。

「いいけどまた、えほんをよんでくれる？」

「わかった。いいよ」

「にーちゃま、やくそくね」

僕がニコリと微笑むと、メルも可愛く微笑んでくれた。でも、なんで僕の部屋に入ってきたのだろう？　気になった僕は軽い感じで聞いてみた。

「うーんとね。さいきん、にーちゃまとあそべてないからへやにきたの。でも、どあをのっくしてもへんじがなくて、こえしかきこえなかったから、どあをすこしあけてのぞいたの」

なるほど、そしたら僕が独り言をずっと続けていたから声をかけてくれたわけか。そういえば、最近はメルに絵本を読んでいなかった気がするな。ふと、メルの表情を見るといつもより少し寂しそうな感じがする。その顔を見て、僕は今日、メルと過ごすことに決めた。

「よし!! メル、今日は久しぶりに僕とたくさん遊ぼうか？」

「いいの!? にーちゃま、だいすき!!」

メルは嬉しそうに僕に抱きつきながら満面の笑みを浮かべていた。そして、その日はメルにずっと、絵本を読むことになる。気付けば、以前と同様に声色の使い過ぎで声がガラガラになってしまった。ただ、メルは絵本をとても喜んでくれて、可愛い笑顔を僕に向けてくれている。

明日からまた頑張ろう。僕はそう思いながら、今日をメルと楽しんだ。

新たな武術

「リッド様、もっと私の動きをよく見てください!!」

「……!! クッ!!」

言われた事に反応しながらルーベンスの手、足、目線など一挙一動を感じながら必死に彼の木剣による斬撃を躱す。しかし、木剣を躱すと今度は蹴りが来たり、直接つかもうとしてきたり何でもありだ。僕は今、屋敷の訓練場でルーベンスに稽古をつけてもらっている。手加減はしてくれているが、彼は集中して躱せるギリギリの所を攻めてくるから、訓練中は集中力を切らしてしまうと大けがに繋がりかねない。そんな、激しい実戦みたいな稽古だった。

しかし、さすがにこれだけの動きをしているとすぐに息が上がってくるので、タイミングを見計らって彼は休憩を入れてくれる。

「リッド様、休憩にしましょう」

「ハァ…ハァハァ……きつーい!!」

『休憩』で動きを止めるとその場で汚れるのもいとわず、仰向けで大の字に寝転んだ。彼はそんな僕の様子を微笑んで見ている。

「でも、リッド様はやっぱりすごいですよ。その年齢であれだけの動きが出来れば十分です。あとは経験を積めば、どんな相手でもある程度の対処は出来そうですね」

「そう? ハァ…ハァ…ありがと……」

返事をするのも億劫になるほどにへとへとだ。何せ、ずっと集中して相手の動きを見続けなければならない。さらに最近だと、痛みに慣れる訓練も追加されている。

ルーベンスに笑顔で「仰向けに寝転んでください」と言われた通りにしたあと、初めて腹に重しを落とされた時は「グホッ」と腹を押さえて悶絶してしまった。子供にすることじゃない!! と、この時ばかりは思った。だけど、「これも立派な訓練ですから」とルーベンスはどこ吹く風だ。それでも、何度かするうちその訓練にも体が慣れてきた。

ここまでの動きが出来るのも、僕に元々ある身体能力が高いおかげだろう。改めてそのハイスペック、『天賦の才』とも言うべきか、ともかく感謝しかない。そんなことを思っていると、ルーベンスがおもむろに興味深いことを呟いた。

「ふむ、リッド様なら魔力による身体強化の訓練をそろそろしても良いかもしれませんね」

「……⁉　魔力による身体強化……⁉」

僕は仰向けの状態からむくりと起き上がり、先ほどまでの疲れを忘れて目をキラキラ輝かせて彼を見つめる。魔力による『身体強化』なんてものがこの世界にあったとは知らなかった。前世の記憶にもそんなものはないし、サンドラからも聞いたことは無い。実は自分でもなんとなく試してみたことはあるが、うまくいかなかったのだ。魔力と体がうまく馴染まず、ただ魔力を垂れ流すだけで終わってしまったので一旦諦めた。そんな、僕のキラキラした目にルーベンスは、少し引きつった顔をしていたが咳払いをして説明をしてくれる。

魔力による身体強化が扱えるようになる条件は主に二つ。
①魔力変換が扱えること。
②一定以上の武術を扱えること。
魔力変換はわかるが『武術を扱える』というのがよくわからない。免許皆伝的なものだろうか？　説明を聞いて怪訝な顔をしている僕を見たルーベンスは、苦笑しながら説明を続ける。

「武術という言い方をしましたが、要は体の動かし方をどれだけ熟知しているかです。魔力だけを体に纏っても、体の動かし方を熟知していない限り魔力による身体強化は発動できません」

ルーベンスの話を僕は興味深げな顔で聞いている。なるほど……だから以前、自分でやった時は身体強化がうまく発動しなかったわけか。自分だけで試した時は、今みたいに激しく体を動かすことはまだできなかった。でも、気になることもあったので僕は彼に質問を投げかける。

「うーん。でも、魔法に必要なのは魔力とイメージだよね？　なら、強くなる体をイメージすれば身体強化は出来そうだけど……それじゃ駄目なの？」

「はい。強くなるイメージだと漠然としすぎるので発動には至りません。それに、身体強化には魔法の発動に必要なイメージを無意識に近い形で継続しないといけないからです」

なんだって……無意識で常に発動しないといけない？　かなりレベルが高そうだけど、そんなこと可能なのだろうか？　僕が難しい顔しているのを見た彼はそのまま説明を進めていく。

「無意識と言っていますが、ようは感覚的なものですね。全身に魔力を流しながら体の動きと魔力が連動していくイメージと感覚を掴むのです。ただこれを会得する為には、自分の体の動きを把握出来ることが大前提ですね。自分の体がどう動くのか把握も出来ていなければ、魔力がついてきませんから」

「ふむ……つまり、体の連続する動きの把握と予測。そして、連続する動きの判断が無意識レベルに出来ないと、魔力が体に付いて来ない感じなのかな？」

僕の言葉にルーベンスはニコリと微笑むとおもむろに頷いた。

「そうですね。恐らく、難しく言うとそんな感じかもしれません。でも、私たち騎士は『魔力を考えるより感じろ』と、よく言われますね」

なるほど、確かにその通りかもしれない。魔法だと形を作って、イメージを完成させれば無詠唱魔法が使えるようになる。身体強化は無詠唱で使うのが前提だから、この場合は形となる体の動きがある程度完成してないと魔力があっても発動が出来ないということだろう。

身体能力についてもある程度の完成が求められるのなら、サンドラが使えないのはしょうがないかもしれない。彼女は研究ばかりしていたと言っていたから、恐らく身体能力はそんなに高くない気がする……多分。僕が考え込んでいると『パン!!』と手を叩く音が聞こえた。

「ささ、考えるのはここまでにして、身体強化の特訓をしてみましょう。使えるようになれば、恐らくリッド様に敵う同年代は然う然ういないはずですよ」

ルーベンスが楽しそうに微笑んでいる。同年代で僕に敵う相手がいない……か。ちょっと、男心が擽られるな。よし、とりあえず頑張ってみよう。

「わかった。それで、どうすればいいの?」

「まずは魔力を体全体に巡らせてひたすら、訓練場を周回します。魔力と体の動きが同期してくると通常の動きでは、ほとんど息があがることはありません。まず、その感覚を掴みましょう!!」

「訓練場をひたすら走る……ね」

ルーベンスは身体強化を会得する方法を最後はどや顔で教えてくれる。だけど、色々聞いたことをまとめると、僕が身体強化を覚える方法の第一印象は『スポ根』だった。しかし、彼の言葉の中で引っ掛かりを感じた僕は、怪訝な表情を浮かべて質問をする。

「……ルーベンスの説明に体の動きと同期すると息があがることがないって言っていたけど、それって普段から僕の訓練でも使っていたの?」

「あ、気付かれました?」

彼は悪戯な笑みを浮かべている。なるほど、道理でいつも長時間の訓練をしても彼は息があがらないわけだ。かたやスタミナが半無尽蔵。対してこちらはスタミナが有限。そんな状態で訓練してもルーベンスには勝てるはずもない。そう思うと、今まで必死に彼に勝とうとしていたことが、実はアンフェアで理不尽な稽古だったような気がするのと同時に、悔しさが押し寄せてくる。この時、僕の中にある反骨心と負けん気に火が付いた。

「ふ、ふふふ……」

「り、リッド様？」

僕は不敵な笑みを浮かべ、母親譲りの黒いオーラを『オォォ……』と出し始める。

「……身体強化を使えるようになったらルーベンスを必ず倒すからね？」

彼は僕の言葉が意外だったのか、さも楽しそうに挑発的な『キメ顔』をして僕を見据える。

「出来るのであれば、是非してください……」

その言葉を吐いたことを絶対に後悔させてやる。と、心に誓った僕は訓練を開始すると早速、魔力を全身に纏うイメージで訓練場を走った。最初は今まで通りと変わらなかったが、しばらく走り込むと魔力が全身に行き渡っているような、そんな感覚を感じ始める。それからは息が楽になりいくら走っても息も切れず、疲れにくくなった。ルーベンスにそのことを話すと、彼は目を丸くして驚いた表情を見せる。

「感覚を掴むのが、早過ぎます……」

「そうなの？　でも僕はサンドラと魔法の練習はかなりしているから、それも関係あるんじゃない？」

正直、武術よりも魔法を優先して訓練はしていた部分がある。その話をすると彼は「なるほど……」と納得した表情を浮かべて頷いた。

「確かに、リッド様は魔法もちゃんとした講師の指導のもと受けていますから、身体強化の上達は早いかもしれませんね。魔武両道とは羨ましいです」

『ちゃんとした講師』という言葉にサンドラが当てはまるのだろうか？　と疑問に思ってしまうが、指導は適切だと思うからそういうことにしておこう。でも、魔法が使えて武術が使えるのは普通ではないのかな？　気になったのでこれも質問してみた。

「『魔武両道』って言ったけど騎士団の人たちは違うの？」

「いいえ、騎士団に所属しているものは全員、魔法と身体強化を使えます。ただ、『魔武両道』というのは、どちらも一定以上の実力を持った者に使う言葉です」

僕はそんな言葉があるとは知らずに感心した様子で「へー」と返事をしていた。魔武両道か、魔法と武術があるこの世界ならではの言葉だなぁ。と、僕は感慨深げな表情を浮かべた。

「リッド様は幼いながらもすでに魔法と武術がその一定以上を超えています。今も同年代どころか十歳前後では相手にならないでしょう」

「そこまではないでしょ？　まぁ、相手がルーベンスしかいないからわかんないけど……」

「今まで身体強化無しで、私の訓練に対応出来ている時点で凄いのですよ。まぁ、いずれお判りになると思います」

僕が不思議そうな顔をしているのを見たルーベンスは、ずっと楽しそうに微笑んでいる。

「では、次の訓練に行きましょう。次はその状態で全力疾走してください」

「うん。わかった」

この日は身体強化の基礎訓練ということで魔力を体に張り巡らしながら走り込み、全力疾走、腕立て、腹筋など基礎訓練を続けた。身体強化が発動出来ていると全然疲れない。訓練はあっという間に終わってしまう。そして、次からは身体強化をしながら、ルーベンスと打ち合うことになった。

僕がこの日から『打倒ルーベンス』を掲げて、身体強化の練習と基礎魔力量増加のために毎日、早朝にこっそり走り込みをするようになったのは秘密だ。

父上と訓練

「ルーベンス、今日こそ一撃入れてやる!!」

「まだまだ!!　リッド様には負けませんよ」

彼に身体強化を教えてもらってから、武術訓練がかなり楽しくなった。疲れはするが、以前よりも体を動かしたあとの疲労感は少ない。身体強化は魔力を持続的に消費していくので、この点の管理が必要になる。しかし、それを補っても楽しい。以前はルーベンスの動きにスタミナが足りずに付いていけなかったが、今はそのスタミナを身体強化で補っている。

それでも、経験とリーチ、体重、体格差などの要素も加わり彼にはまだ勝てない。だけど、勝てないほど、不思議と勝ちたいと思う強い意思が僕の中に生まれてくるのを感じる。

「うわ!!」

意思の強さは時に戦いを制することもあるだろう。しかし、ダメなときは駄目である。握っていた木剣をルーベンスに弾き飛ばされて、僕は無手の状態となった。でも……まだいける!! 大人と子供の体格差を生かして、僕は素早くルーベンスの懐に入り込み、蹴りでも拳でもお見舞いしようとする。

彼は懐に入られても余裕のある動きを見せる。そして、僕を身動き出来ないように羽交い締めにして抱えると、ニコリと微笑んだ。

「リッド様、いい根性ですけどそれは悪手です」

「はぁ〜……まいった」

僕は悔し気に敗北を認めて、項垂れた。

「木剣を弾かれても諦めずに挑戦したことはお褒めいたします。ですが、私との体格差を考えると今の手は悪手です。その手を使う場合はせめて体格差があまりないか、華奢な相手に使うべきでしょう」

彼は僕の動きについて、諭すようにダメ出しをしてくれた。確かに、訓練だけで考えればいいかもしれないけど、実戦なら悪手だったかもしれない。だけど、悔しいから「むぅ〜」と頬を膨らませて、彼を思いっきり睨みつける。すると、満面の笑みを見せた後、彼は羽交い締めから解放してくれた。

僕は、解放されると先ほど弾かれた木剣を拾い、深呼吸をしてからルーベンスに向かって「もう一回!!」と声を張り上げる。彼は強い、それなら勝てるまで挑戦するしかない。

「リッド様、残念ですが本日はここまでにしましょう」

「……へ？」

いつもと違う言葉に僕は思わず間の抜けた返事をしてしまった。ルーベンスは、にっこり笑顔のスパルタ教育方針の先生なのだ。まず、こんな短時間で訓練を終わらすことはない。意図がわからず、きょとんとした僕を見ると彼は不敵に笑った。

「ふふふ、本日はライナー様がリッド様の実力を見て、それ次第では直接指導したいことがあるということです。私と今までした分は、まぁ馴らしですね」

んん、慣らし……今までの訓練が慣らし⁉　とても馴らしとは思えないほど激しい動きだったと思うのは、僕の気のせいだろうか。

しかし、父上が直接、僕の訓練をするなんてどういうことだろう。以前、父上が帝国内において、かなりの剣術の使い手と聞いたことはある。それが関係しているのだろうか。僕の怪訝な面持ちを見たルーベンスは苦笑している。

「ライナー様の指導方法は特殊なのです。私には立場も含めて同じことはリッド様に出来ることではありません」

「立場も含めて……？」

彼の意味深な発言に嫌な予感を感じていると、訓練場に父上がやってきた。

「事務処理が立て込んでいたのでな。遅れてすまん、馴らしは終わったか？」

父上はいつもより、動きやすい服装をしておりスラっとしている印象を受ける。

「はい。リッド様の馴らしは先ほど終わりました。剣術の動き、身体強化など問題ありません。同年代においてリッド様に勝てる相手はそうはいないと思われます」

ルーベンスは父上に向かって、頭を下げながら礼儀正しく報告している。普段の彼に見られる、軽い感じはない。父上は彼の言葉に「わかった」と頷くと僕に鋭い視線を移した。

「リッド、お前の実力を見てやろう。私の馴らしに付き合え。身体強化も使って、全力で打ち込んで来い」

父上は彼から木剣を受け取ると剣先を僕に向けて、余裕のある様子で挑発してくる。僕は今までルーベンス以外と木剣を交えたことがない。その中で初対戦が父上になるとは思わなかった。でも、父上の実力がどの程度なのか？　どこまで父上に通じるのか気になった僕は不敵に笑う。

「ふふ……良いのですね？　では、行きます!!」

「良い顔だな……来なさい」

父上が声を発すると同時に姿勢を低くして、僕は大地を激しく蹴った。その瞬間、僕のいた場所に砂埃が舞い上がる。見方によっては砂埃が突然起こり、僕が消えたように見えるだろう。

僕は大地を蹴った勢いのままに、一瞬で父上の足元まで間合いを詰めた。先手必勝、僕は木剣で父上を斜め下から斜め上、逆袈裟に素早く斬り上げる。しかし、父上は大地を蹴った瞬間から、僕の動きを見失うことはなかった。むしろ、冷静に観察する余裕すらある感じだ。

父上は足元に詰め寄った僕に目線だけ落として、にやりと笑みを溢す。そして、僕の斬撃をあえて木剣で受け止めた。その瞬間、木剣同士が激しくぶつかり、強く乾いた音が周りに響き渡る。逆袈裟に斬り上げたはずの斬撃は父上に軽々と受け止められており、僕は顔を顰めた。

「クッ……!?」

「ほう……？　その年でこれほどの剣技と身体強化とは、我が子ながら末恐ろしいな」

僕の斬撃を受けて、父上は驚嘆して嬉しそうに笑っている。対して僕は受け止められたことで、父上に尊敬と悔しさの念がこみ上げていた。

ルーベンスなら、今の一撃で少しはガードを崩せる。だけど、父上は一切崩せず、笑みを浮かべる余裕すらある。つまり、父上はルーベンスよりも明らかに強い。わかっていたことだが、上には上がいると思い知った瞬間だった。

「うん、どうした？　これで終わりではあるまい」

「……!!　当然です!!」

言われてハッとした僕は、考えていた余計なことを振り払い、目の前の父上に集中する。そして、一旦距離を取り、息を整えると大地を蹴って勢いそのままに連続で斬撃を繰り出していく。しかし、その斬撃すべては父上に軽くいなされ、防がれてしまう。

「まだです……まだいきます!!」

自身を奮い立たせるように言葉を吐き捨てるが、僕は立ち合い続ける中であることに気が付いた。父上から、まだ一度も斬撃が来ていないのだ。恐らく僕の実力を見るために受けに徹しているのだろう。圧倒的な実力差があるから出来ることかもしれない。だけど、わかっていても悔しさが込み上げてくる。僕はさらに斬撃の手数を増やすが、結果は変わらない。

「ふむ。そろそろ、こちらからもいくぞ……」

「‼　……クッ‼」

これ以上の攻めが僕にないと判断した父上は、攻勢に転じる。その斬撃は鋭く、速く、重い。ルーベンスの太刀筋とはまた違うものだった。最初はなんとか防いでいたが、だんだんと手の感覚が痺れてくる。それでも、受け流すことを意識してなんとか時間を稼ぐ。

「……⁉」

しかし、気づいた時には僕の木剣は弾かれてしまう。それでも僕は、無手で構えると父上を見据えて対峙する。その姿を見た父上は息も切らさず、満足した面持ちで呟いた。

「ふむ。ここまでの実力であれば問題あるまい」

僕は父上の言葉で立ち合いが終わった事を理解するが、同時に緊張の糸が切れて地面に片膝を突いた。

「ハァ……ハァ……」

息をするのもつらい。身体強化を使ってここまで疲れたのは初めてだ。父上と対峙していた時間は、ルーベンスと立ち合う訓練の時間より遥かに短い。しかし、集中力は比べものにならないほど消耗した感じがする。

身体強化に使う魔力量や効果は自身の精神状態も影響するのかもしれないな。必死に息を整える中で僕はそんなことを考えていた。父上は必死に息を整えようとしている僕の様子を見ると、不敵な笑みを浮かべて言葉を紡ぐ。

「ふむ。木剣の訓練は合格だ。次は、お前の胆力を見させてもらおう」

「ハァ…ハァ…胆力……ですか？」

『胆力を見させてもらう』ということがどういったものなのか。僕は意図が分からずに、只々当惑顔を父上に向けた。すると、父上は「ふむ」と頷き、僕に諭すように問いかける。

「リッド、お前は『胆力』という言葉を知っているか？」

「ンン!!　……『胆力』とは『何事にも動じない精神力』でしょうか……？」

僕は息を整えると、『胆力』という言葉の意味を考えてから丁寧に父上の問いかけに答えた。

「そうだな、その認識で良い。お前もいつか体験する実戦においても、胆力があるとないとでは生死にも関わる。今日はお前にその胆力がいまどの程度あるのか見てやろう」

言っていることは何となくわかるが、『胆力がどの程度あるのか』をどうやって見るのだろうか？そんなことを思っていると、父上は木剣をルーベンスに渡して代わりに彼から『サーベル』を受け取る。そして、おもむろにサーベルを抜刀すると全体の刃に目を通す。

「ふむ……刃こぼれもない。問題はなさそうだな」

「ち、父上、つ、つかぬ事を伺いますが……そのサーベルで一体、何をどうするおつもりでしょうか？」

父上がサーベルの刀身の状態を確かめている姿に、僕は背筋がゾッとするのを感じてサーっと青ざめた。同時に拒否反応のように、僕の足が自然と後ずさりを始める。父上は、そんな僕の恐れ戦いた姿に気付くと、ニヤリと笑った。

「ふふ……さすがのお前も胆力は人並みのようだな。これは、鍛えがいがありそうだ」

こんなに楽しそうで、嬉しそうな父上を見るのは初めてだ。しかし、問題はそこじゃない。父上の言葉を聞いた僕は、顔を引きつらせながら思わず訊ねた。

「な、何を鍛えるのでしょうか？」

「言ったであろう、胆力だ。リッド、今から言うことを絶対に守れ」

「は、はい」

父上の言葉には嫌な予感しかしない。僕は、ルーベンスの言っていた『私には立場上出来ない』と『特殊な指導方法』という言葉が脳内に響いて、青ざめていた顔がさらに白くなっていくのを感じる。そんな、僕の表情を見た父上はますます、嬉しそうな面持ちを浮かべている。

「良い反応だ。では、リッド。そこで直立不動の姿勢を取り、何があっても動くな。そして、私の動きから目を逸らすな……よいな？」

「……承知しました」

僕は『もう、どうにでもなれ』と真っすぐ立って、父の動きから目を逸らさないように意識する。

「よし、ではいくぞ」

意を決した僕の表情を見た父上は、サーベルを構えまっすぐに僕を見つめる。それと同時に、父上の表情が変わった。普段、感じたことのない威圧感が父上の全身から放たれて、僕に集約してくるのを感じる。まるで、僕の心臓を父上に掴まれているような感覚すらあった。父上の鋭い眼光に心臓の鼓動が段々と速くなり、僕はこの場から今すぐにでも立ち去りたい衝動に駆られる。

普段とは全く違う雰囲気を纏う父上は、震え戦く僕にサーベルの剣先を向けた。

「……いくぞ」

一言呟くやいなや、父上は大地を蹴り、サーベルの剣先を素早く僕に突き出してきた。その瞬間、父上が身に纏い、僕に向けていた威圧感の正体を初めて理解する。……それは、本物の『殺気と殺意』だ。

「うわぁあああ!!」

僕は剣先が目の前に来る恐怖。そして、父上が身に纏った殺気と殺意に震え戦き、目を瞑り、顔を腕で隠し、情けない声を出しながらその場に尻もちを搗いてしまう。僕はそのままの状態で、恐る恐る目を開けると、父上が剣先を僕の鼻先に突き出していた。

「ふむ……胆力に関しては人並み、年相応か。ようやく鍛えがいのあるものが見つかったな」

父上はおどけたような声で言うが、顔は厳格なままで一切笑っていない。そして、その目は鋭く僕を射貫いている。

「立て……何故、目を瞑った。私の動きから目を逸らすなと言ったはずだ」

父上の指摘で僕はハッとすると、内側から響く心臓の鼓動を落ち着かせるように深呼吸をする。そして、僕はおもむろに立ち上がった。

「……申し訳ありません。父上からの初めての殺意。そして、サーベルの恐怖に戦きました」

僕は父上の問いかけに答えながら、先程のやりとりを思い返す。父上が僕を本当に殺すようなことはしない。だが、頭でわかっていても、目の間に迫り襲い来る真剣のサーベルの剣先は怖かった。あんな恐怖は、前世の記憶を含めて間違いなく初めての経験だったと思う。

「それでよい。最初は誰もがそうだ」

父上は、身に纏っていた『殺気と殺意』を無くすが厳格な面持ちは崩さない。そして、僕に諭すように説明を始めた。

「お前は、私の『殺気と殺意』。そして、『サーベル』という武器の恐怖に心が呑まれて負けたのだ。実戦ではこの恐怖に打ち勝つために必要なものが『胆力』だ。もし、胆力がなく恐怖に呑まれた時、お前に訪れる未来は死だ」

「……はい」

僕が相槌を打つのを見た父上は、少しだけ顔を綻ばせて説明を続けた。

「だが、恐怖を感じるなと言っているわけではないぞ。恐怖を感じなければ、『ただの向こう見ず』になり、実戦では大事故に繋がる可能性もある。故に、恐怖に打ち勝つことに慣れなければならない。わかるな？」

つまり、父上はいずれ来る実戦に備え、『迫りくる死の恐怖に打ち勝つ胆力』を僕に今から教えようとしているという事だろう。それも、真剣のサーベルを使ってまで。だけど、事前にこの恐怖を知っているか、知らないかでは、全然違うのだろうということはわかる。

ルーベンスと行う木剣での訓練も怪我をする可能性はあるが、死に繋がることは意識していない。何故なら、木剣の殺傷能力が低い上に、彼が手加減してくれるとわかっているからだ。

しかし、見ず知らずの相手がサーベルのような真剣で襲ってきたらどうだろうか？　即死の可能性だってある殺傷能力が高い武器を持ち、殺意をむき出しにした相手を目の前にすれば、誰だって最初は震慄するのは間違いない。だからこそ、父上は僕にこの訓練を施すのだろう。僕は父上の説明で、この訓練の意図をようやく理解して頷いた。

「はい。わかり…ます」

「よし、では私が今からお前にギリギリ当たらない程度に剣を振る。目を瞑らずに、私の動きをしっかり目で追いなさい」

父上は言い終えるやいなや、殺意を集約させて、紙一重の距離で僕の周囲でサーベルを振るった。すると、父上が振るうサーベルによって風切り音が僕の周りに響く。少しでも体を動かせば、大事故に繋がってしまいそうだ。父上の実力を考えれば事故が起きることはないだろう。それでも、サーベルの剣先と刃が僕の周りを紙一重で通り過ぎる恐怖は凄まじい。

最初は反射的にどうしても目を瞑ってしまう。その中で、目を見開くように意識を続けることでようやく見えてくる。

しばらくすると、恐怖に慣れてきたのか、父上の剣筋をしっかり目で追えるようになってきた。恐らく恐怖に慣れるというのはこういうことなのだろうと思う。僕の視線や表情が変わってきた事に気付いた父上は、ニヤリと楽しそうに笑った。

「ふむ。大分慣れてきたようだな。では次の段階にいくか」

かなり不穏な言葉を聞いた気がする。というか、次の段階ってなんだよ。僕が、心中で思ったのも束の間。父上はルーベンスを訓練場の隅に立たせ、彼に預けていた木剣で地面に線を引き始める。線を引く意図がわからずに僕がきょとんとしていると、線を引き終わった父上が僕に視線を移す。

「リッド、良いか。この線を越えてルーベンスまでたどり着け。私は、この『サーベル』を持って、その前に立ち塞がる。しっかりと私の動きを追わないと、大変だぞ？」

父上の言動に、僕は『やるしかない』と半ば諦め顔で苦笑する。

「あはは……承知しました」

しかし、その後のやりとりは僕の想像以上に酷かった。ルーベンスに向かって進むと、父上が殺気と殺意を乗せたサーベルを持って嬉々として僕に襲い掛かってくるのだ。

つまり、僕は父上の斬撃を避けながら、ルーベンスのいる場所に辿り着かないといけない。父上の斬撃を何度も躱す間に、着ている服や髪の毛などをサーベルが掠り、切れていく。

だけど、父上の剣はギリギリのところで僕には届かない。気付けば訓練を通じて、僕は父上の剣術に対して驚愕と感嘆。そして、改めて畏敬の念を抱いていた。

どれほど父上の斬撃と渡り合ったかしれない。しかし、ようやくその時がやってきた。父上が振るう斬撃と猛攻を紙一重で潜り抜け、震え戦く僕自身に打ち勝ってルーベンスの元に辿り着く。

その時、僕の服が父上の斬撃によってズタボロにされていることに気が付いた。そんな、僕の姿を見たルーベンスは、驚嘆の面持ちを浮かべている。

「お疲れ様です。リッド様、ライナー様の猛攻を潜り抜けるなんて、やはり素晴らしい才能をお持ちですよ」

「ハァ…ハァ…、ありがと…う」

僕が辿り着いたことを、彼はとても喜んでくれたようで、言い終えると同時に満面の笑みを浮かべてくれる。ただ、僕は息も絶え絶えな状態でその場にへたり込んでしまう。

父上の剣筋は容赦がなかった。最初の直立不動の時、剣筋に目が慣れていなければ大事故になっていたのではないか？　そんな、タイミングが何度かあったのだ。

それにしても、父上が見せてくれた殺気と殺意が乗ったサーベルと比べたら、木剣なんて本当にただの訓練用だな。僕は息を整えながら、普段と今日の訓練を比べて感慨に耽っていた。すると、父上がゆっくりと近寄って来る事に気付いて、僕はその場に立ち上がる。

どうしたんだろう。さっきの訓練内容で何か気になる事でもあったかな？　心中で呟くと同時に、間近に迫った父上が僕を見つめながら咳払いをした。

「ンン……!!　今日はこれまでだが、今後の武術訓練には私も出来る限り参加してこの訓練を毎回行う。良いな？」

「へ……？」

父上は、さも当然のようにとんでもないことを言い放った。そして、おもむろにサーベルを鞘にしまい、ルーベンスに渡しながら厳格な顔に少し嬉々とした様子を出している。

父上なりの優しさかもしれないけど、怖すぎるよ……。僕が予想外の出来事に顔を引きつらせていると、ルーベンスがこっそり耳打ちしてきた。

「ライナー様は以前から。リッド様にご自分からも何かお伝えしたいと思っていたみたいです。それ故に、リッド様と胆力訓練が出来て嬉しいのだと思いますよ」

「そうなの？　でも、ちょっと方向性が間違っている気がするよ……」

彼の話を聞いた僕は、父上の背中を見ながら『トホホ……』と肩を落とした。

「にーちゃま!!」

その時、突然可愛らしい声が訓練場に響き渡る。何事かと、声が聞こえた方角を見るとそこには、メルとメイドのダナエがいるじゃないか。そして、メルが足早に先頭を進みながらこちらに向かってきている。二人が僕に近づくにつれ、メルが泣きそうな顔をしている事に気が付いた。どうしたのだろう? メルは僕に駆け寄り、ボロボロの僕を間近で見ると、父上を『キッ』と睨む。

「どうしたの、メル?」

僕がメルを心配して声を掛けると、メルは父上に向かって訓練場に響き渡る大声を発した。

「ちちうえ!! にーちゃま、いじめたでしょ!! キライ!! キライキラーイ!!」

メルはとうとう目から涙を溢れさせて泣き始め、父上の足を手で『ポカポカ』と叩いている。父上はメルの泣き叫ぶ姿に、オロオロと困った顔をしながら呟いた。

「……メルディ、どうしてここに?」

「申し訳ありません。メルディ様がどうしてもリッド様に会いたいと申しまして……」

質問に答えたのはダナエだった。父上は、ダナエの答えに頷くがやはり困った顔をしている。

「そ、そうか……」

「ただ、皆様が訓練中でしたので、その様子を訓練場の端で見学しておりました」

なるほど。つまり、訓練とはいえ僕が父上にサーベルで切りつけられていた姿を、メルは遠くから見ていたのか。

「ちちうえ!! にーちゃま、キズだらけにして!! キライだもん!! にーちゃま、くんれんはおわ

ったでしょ!?　いこう!!」

「え？　う、うん」

今日の訓練は一応終わったはず、と思いルーベンスを一瞥するとにこやかに頷いている。ちなみに、父上にも視線を移すとメルに嫌いと言われ続けた結果、肩を落として『ズーン』と暗くなっていた。僕はメルに手を引っ張られるままに、その場を後にする。

メルはこの間のように絵本を読んでほしかったらしい。そこで、ダナエと一緒に僕を捜して訓練場に来た時、結果的に父上と僕の訓練を見学することになり衝撃を受けたようだ。滅多に来ないメルが、訓練場に来た日に行われた新しい訓練。父上の間の悪さに、少し苦笑してしまう。

その後、一度自室に戻ると訓練でズタボロになった服や乱れた髪を整えた。それから、自室にメルとダナエを迎え入れて、可愛い妹の希望通り絵本を読んであげる。

その間もメルは「ちちうえ、キライ」と言っており、お怒りは収まらない。妹のそんな様子も可愛いけど、見たことがすべてじゃない。僕は絵本を読みながら、メルに父上との訓練について優しく諭すように語り掛けた。

「メル。父上はね、僕の為に心を鬼にしているだけだから、そんなこと言っちゃダメだよ」

「そうなの？」

僕の言葉が意外だったのか、メルはきょとんとして首を傾げた。妹の可愛い仕草に僕は微笑みながら、説明を続ける。

「うん。あの訓練はとても怖いよ。でも、あの訓練をしないと本当に怖いことが起きた時に、体が動かなくなっちゃうんだ。父上は僕がそうならないように、心を鬼にして『怖さ』を教えてくれているんだよ？」

「ふーん。でも、やっぱり、にーちゃまをあんなふうにするのはキライだもん……」

メルは僕の説明を聞いて、少しわかったような、でもどことなく嫌そうな表情をしている。

「そっか……でも父上の気持ちは理解してあげてね？」

「……キライだけど、わかった」

「うん。メルは良い子だね」

「……えへへ」

メルは良い子と言われて気を良くしたらしい。顔をほころばせて可愛い微笑みを浮かべながら、くすぐったそうに体を揺らしている。そんなメルの頭を撫でながら、僕は可愛い妹にお願いされるままに、絵本を読み続けるのだった。

◇

後日、ダナエから聞いた話によると、メルが父上に『嫌い』と言ったことを謝ったらしい。メルなりに考えてくれたのだろう。

ちなみに、胆力訓練はメルに『嫌い』と父上が言われてすぐは、僕にどことなく遠慮というか、手加減をしていた気がする。だけど、メルが父上に謝ったとされる日からは、今までの分を取り戻すかのように、苛烈になった。

父上が上機嫌でサーベルを振りながら僕に襲いかかってくる姿を見た時は、メルに父上との訓練を説明した事を後悔する日々がしばらく続いたのは言うまでもない。

しかし、このことは僕の胸に秘めておこう……。

レナルーテに向けて

「母上、体調はどうでしょうか？」

「ええ、以前と比べるとかなり良いです。魔力が抜けていく感覚はありますけど、それも薬のおかげで何とかなっています。ねえ、サンドラ」

母上は僕の問いかけに答えると、微笑みながら傍に立っていたサンドラに声をかけた。

「はい。私の魔力測定による数値確認と薬の投与量を日々調整しております。故に、ご安心ください」

普段の僕とのやりとりでは、想像できないほどに礼儀正しいサンドラ。これぞ、猫を被っているという感じだな。

「……リッド様？　何かまた失礼なことを考えていませんか？」

「いやいや。何にも考えてないよ？」

相変わらず鋭い勘を発揮する彼女に、僕の顔は思わず少し引きつった。母上はそんな僕と彼女のやりとりを見て楽しそうに微笑んでいる。

母上が発作を起こして九死に一生を得たあの日から、サンドラは母上の主治医のような立場になっていた。というのも、魔力枯渇症は魔力が抜け出ていずれ生命力を奪う症状の病気であり、普通の医療では対応できない。むしろ魔力研究に携わってきた彼女が適任者というわけだ。

それに彼女は僕が開発した特殊魔法の『魔力測定』も伝授しているので使える。これにより、母上の魔力数値を日々記録して薬の分量、さらに症状の進行具合などを調べていた。魔力回復薬については、母上が完治するまでは外部に情報は出さない。これは父上、僕、サンドラで決めたことだ。

母上の発作が発生してから、一刻も早く魔力枯渇症を改善できる薬を完成させたいと、僕はより強く考えるようになった。そして、完成すれば同じように魔力枯渇症で苦しんでいる人達を救うことも出来る。僕は無意識に考えに耽っていた。

「リッド？　どうかしたの？　とても険しい顔をしているわ……」

母上は僕の頬に片手をあてながら、心配そうな目で見つめている。その事に気付いた僕は、ハッとしてから誤魔化すように微笑んだ。

「いえ、すいません。ちょっと考え事をしていました」

「そう？　ならよいのだけど……」

母上は僕の言葉にぎこちなさを感じたようだが、そこにサンドラが助け船を出してくれる。

「リッド様、ライナー様の所に行かなくて大丈夫なのですか？」

「あ、もうそんな時間だね。母上、僕は父上のところにいってきますね」

サンドラを一瞥すると、僕は視線を母上に移す。母上は頷くとニコリと顔をほころばせた。

「そう、ライナーにもよろしく伝えてね」

「はい」

僕は母上に一礼してから、サンドラに視線でお礼を伝える。僕の視線に気づいた彼女はニコリと笑みを浮かべていた。その後、母上の部屋を退室した僕は父上の執務室に向かう。

実は今日、母上の様子をサンドラと二人で見に行く前に、執事のガルンが僕の自室を訪ねてきたのだ。彼から聞いた話の内容は、父上からの伝言で『後で執務室に来るように』ということだった。しかし、父上はなんの話だろうか？　さすがに、武術訓練が足りてないとかではないと思う。僕は、歩きながら腕を組み、首を傾げていた。

武術訓練で胆力を鍛えると称して、父上が参加してきた時は本当に驚いた。サーベルを振り回しながら僕目掛けて襲ってくる父上の姿は、絶対に楽しんでいる気がしてならない。色々考えながら歩いていると、父上の居る執務室の前まで来てしまった。

僕は「ふぅ～」と深呼吸をするとドアをノックする。すぐ中に居る父上から「入れ」と返事があったので、僕は「失礼します」と執務室に入室した。部屋に入ると父上は、執務室の事務机で書類仕事をしていたようだ。父上は、手元の書類から視線を僕に移すと書類仕事の手を止めた。

「ふぅ……来たか。そこに座りなさい」

「では、失礼します」

父上は、椅子の背もたれによりかかると書類仕事に疲れた様子で首を回したり、目を揉んだりしている。僕は座りなさいと言われた、いつものソファーに腰を下ろす。やがて、父上も事務机から立ち上がると、僕の正面にあるソファーに机を挟んで腰を下ろした。

「ガルンから聞いた。ナナリーのところに行っていたそうだな。容態はどうだった？　会いには行きたいが、中々にお前のお姫様のことで忙しいのだ」

「母上はお元気でしたよ。サンドラのおかげで容態も安定しているようです」

父上は僕の答えを聞くと、少し嬉しそうに安堵の表情を浮かべている。その姿に「父上は本当に母上を愛しているんだろうなぁ」と思いながら僕は話題を変えるように本題を尋ねた。

「それで、今日はどうされたのですか？　ガルンから父上がお呼びだと伺ったのですが……」

「うむ、その件だがレナルーテに行く日程が決まった」

やっぱりその件か。僕は父上の言葉に静かに頷く。

「……畏まりました」

レナルーテに行きたいと父上に相談してから、思ったより時間がかかった。でも、ようやく行くことが出来る。ここまで父上に強く言ったのは、母上の病に直結する問題解決の糸口になるからだ。

魔力回復薬の原料となる『月光草』には一つ大きな課題があった。それは、栽培が出来ておらず領地内で量産ができていないという点だ。普通の栽培方法とは何か違うのか、まだ栽培に成功していない。現状だと原料はクリスの商会頼みとなっている。これが、魔力回復薬を発表出来ない理由の一つだ。

そして、レナルーテは薬草栽培の技術や農業技術が高い。その為、僕はレナルーテとの商流と交流のパイプを太くしなければならないと感じていた。あと『前世の記憶』を辿るに、恐らく魔力枯渇症の治療薬の原料となる薬草の情報もあるはずだ。

日程が決まったと聞いて、僕の中に様々な考えが浮かんでいる。しかし、父上は険しい面持ちを浮かべた。

「だが、予想通り油断はできん。レナルーテ側も何か企んでいるようだしな……」

「……と申しますと?」

父上の言葉を聞いた僕は、怪訝な面持ちを浮かべて聞き返した。何か企む? 仮にも国境の隣国で、姫の結婚相手の候補者に何をしようというのだろうか? 僕の問いかけに、父上は呆れた面持ちで答えた。

「はぁ……レナルーテも一枚岩ではないということだ。エリアス国王は友好的に進めようとしているようだな。だが、一部の家臣から『まずは、皇族の皇子と縁談をするべきであり、その後に辺境伯の息子というのが筋だろう』とごねられているようだ」

父上は言い終えると、呆れ顔のまま苦笑している。どの国でも国内政治での駆け引きがあるということだろう。

「では、その一部の家臣団が何かしてくると?」

「その可能性はあるな。さすがに暗殺などの過激な事はしないだろう。まぁ、さしずめお前を候補者から脱落させる為の、画策でもするのではないか?」

なるほど。僕が姫の婚姻候補者として相応しくないとなれば、皇族の皇子を縁談の場に引っ張りだせると考えているのかもしれない。恐らく、ごねている家臣団は密約に不満がある一派なのだろう。属国という立場でも、少しずつ国としての立場を対等にしたいという思いは、わからなくもない。だけど、行き過ぎると危険なにおいを感じるな。と、そこまで思案した時、ある疑問が僕の中に浮かんだ。

「……父上は、何処からそのような情報を得たのですか？」

「言ったであろう？　一枚岩の国など無いということだ。それに、表の情報だけしか集められないようでは、国はおろか領地など守れんということだな」

父上は恐ろしいことをさも当たり前のように口にした。つまり、レナルーテ側には少なからず政治情報をこちらに流す協力者がいる。そして、帝国もしくは父上が管理でもしている諜報機関か何かでもあるのだろう。僕の考えていることを察したのか父上は意地の悪い顔を浮かべた。

「相変わらず、察しが良いな。まぁ、その辺はおいおい教えてやろう」

「……お手柔らかにお願いします」

僕は、父上の表情と言葉に畏まった面持ちで少し青ざめた。父上は、そんな僕の顔を見ながら、楽しそうな雰囲気を醸し出している。どうやら父上は僕が困った顔をするのが好きみたい。父上とのやりとりに心の中でため息をついた僕は、気持ちを切り替えて打ち合わせに臨んだ。

その日、レナルーテに行くための打ち合わせは夜遅くまで続いた。

魔法とサンドラの助言

「魔法って、発動した後にも圧縮したら……どうなると思う？」

「……今度は何を考えているのですか？　リッド様」

今日はサンドラから攻撃魔法についての授業を受けている。先日、父上からレナルーテに出発する日程が決まったと話があった。そして、レナルーテの一部の派閥がどうやら僕を婚姻候補者から外す為の策を考えている、という情報が父上に入ったらしい。

そこで、武術、魔法、マナー等を出発前に一通り再確認しているわけだ。だけど、魔法全般に関しては自主練もしているので恐らく大丈夫だと思う。何度かサンドラにも披露したが問題ないと太鼓判をもらっている。それなら、攻撃魔法をもっと効率的かつ威力を出す方法を考えてみようと思い立ったわけだ。

そこで、授業と合わせてサンドラにも意見を求めているのだが、彼女は怪訝な面持ちで僕を見つめている。

「……『発動した魔法を圧縮する』という発想なんてしたことないですよ。聞いたこともないですから、試した人はいないと思います。そもそも、発動した魔法をどうやって圧縮するおつもりですか？」

なるほど、試した人がいない可能性が高いという事は、試す価値は大いにあるな。僕は誰も挑戦した事が無い実験を、これから行うと考えると自然にほくそ笑んだ。

「そっか。じゃあサンドラ監督のもとに実験していいかな？」

「はぁ……まぁ、私も興味がありますからやってみましょう。でも、危険だと思ったら魔法をすぐ止める。それが無理なら空に向かって魔法を撃ってくださいね？」

彼女は呆れた様子を見せるが、好奇心に負けたようで、僕の実験に付き合ってくれることになった。早速、訓練場の魔法や弓用の的から少し離れた位置に立つと、魔力を練り始める。すると、サンドラから待ったが掛かった。

「リッド様、今回は実験で私も監督するので魔法名をちゃんと声に出してくださいね」

「えぇー……」

まぁ、どんな魔法を使うかわからないと、サンドラも監督する意味がないか。そう思いながら、僕は改めて魔力変換をして魔力を練る。まずは、彼女に見せる意味も含めて通常通りに撃ってみる。

「火槍」

魔法名を呟くと、先端が尖った文字通り槍となった火が、的めがけて真っすぐ飛んでいき命中する。同時に、辺りに軽い爆音が響いた。

まぁ、こんなもんだよね。そう思っていると、サンドラがつまらなそうに声をかけてきた。

「……あれが圧縮ですか？　いつもと変わりませんねぇ……」

彼女は期待外れと言わんばかりに僕を一瞥すると、両手を広げながら「やれやれ」とおどけて見せる。しかも、目の光まで消えかけていた。

「いや、普通に撃っただけだよ。比較するために通常版を先に見せようと思ってね」

「なるほど……では、次が本番ということですね」

僕の言葉を聞いた彼女の目には再度、期待の色と光が生まれた。本当に魔法好きだよなぁ、とサンドラに対して思いながら僕は気を取り直す。そして、もう一度魔力を練り始めた。そして、的に向かって拳にした手を突き出してから唱える。

「火槍」

しかし、今度はすぐに撃たない。唱えはしたが「火槍」として発動されるはずだった魔法は、僕の拳の中で外に出ようと渦巻いている。その、渦巻く魔法を僕は拳に力を入れ握り潰す。つまり圧縮する。だけど、これだけだとつまらない。僕は拳の中で渦巻いている「火槍」にさらに魔力を注入していく。魔力注入された「火槍」の外に出ようとする力がどんどん強くなるのを感じるが、僕はその力を抑えつけるように拳をさらに力強く握り締めて圧縮する。

もちろん、魔力注入はやめない。拳の中で反発する力が強くなり続け、このままではいずれ抑えられなくなる、と察した僕は心の中で叫んだ。

(これは危険だ!!)

拳の中で渦巻く魔法の威力に、危機感を抱いた僕は、拳を空に向かって突き出すと魔法名を唱えた。

「火槍!!」

その瞬間、凄まじく重い轟音があたりに鳴り響いた。同時に僕よりも巨大な火の塊が空に放たれて、轟音を引き連れながら一直線に大空へ向かって飛んでいく。先端は槍のごとく尖っていたので、魔法の特徴からも「火槍」であることは間違いない……が、規模が普段と桁違いだ。やがて、火槍は空の彼方に飛んでいき見えなくなった。

「……」

「……」

僕とサンドラは目の前で起きた出来事に言葉を失い、茫然と火槍が飛んで行った空をしばらく眺めていた。やがて、サンドラが沈黙を破るようにおもむろに呟く。

「……圧縮魔法は当分禁止です」

「……うん。そうする」

僕と彼女は珍しく意見があった。その後、二人で圧縮魔法についての検証を開始する。

「恐らくですが、あの魔法は今までの攻撃魔法を根本から覆してしまうかもしれませんね」

「そこまで大袈裟なものかな？」

彼女はいきなり物騒なことを言い始めた。攻撃魔法を根本から覆すとはどういう意味だろうか？話の意図が理解出来ず、僕は怪訝な面持ちを浮かべる。すると、サンドラは咳払いをして説明を開始した。

「今まで、攻撃魔法と言われるものは、①魔力変換で魔力を練る　②イメージを固める　③発動と言う流れでした。この際、①で魔法の規模が決まります。そして、これが重要ですが、当然①の魔力が大きくなればなるほど、②の工程が難しくなります」

「つまり、大規模な攻撃魔法になればなるほど、魔力と具体的なイメージが必要になるということだよね？」

「はい。その通りです」

しかし、さっきも同じ流れで発動した感じがするけど違うのだろうか？　僕が釈然としていない事に気付いた彼女は、さらに説明を続ける。

「先ほどリッド様が行った手順ですが、①魔力変換で魔力を練る　②イメージを固める　③発動（留める）　④魔力注入　⑤魔法圧縮（発動を留める）　⑥は④〜⑤を繰り返したのち発動　重要なのは今まで①で行おうとしていた部分を④と⑤を繰り返すことにより、簡略化してしまったことです」

なるほど、今まで大規模な攻撃魔法に必要だったのは、魔力と具体的な想像。この二つをその都度するのは習得も含めて大変だ。

だけど、僕が今回行った方法であれば、サンドラに教えてもらった「ファイアーボール」でも、さっきの「火槍」と似たようなことが出来るということだろう。僕は確認の意味も含めて、理解した内容を彼女に話した。

「本来、大規模な攻撃魔法を発動する為には、魔力を練りに練った後、詳細で具体的な想像が必要だった。でも僕は、発動した魔法を滞留させて魔力注入を行った結果、通常の魔法を段違いの威力で発動。これを応用すれば、どんな魔法でも大規模魔法と同等の威力まで引き上げることが出来る、ってことでいいのかな？」

僕の話を聞いたサンドラはおもむろに頷いた。

「その通りです。リッド様が考案した方法を理解して使えるようになれば、誰でも恐ろしい威力の魔法が使えるようになるかもしれません。これは、もはや一種の秘術みたいなものです。リッド様は本当に楽しま……ではなく、常識にとらわれない……まさに『型破りな神童』です」

いま、楽しませてくれるって本音を言おうとしたよね？　しかし、秘術は言い過ぎのような気もするけど、どうなのだろう？　誰でもって言ったからサンドラも使えるのでは？　と、思った僕は彼女に問いかけた。

「誰でもって言ったけど、サンドラも使えそう？」

僕の言葉を待っていました、と言わんばかりに彼女は目をキラキラさせ始める。そして、わざとらしく咳払いをすると嬉々とした面持ちを浮かべた。

「生徒の考案した新しい魔法の推察が正しいのか、先生として確認しないといけませんからね!!　さぁ、リッド様、私にやり方を教えてください」

言い終えるやいなや、彼女は顔をグイっと僕の目の前に近づける。ヤブヘビだったかな……？　そう思いながらも、先ほど行った圧縮魔法の手順を僕は丁寧に説明した。

サンドラは説明を聞き終えると、嬉々としてすぐに試す様子だ。魔法は「ファイアーボール」で行うらしい。僕と同じように通常状態で試し撃ちをすると、彼女は魔法圧縮を始める。さすがに、先程の僕より魔力注入は大分加減したようで、彼女はすぐに魔法を発動した。それでも、最初に彼女が発動した魔法より、明らかに炎が大きくなっている。結果に満足した彼女は満面の笑みとなりはしゃいでいたが、僕に振り返ると急に畏まり真顔になった。

「この魔法の仕組みは門外不出にしましょう。ただ、ライナー様には折をみてお伝えするべきです。この仕組みは様々な意味で危険です」

普段の彼女とは違い、かなり真剣な面持ちと雰囲気が印象的だ。それだけ、今回の圧縮魔法は現状の攻撃魔法の概念を揺るがすものだったのかもしれない。僕も畏まった面持ちでサンドラを見つめると、静かに頷いた。

「わかった。この魔法はよほどのことがない限り、今後は使わないようにするよ」

「それがよろしいかと存じます」

そういうと、彼女はにこりと微笑んでからいつもの軽い調子で言葉を続けた。

「しかし、リッド様はやっぱり『型破りな神童』ですね。将来が楽しみです」

「……将来を楽しみにしてくれるのは嬉しいけど……その呼び方はやめてよ」

僕が困った表情を見せると、サンドラは楽しそうな笑みを浮かべる。それと同時に、彼女は何かをふと思い出した様子で尋ねてきた。

「そういえば、リッド様は近々レナルーテに行かれるのですよね？」

「うん。そうだけど、情報が早いね」

父上と先日話したばかりの内容を、彼女が知っていることに僕は少し驚いた。彼女は僕の答えを聞くとニヤリと笑みを浮かべる。

「リッド様、レナルーテでの助言があります」

「ん？　なんだい？」

しかし、サンドラからの助言と聞くとあまり良い予感はしない。彼女はおもむろに腰に右手をあてながら、左手の人差し指を天に向けてさすと、僕を見据えた。

「出る杭は打たれます。ですが、出過ぎた杭は打たれません。リッド様はレナルーテにおいても型破りで天を突き抜ければ良いのです!!」

「……それは前にも聞いたよ。それは助言というより、ただサンドラが言いたいだけでしょ……」

僕は彼女の助言にどっと疲れた。対してサンドラは言いたいことが言えて満足している様子だった。

◇

後日、屋敷内では晴れた日に珍しく雷が近くに落ちる現象。いわゆる「青天の霹靂」と言うべき珍しいことが起きたと話題になっていた。誰もが雷の音を聞いたと言うが、落雷を実際に見た者がおらず、不思議がる者が多いそうだ。だけど、メルだけは僕にあの音は雷ではないと教えてくれた。

「にーちゃま、あれは、かみなりのおとじゃないよ。かりゅうがそらたかくとんでいったの!! わたし見たもん!! みんながこわがるからひみつだよ」

「わかった。僕とメルのひみつだね」

メルに笑顔で返事をしながら、僕は心の中で謝った。

(ごめん、それは竜でも雷でもなくて僕の魔法だね……)

僕は当分、圧縮魔法は使わないようにしようと改めて心に決めた。

出発

「にーちゃま、いってらっしゃい。はやくかえってきてね？」

「うん。わかった。早く帰れるように頑張るね」

メルは泣きそうな顔をして抱き着いている。僕はそんな可愛い妹の背中を、ポンポンと軽く叩いて優しく声をかけていた。その様子を見ていた父上が、わざとらしく咳払いをする。

「……そろそろ出発するぞ」

「はい。わかりました。メル、すぐ帰ってくるから、ね？」

「うん……」

まるで、今生の別れのような顔をしているメルは、涙を流さないように必死に堪えているようだ。

その時、父上が心配そうな顔でメルのことを気にしていることに気付いた。僕はそっとメルにあることを耳打ちする。メルはすぐに首を縦に振ると、父上の足に抱き着いた。

「ちちうえもすぐにかえってきてね？」

涙で潤んだ眼で上目遣いをして、父上の顔を見るメルはとても可愛かった。父上は胸にハートの矢が刺さり、のたうち回っているような姿が想像に難くないほどに、顔がほころんだ。その場にいて、普段の父上を知っている面々全員の時間が一瞬で「ピシ」と凍った気がする。

足に抱き着いたメルを抱き上げると、父上は綻んだ顔で優しく答えた。

「うむ。出来る限り急いで帰ってくる」

「ほんとう？　ちちうえ、やくそくね」

二人は『指切り』をすると、父上は抱きかかえていたメルをゆっくり地面に下ろす。この世界にも『指切り』があるのかと僕は少し驚いた。その時、見送りに来ていたサンドラと、ふと目が合う。目線に気付いた彼女はにやりと笑みを浮かべる。そして、ゆっくりと歩み寄ってきて僕の耳元で囁いた。

「リッド様、出る杭は打たれますから、出過ぎた杭になってくださいね」

「いやいや、その話はもういいから。それよりも母上のこと、お願いね」

「わかっていますよ。私の命にかけてお守りいたします」

おどけたように話すが、母上のことになると、彼女は顔を引き締めて真剣な面持ちを見せる。いつも、それぐらい真剣ならいいのに。

「また、何か失礼なことを考えましたね？　私はいつも真剣ですよ？」

「……何も考えてないって」

彼女はニヤニヤしながら「リッド様はわかりやすいのです」といつも通りの言葉をかけてきた。サンドラとのやりとりに少し疲れた僕は、肩を落としながらクリスが居る後ろの馬車に視線を移す。

ちなみに僕と父上が乗る馬車の後ろに、クリスティ商会の馬車が並んでいる。僕達が乗る馬車は、乗客用という印象を受けるが、クリス達の馬車は、荷物を多く積載する屋根付き荷台と言った感じだろうか。それに、レナルーテとの取引用と思われる荷物も積んであるようだ。

クリスは護衛の騎士達と馬車の動き、護衛の位置や隊列などの打ち合わせをしている。忙しいようだし、いまは声をかけないほうがいいかな？　そう思った僕は、声を掛けずにその姿を見るに留めた。

その後、深呼吸をしてから僕は見送りに来てくれた皆を見渡すと、大きな声で「行ってきます‼」と発して、馬車に乗り込んだ。後追いで父上も中に乗り込むと、僕の対面に腰を下ろす。すると、外に居たディアナが「失礼します」と馬車の開いているドアに手をかける。

「ドアをお閉めいたします。ご注意ください」

「うん」

僕が頷きながら返事をすると、父上も同様に首を縦に振る。僕達の仕草を確認したディアナは、馬車のドアを丁寧に閉めた。その後、間もなくルーベンスの声があたりに響き渡る。

「レナルーテに向けて出発致します‼」

彼の声と同時に「ガタガタ」と馬車が軽く揺れて動き始めた。僕はすぐに馬車の窓から身を乗り出すと、メルに「いってくるね～」と手を振りながら声を掛ける。メルも大きな声で「いってらっしゃーい‼」と馬車が見えなくなるまで手を振ってくれた。

その日、僕達はレナルーテに向けて出発したのである。なお、レナルーテに行くのはバルディア家からは僕と父上。後はルーベンス、ディアナに加えてほか騎士団の面々。そして、クリスティ商会の人達と代表のクリスだ。馬車の数は僕達とクリスティ商会を合わせて計二台。また、その二台の馬車を囲むように、騎士が配置され護送している。全体の人数としては結構多くなったと思う。

可愛い妹の姿も見えなくなり、馬車の椅子に腰かけると、正面に座っている父上から忠告を受けた。

「初めて体験する、馬車の長距離は覚悟するように……」

「へ……？　どういう意味でしょうか？」

聞き返すが父上は、サンドラのように意地の悪そうな笑みを浮かべるだけだった。父上の言葉に首を傾げつつ、僕は「少し寝ますね」と言って寝たふりをする。そして、心の中で魔法を唱えた。

「メモリー」

「……やぁ、リッド。そろそろ呼ばれると思ったよ」

心の中で呟くと同時に頭の中に彼「メモリー」の声が響く。彼はお願いすれば、僕の記憶の中から必要な情報を集めてくれる存在だ。そして、呼び出した理由は先日、「あるお願い」をしていたからなのだけど。彼の声から察するに、結果はあんまりよくないらしい。

「どう？　間に合いそう？　もうレナルーテに向かっているんだけど」

「……だから言ったでしょ？　未読スキップして見た情報は無理だって、期待はしないでほしいって……」

そうか、やっぱり無理だったのか。メモリーが引き出せる記憶には実は条件がある。それは、引き出したい記憶を「意識的に記憶したか」ということである。

この世界に酷似していたゲーム「ときレラ！」を前世でした時、本編クリア後のおまけ要素をいち早く遊びたくて、本編ストーリーをすべて未読スキップしたのだ。その記憶を先日、メモリーに時間がかかってもいいから何とかならないかとお願いした。彼は渋々、やってみると言ってくれたろに響く。

「うーん。それならしょうがないけど、何か現状で拾えたものはない？　何でもいいんだけど……」

問いかけると、頭の中にメモリーの唸り声が聞こえてくる。それから間もなく、彼の声がおもむろに響く。

「……何でもいいのであれば、名前とかでもいい？　レイシス・レナルーテって言うみたい」

「レイシス……ね。他には？」

「そうだね。後はゲーム画面に出ていた立ち絵の顔つきぐらいかな？　美青年だったよ」

おお、キャラの立ち絵は復元出来たのか。それなら、キャラの顔つきで性格とかわかるかもしれない。そう考えると、メモリーに美青年レイシスの顔つきを教えてほしいと伝えた。

「それなら、立ち絵を見たほうが早いかもね」

「へ……立ち絵が見れるの？」

「まぁ、記憶だからね。ただ、意識的な記憶じゃないからさすがに現物とまったく一緒じゃないと思うけど」

彼が言い終えると目を瞑っているのに、目の前に絵が浮かんできた。

「おぉ、凄い!!」

「……どうした、リッド。何が凄いのだ？」

どうやら、あまりの衝撃に思ったことをそのまま声に出してしまったらしい。どうするか悩んだが、ここは狸寝入りをすることにしてさらに寝言を続けた。父上が喜びそうな寝言を。

「ちち…うえの…けんぎ……すごい…です……スースー」

「なんだ、寝言か。こうして、見ているとまだまだ子供。ふふ……可愛いものだ」

よし。少し良心が痛んだが、何とかごまかせた。僕は心の中で再度、彼に呼びかける。

「何をやっているのさ……」

すると、間もなく彼の呆れた声が頭の中で響いた。

「しょうがないだろ？　あんな瞼の裏に立ち絵が出てきたら、誰だってびっくりするよ」

「……そもそもだけど、父上の前で僕を呼ぶこと自体が軽率じゃない？」

確かに、言われればそれはそうかもしれないな。だけど、ここ最近は忙しくて、彼と話す時間がなかったのでしょうがない。

「ともかく、もう一回お願い」

「はいはい……わかりました」

彼は、やれやれといった感じで、僕の瞼の裏にもう一度レイシスの立ち絵を映した。

ふむふむ。髪は黒、目は黄色。ダークエルフ特有の褐色肌。他にも何か情報はないだろうか、とよく見てみるとある事に気が付いた。目つきが悪い……いや鋭い。その時、閃きが走る。乙女ゲーや美少女ゲーで、目つきが鋭いもしくは悪いと言えば恐らく『ツンデレキャラ』だ。もちろん、そうじゃない場合もある。『クーデレ』とか『ヤンデレ』の可能性もゼロじゃない。

『ときレラ！』は王道ストーリーが基本だったはずだから、『ツンデレキャラ』の可能性が高いだろう。僕はそう確信して新たに手にした情報に喜んだ。……しかし、それがわかったところでどうしろというのだろうか？　とふと我に返ってしまった。

仮に性格がツンデレキャラに近いとした場合、ツンデレキャラ鉄板セリフ「あんた、ばかぁ？」とか、言われる覚悟をしておけば良いのだろうか？　それに、王子ということは、僕が婚姻するお姫様の兄弟になるわけだ。義理の兄弟となる人がツンデレか……ツンデレねぇ。

義理の兄弟になる人の性格が「ツンデレ」だと事前に知ってしまうと、何故かどっと疲れる気がした。非常に扱いが面倒くさそうだ。

だけど、今から会う人の性格がある程度の想像が付いているのは、会話で優位に立てるかもしれない。僕はそう前向きに捉えることにした。

しかし、なんだろう……考えている事とは別に何だか気分が悪くなってきた気がする。メモリーとの会話で魔力を使い切ったのか？　いや、そんなはずはない。自問自答をしていると、頭の中で再び彼の声が響いた。

「リッド、リッドってば!!」

「……うん、どうしたの」

何だか、返事をするのも気持ち悪くなってきた。

「君……馬車酔いしているから、一度目を覚ましたほうがいいよ」

「へ……？」

「また今度、続きを話そうよ。僕のいる所も君が酔っているせいか、ぐわんぐわんして大変だからさ」

その言葉を最後にメモリーとの会話が途切れる。そして、僕が寝たふりから目を覚ました瞬間、頭の中がグラグラして凄い吐き気が襲ってきた。

「……うっぷ」

「リッド、吐くなら窓の外にしろ」

父上の言葉通りに手で口を押さえながら、急いで窓を開けて真っ青な顔を外に出す。

「うげぇぇえええ」

僕が窓の外に吐いている姿を、護衛騎士の皆は微笑みながら、生暖かい眼差しを向けていた。その時、父上の言葉を思い出した。

「はじめての長距離馬車は覚悟するように……」

こ、このことだったのか……。

僕はこの日、長距離移動の馬車が嫌いになった。絶対に何かしら改善してやる!! 僕は誓った。

うっ……うげぇぇええぇ。

◇

レナルーテまでは馬車で数日かかる。それを屋敷で聞いた時は特に気にもしていなかったけど……いまはとんでもない。そんな距離を馬車で移動するなんてこの世の地獄だ。

「うっぷ……うげぇぇぇええ」

「いいかげんに慣れなさい……」

呆れ半分、心配半分と言った面持ちの父上から声をかけられる。さすがの父上の声は、いつもより優しい。ちなみに、父上は平然とした顔をしている。「何故、平気なのですか？」と聞いたら返事は「慣れ」だった。

父上も小さい頃は僕のように吐きまくったらしい。珍しく父上が自分の子供の頃を懐かしそうに教えてくれた。それは父子として、とても良い時間を過ごせたと思う。この酔いがなければ、もっと良かったけど……。

しかし、何故ここまで酔ってしまうのか？　何とかしたい一心で原因を考えた結果、今の僕ではどうしようもないことだけがわかった。

主な理由は二つ。

①道が悪い。（舗装されていない）

そりゃそうだよね。前世みたいにアスファルトなんかない。道には全部、野に咲く花がある。そして、人が行き来する街道に草は生えていないけど、代わりに馬車の車輪の跡や、そもそも道がでこぼこしているようだ。父上曰く、帝都に向かう街道はまだ良くてレナルーテに向かう道は結構酷いらしい。

②馬車にサスペンション的なものがない。

いや、恐らく振動対策をまったくしていないわけではないと思う。だけど、レナルーテに向かう道が特別なのか、ともかく地面から来る振動が吸収されずダイレクトに馬車の中に伝わってくる。

横揺れ、縦揺れのオンパレードだ。遊園地のアトラクションだって、もうちょっと優しいと思う。

以上の内容から僕は激しい酔いを体験しているわけだが、残念なことに逃げ道はない。馬車を出て歩きたいがそれだと、到着が著しく遅くなる。騎士達が乗っている馬に乗せてもらうことも考えたが、彼らと父上が首を縦に振らないだろう。従って、僕はこの揺れに耐えるしかない。

「うぅ……うっぷ……」

「……」

父上から憐れみの目で見られるがこればっかりはどうにもならなかった。

◇

バルディア領を出発してから、僕達の一団は予定通り順調に旅路を進んでいる。僕の酔いは相変わらずだけどね……。ちなみに、一団が今いる場所はバルディア領とレナルーテの中間地点だ。そして、その中間地点には宿場町があり、今日はそこに泊まることになった。

本来であれば、宿場町の中を見て回りたかったが酔いが酷くて、とてもそんな気分になれない。一日中馬車で長時間揺られていたせいか、降りて地面に立つと今度は陸酔いが襲ってきてまたグラグラする。陸酔いは体が『常に揺られているのが正常』と認識していると、『揺れのない陸が異常』と体が認識する酔いらしい。どちらにしても、治すためには休むしかないそうだ。

しかし、今日に限らず休んだ翌日は、馬車に慣れた体がまた最初からやり直しである。酔いとの闘いで、僕はもうすでにげんなりだ。そんなことを考えていると、また吐き気が襲ってきた。でも、吐けるものが胃の中にないので嘔吐くだけである。うん、地獄だ。

そんな、僕の姿を珍しく心配そうに父上が見つめている。

「ふむ。確かに初めての馬車であの道はつらかろう。先に休んでおくか？」

「……父上、心遣い感謝いたします。今日ばかりはお言葉に甘えます……」

僕は父上の言葉をそのまま受け取った。そして、宿場町の中で恐らく一番良い宿泊施設の一室に案内される。僕は部屋に入ると、すぐにベッドに仰向けで横になった。するとドアがノックされる。誰だろう？　返事をすると「失礼します」と言って、部屋に入って来たのはメイド服姿の『ディアナ』だった。

「あれ？　ディアナ、その恰好……」

彼女は少し顔を赤らめながら、畏まった面持ちを浮かべている。

「レナルーテにいる間は、私がリッド様をお守りいたします。併せて、従者兼お世話を致します故、何かありましたらお呼びください」

口上を述べると、彼女は丁寧に一礼する。ディアナは茶色い髪に青い目の女性だが、騎士団所属の騎士でもあり、同時にルーベンスの恋人だ。普段は、騎士の制服に身を包み、長い髪を後ろでまとめている。今回は僕の護衛をする為に、メイド服に着替えたようだ。しかし、メイド服のままで護衛なんて出来るのだろうか？

「護衛の意味もあると思うけど、メイド服のままでも戦えるものなの？」

「……ご心配なくリッド様」

不敵な笑みを浮かべたディアナは、おもむろにスカートをたくしあげる。すると、彼女の足には短剣ホルスターというべきか、何本も物騒なものがあった。

「ほかにも……」

彼女はその後も、メイド服に仕込まれている暗器を次々に見せてくれる。というか、暗器は見せて良いのだろうか？　数々の暗器を見た僕は、もう乾いた笑い声しか出てこない。

「あはは……わかったから、もういいよ。ありがとう」

「あら……よいのですか？」

暗器の紹介を止められた彼女は何故か少し不満顔だった。何故、不満顔なのだろう。暗器を見せるのが趣味なのだろうか？　しかし、騎士団は剣が主体だった気がしたので、僕は気になって彼女に問いかけた。

「ディアナは、何でそんなに暗器を持っているの？　というか、騎士って暗器使うの？」

「リッド様。男女では体の作りが違います。体格の問題もありますから、女性が男性と戦ったらどうにもならない場合がどうしても出てきます。その時には暗器に頼ることも手段の一つですからね。私は、騎士団に入る為に何でもしましたから」

ディアナって清楚なイメージだったのに、実は暗器でも何でも使いこなせる暗殺者タイプだったらしい。僕はにっこりと笑うディアナに底知れぬ恐ろしさを感じた。だけど、僕としてはやっぱり彼との関係も少し気になる。

「それだけ頑張ったのは……やっぱりルーベンスのため？」

「う……ま、まぁ、そうですね。いえ、やっぱり、あいつの為にというより私自身の為に頑張ったというか……」

おお、顔が赤くなってもじもじしている。そんな彼女の姿を見ながら、僕はニヤニヤと微笑んでいた。すると彼女は、ハッとしてから、咳払いをする。

「と、ともかく、レナルーテに行っている間は私がリッド様のメイドになります。改めて、よろしくお願いいたします」

「うん、よろしく」

僕は彼女に笑顔で答える。その後、ディアナから、ルーベンスの背中を押したことについて、お礼を言われた。ずっと、僕にお礼を言いたかったそうだ。

「初めてルーベンスのことを腑抜けと仰った時は、立場もわきまえずに怒ってしまい申し訳ありませんでした。リッド様が私の言葉の真意を酌むようにと、ルーベンスに伝えてくださったと聞き及んでおります。本当にありがとうございました」

「いやいや、僕は何もしてないよ。二人の今までがあったから、ルーベンスも踏み出せたんだと思うよ」

さすがに、二人が付き合う前からルーベンスに相談を受けていたとは言えず、当たり障りのない言葉で僕はとりあえず切り抜ける。メイドとして護衛するという話より、どうやらこのお礼が彼女の中でメインだったようだ。その後、ルーベンスの事で少し雑談すると、彼女は「では、そろそろ

戻ります。何かあればすぐお呼びください」と、僕に一礼すると部屋から退室した。

気付けば、彼女と話して気分がまぎれたのか、酔いは大分よくなっている。でも、まだ治りきっていない感じだったので、今度こそ寝ることにした。と思ったらまたドアがノックされる。

今度は誰だろう？　そう思いながら返事をすると「失礼します」とクリスが部屋に入って来た。その顔はとても心配そうな表情で僕を見つめている。

「えーと、どうしたの？」

「いえ、リッド様が連日の馬車で酔いがとても酷いと伺いましたので、良ければこちらをと思いまして……」

彼女が取り出したのは『飴玉』だった。何でも、色んなハーブ類を調合して作ったものらしい。

「私もよく長旅で酔いには苦しめられたので、これを常備しているんです。よければお試しになりませんか……？」

「ありがとう。早速頂くね」

僕はクリスの飴玉をもらい、まず一個を口に放り入れた。すると、襲ってきたのは強烈な酸っぱさに近い刺激だった。

「んんー!!」

予想外の味に思わず唇と目がギューっとなる。

「リッド様、大丈夫ですか!?　もし口に合わなければ、こちらに吐き出してください」

「うんうんうー!!」

大丈夫と言いたいが口が開けない。クリスは手のひらを僕に差し出すが、それをぼくは両手で制して大丈夫と首を横に振った。それから少しすると、酸っぱさが落ち着いてきて甘味が強くなる。こうなると美味しいと感じるようになってきた。

なんか前世の記憶にも、こういったお菓子あったな。刺激が強いグミみたいなお菓子だったはず。

僕は口の中で飴玉を転がしながら、少し感慨に耽った。

ふと、クリスの顔をみると心配そうな表情をしていたので、口が開くようになった僕は言った。

「不思議な味がする飴玉だね。最初は酸っぱくて、あとから甘味が来る感じはくせになりそうだよ」

「お口に合いましたか？　それでしたら良かったです」

クリスはホッとした面持ちで胸を撫でおろしている。しかし、この飴玉はいいな。酸っぱさもそうだけど、あとから来る甘みも好みだ。それに、酸っぱさでギューとなったおかげか、スーッとして気分が良くなった気がする。僕はクリスに視線を移すと微笑んだ。

「この飴玉、良ければもらっていいかな？」

「はい。その為に持って来ましたから」

僕が気に入った様子を見せると、彼女は満面の笑みを浮かべていた。その後、クリスが使う分以外の飴玉を僕はすべて買い上げる。無料で良いと言われたが、そういうわけにはいかないと、クリスに預けているお金から引いといてほしいと伝えた。

彼女は少し寂しそうな顔で「わかりました」と頷き、微笑んだ。

その後、レナルーテにおいての動きについて、軽く確認と雑談をする。ある程度の話が終わると、クリスは「今日はゆっくり休んでください」と言って僕の部屋を後にした。

部屋に一人となった僕は、飴玉を期待の籠った眼差しで見つめて呟く。

「この飴玉さえあれば、馬車旅は何とかなるはずだ!!」

明日の馬車に対する不安を飴玉で払拭しながら、この日の僕は寝た。

◇

宿場町を出発してどれぐらいの時間が経過しただろうか？　僕はひたすら馬車の揺れに耐えつつ、クリスに貰った飴玉をちょくちょく口に入れていた。それでも、揺れによる酔いで気分は悪いが今までに比べれば大分マシだ。

だけど、虫歯にならないか心配だ。そういえば、この世界において虫歯の治療ってどうなるのだろう？　医療が発達していない時代では、虫歯は無理やり抜くしかなかったと聞いた記憶がある。背筋がゾクッとしたので、僕は怖くなって深く考えるのをやめた。しかし、医療技術なども、いずれは考えないといけないな、と思い胸に秘めた。

「その飴玉は、そんなに効くのか？」

「え？　はい。僕はこれがあるとないとでは大分違うと思います」

持続的に僕が口に飴玉を入れていたせいか、正面に座っている父上が興味をもったみたい。この時、ある悪戯を思いついた僕はニコリと微笑んで言葉を続ける。

「それに……とても、甘くて美味しいのです」

「ふむ。ではひとつもらおうか……」

最初は酸っぱいけど、後から甘くなるから僕の言葉に嘘はない。差し出した飴玉を、父上はおもむろに手に取った。これは、父上の面白い顔が見られる絶好の機会かもしれない。期待でワクワクと心を躍らせていた僕の顔は、とてもキラキラしていたと思う。

「……」

飴玉を口に入れる直前、父上は僕の表情を一瞥して何かに気付いたのか。訝しい目で、じっと飴玉を見つめている。あ、あれどうしたのかな？　すると、父上は馬車の窓を開けてルーベンスを呼んだ。

「ライナー様、どうされました？」

「なに、リッドからの差し入れだ。とても甘い飴玉らしいぞ」

父上は、ニヤリと悪い笑みを浮かべながら僕を見つめている。

「どうした、リッド。とても甘くて、うまいのだろう？」

「はい。とても甘いです……後味が」

僕は表情には出さなかったが、『ばれた!!』と内心穏やかではない。父上の問いかけには答えたが、『後味』の部分はかすれるような小声で言ったので、恐らくルーベンスには聞こえていない。

「そうですか、では遠慮なく頂きますね」

彼はにこやかな笑顔で飴玉を父上から丁寧に受け取ると、疑いもせずに『ポイッ』と口の中に放り入れた。そして、表情がみるみる変化……しなかった。しかし、にこやかな笑顔のままに、少しずつどす黒い影が出ている気がする。

「なるほど、確かに甘いですね……後味が、ですけど」

父上はその様子に「ククク」と笑いを堪えている。ルーベンスは、僕と父上を激しくキッと睨んだ後、怨めしい視線を僕だけに移す。

「そういえば最近、リッド様も実力が上がってきています。今度、本気でお相手しようと思いますが……よろしいですよね？　ライナー様」

「ふっふふ……いいぞ。根性を叩きなおすつもりでするが良い」

「……すみませんでした」

二人は、とても楽しそうに息の合ったやりとりをしている。彼が本気を出したら、僕はコテンパンにされるだろう。こうして、僕の悪戯は失敗に終わったのである。自業自得だけど、屋敷に帰ってからの訓練が少し憂鬱になった。そんな、やりとりもあり馬車は順調に進み続ける。やがて、ある事に気付いた僕は、父上に話しかけた。

「父上、馬車の揺れが大分減ってきましたね」

「ああ、レナルーテとマグノリアの国境近くだからな。もうすぐ、レナルーテの関所だ」

ようやく、レナルーテに着く。ということは、馬車ともおさらばできるわけだ。そう思うと、大分気分が楽になった。その時、外からディアナの凛とした声が響く。

「レナルーテの関所が見えてきました」

僕は彼女の声に反応して、窓から関所を見て少し驚いた。関所というより砦という感じで、思ったよりも大きい。出入口の門は木で造られていて、城門という感じだ。城門前には、ダークエルフの兵士が二人、槍を持って立っていた。

僕達にはすでに気付いているようで、少し警戒しているのが離れていてもわかる。

「先に行って、我らの事を伝えて参ります」

ルーベンスが、報告するように父上に発言する。その言葉に父上が頷くと、彼は乗っていた馬の腹を足で叩く。そして、颯爽と先行して関所に向かっていった。

ルーベンスが先行してくれたおかげだろう。馬車が近づくと同時に、城門が開かれる。門番の兵士達に促され馬車はゆっくりと砦の中に入っていく。砦の中である程度進むと、馬車は止められた。

すると、ダークエルフの兵士達が馬車に近づいて来て、畏まった声を発した。

「大変僭越ながら申し上げます。身元確認の為、書類と合わせてご本人にお目通り願いたい」

兵士の声に父上はサッと立ち上がり、馬車のドアを開けた。

「マグノリア帝国、バルディア領当主。ライナー・バルディア辺境伯だ。これで良いかな？」

「ハッ、大変失礼致しました。お目通りさせていただき、光栄であります」

ダークエルフの兵士は、父上の姿を見ると一礼してからサッと引いた。兵士とのやりとりを終えた父上は、馬車のドアを閉めると座っていた場所に腰を下ろす。

しかし、この時の僕は、馬車の窓から見えたダークエルフの兵士達の姿にテンションが上がっていた。まさに『ときレラ！』本編とは関係ないところで、プレイヤー達が盛り上がっていた要素そのままだったからだ。その要素とは、ダークエルフの兵士達の姿が明治維新後の日本を彷彿させるような軍服を着ている。いわゆる和洋折衷の衣装だ。

少し四角い形の印象がある軍帽。黒を基調とした長袖に長ズボンの軍服。膝元まである軍靴。そして、やっぱり目につくのは腰にある軍刀。

うん、どう見ても、前世の記憶にある和洋折衷で見たことがある感じですね。あまり本編をやっていない僕でも、これは覚えていた。思い出すと懐かしいが、職場の後輩がお勧めしてくる要素の中にこれがあったのだ。後輩だった女の子の言葉をしみじみと思い出す。

「ダークエルフと和ですよ、和!!　しかも和洋折衷時代です!!　そのルートの雰囲気は最高ですから、一回見てください!!」

ごめん……。かなり、お勧めされたから覚えてはいたけど、ゲームではやっぱり未読スキップしてしまった。だけど、直接見たのだからきっと後輩の女の子も許してくれるはずだ。僕はそう思うことにした。

しかし、そもそも何故レナルーテが和洋折衷になっているのか？　実は、これにはちゃんと理由があった。それは、数年前に起きた『バルスト事変』に起因している。

当時、マグノリアが表向きは同盟国となり問題を解決した時、レナルーテの国民が友好的かつ積極的にマグノリアの文化を生活に取り入れた。元々、和に近い文化を持っていたレナルーテが、西洋に近いマグノリアの文化を取り入れた結果、明治維新後の和洋折衷が溢れる感じの雰囲気になったというわけだ。

何故そこまでレナルーテの国民がマグノリアに友好的になったのか？　それは彼らの出生率が関

係している。ダークエルフは寿命が非常に長い。そのせいか、他の種族よりも子供が出来にくい体質らしい。その為、種族として、国として大きな問題になっていた。それ故、ダークエルフは種族的にとても子供を大切にしており、国民全員が自分自身の子のように子供を見守る、そんな文化があった。

そして、当時バルストの奴隷狩りが狙ったのがダークエルフでも価値の高い子供達だった。だからこそ、バルストとレナルーテはより関係が拗れて悪化したのである。そこに付け込み、塩の供給までちらつかせてレナルーテを属国にしたマグノリアも中々だとは思うけど。

今回、婚姻するにあたり、現状のレナルーテについては事前に座学で学んだ。その時、後輩の言っていたことも思い出した。だけど正直、和洋折衷よりも目的は別にある。僕が考え込んでいる間に、馬車は関所を抜けてレナルーテ国内に入っていることに、ふと気付いた。

そして、新たに目に入る光景、それは田園風景だ。そうレナルーテには『米』がある。

僕はたまらずに声に出して喜んだ。

「父上、田んぼですよ!!　田んぼ!!」

「うん？　確かにマグノリアでは見ないが、レナルーテでは珍しくないぞ」

残念ながら、父上に僕の感動が伝わらなかった。しかし、僕はとても感動している。マグノリアの食事はパン、肉、スープ、サラダなどが基本だ。『米』なんてまず出てこない。いつか何とか出来ればと思っていたけど、こんなに早く機会が来るとは思っていなかった。

実は、クリスに同行してもらった理由にはこれもある。絶対に商流をつくって、米をバルディア領に輸入出来るようにしたい。田園風景を見ながら僕が決意を新たにしていると、父上から声をかけられた。

「恐らく今日中には、レナルーテの王城に入るだろう。だが、レナルーテの王とは恐らく明日以降、会うことになるだろう。今日はゆっくり休むようにしておけ」

「わかりました。万全で臨めるようにいたします」

僕は父上の言葉に頷くと、力強く答えた。父上は、僕の意気込む姿を見て安堵したようだが一転、怪訝な面持ちになるとおもむろに言った。

「……吐くなよ？」

「レナルーテの王の前で、吐くわけがないじゃないですか……」

父上の言葉で僕は力が抜けてしまった。

レナルーテ王都

「レナルーテ王都が見えてきました」

馬車の外にいるディアナが、僕達に目的地の間近まで来たことを教えてくれた。おもむろに馬車の窓からレナルーテ王都を覗くと、お城が見える。うん、和風のお城だ。なんとなくそうかな、と思っていたけど遠くから見ても中々の迫力だ。城の周りには町があるから、城と城下町という構図になっている。馬車の窓から外を眺めていると、父上に声をかけられた。

「リッド。レナルーテとマグノリアでは当然だが、常識が違う事が多々あるだろう。足をすくわれることの無いように心しろ」

言葉を紡ぐ父上は、厳格な顔をしていた。しかし、僕を見つめるその瞳には、心配の色も含まれている。僕は安心させるように笑顔で頷くと、力強く答えた。

「はい、父上。承知しました!!」

僕の言動を見て安堵の表情を浮かべた父上は、満足そうに頷くのだった。

◇

その後、僕達の乗っている馬車は、レナルーテの城下町の入口まで辿り着く。城下町に入る前には検問所があったが、すぐに中に通された。マグノリアから僕達が来ることは当然連絡が入っていたのだろう。

ふと馬車の窓から外を見ると、検問所にいたダークエルフの兵士が、ルーベンスに何か話しかけている。彼は兵士の言葉に首を縦に振ると、すぐに馬車の窓に近づき父上に報告した。

「彼が、城まで先導するそうですが、よろしいでしょうか？」

「うむ。任せる」

父上の言葉を、先程の兵士にルーベンスが伝えると再度、馬車が動き始めた。このまま、城に向かうのだろう。馬車は先導してくれる兵士の後を追う流れでレナルーテの城下町を進んでいく。馬車の窓から街並みを見ると、不思議とどこか懐かしい感じがする。木造の家に瓦屋根が多いかな。

馬車の外を通り過ぎる、ダークエルフ達の和洋折衷の衣装にも目を引かれる。女性達は袴に靴、他にも着物を着ている人もいた。さすがに髪は普通にしている。男性は着物が多いかな。時折、兵士の人や僕達が着ているような服の人もいて、まさに和洋折衷と言った感じだ。

しかし、ダークエルフがその姿でいるというのがまた目新しく、見ていて飽きない。目をキラキラさせて馬車の外を眺めていると、「そろそろ、お城に着きます」とディアナに優しく声を掛けられる。

彼女の言葉を聞いて、馬車の窓から前を見ると、確かに城が大分近くまで見えてきた。城の外周を囲うように水堀があるようだが、いま進んでいる門の近くは空堀のようだ。当然、水堀と空堀の壁は石垣になっている。

馬車が進む先の正面にある城門は、今までレナルーテ国内で見たどの門よりもでかい。その門の前まで辿り着くと、馬車は止まった。

僕は城の知識なんてほとんど持っていない。だけど、和風のお城を間近で見たことで自然と感嘆の声を漏らしていた。

「すごい、迫力……高い石垣だなぁ……」

「うん？　リッド、お前「石垣」を知っているのか？」

『石垣』という言葉に父上が反応して怪訝な顔を浮かべた。マグノリアには石垣がないから、僕が知っていたことに少し驚いたようだ。

「え？　えーと、レナルーテの資料を読んだ時に知りました」

「そうか、レナルーテの城はマグノリアとはまったく違うからな。見聞を広める良い機会だ。しっかり見ておきなさい」

「はい、父上」

僕はそれらしいことを言って、その場をやり過ごした。なお、父上は僕に前世の記憶がある事を知っている。だけど、父上には本当に必要となる知識以外は、基本的に聞かれない限り僕から話すことはない。だから、今回も石垣の知識については知らないふりをした。父上も、あえて聞かないようにしてくれているみたいだ。

それにしても、日本人の記憶を持った僕が、異世界でこんな和風のお城を訪れる機会が来るとは思わず、改めて目の前の光景に感動する。僕が感慨に耽っていると、馬車の前方にある城の城門が左右に開き始めた。そして、そのまま中に入り馬車は城内を進んで行く。城の中に行くかと思ったが、向かった先はバルディア領にある屋敷によく似た建物だ。すると、先導していた兵士が振り返り、僕達の一団に向けて大きな声を発した。

「こちらが皆様のお休みになられる迎賓館になります。いま、係の者を呼んで参りますので、このまま少々お待ちください」

兵士は口上を述べると僕達に一礼をしてから、屋敷の中に入って行く。それから間もなく、見慣れたメイド姿をしているダークエルフの女性達がやってきた。彼女達は、手際よく馬車に積んであった荷物を迎賓館の中に運び始める。

ダークエルフのメイド達の作業を横目に馬車から、僕と父上は迎賓館の前に降り立つ。そして、僕は「うーん」と体を伸ばす。父上も首を左右に『コキコキ』して、自身で肩を揉んでいる。そんな僕達に、少し年齢を感じさせるダークエルフが、一礼をしてから声をかけてきた。

「ライナー様、リッド様、遥々レナルーテまで来ていただき感謝いたします。私、今回皆様のお世話と迎賓館の管理、責任者を致します、ザック・リバートンと申します。以後、よろしくお願いいたします」

ザックと名乗ったダークエルフは物腰が柔らかく、とても感じの良い人だった。ガルンと似ているかもしれない。僕はそう思いながら笑顔で答える。

「はい。こちらこそよろしくお願いいたします」

言い終えると、彼に向かってペコリと一礼した。顔を上げると、ザックは少し驚いた表情を浮かべていたがすぐに笑顔に戻る。どうかしたのかな？　その時、父上がザックに軽い感じで声をかけた。

「こちらこそ……また、よろしくお願いいたしますぞ。ザック殿」

「はい。ライナー様もお久しぶりでございます」

ザックは父上に慣れた様子で一礼する。というか、父上は『また』と言っていた。知り合いなのだろうか？　僕は二人のやりとりを不思議そうな顔で見つめる。その視線に気付いた父上は、僕に説明を始めてくれた。バルスト事変の時に、帝都とレナルーテの情報のやりとりを主にしていたのは父上だったらしい。確かに、国境の隣国だから当然と言えば当然だ。

「その時に、ザック殿には色々世話になったのだ」

「いえいえ、我らダークエルフの同胞が帰って来られたのは、ライナー様のおかげだと私は思っております」

「私は伝書鳩の役目をしたに過ぎません。すべては陛下同士でお決めになったことです」

父上の答えを聞いたザックは、含みのある笑みを見せている。そして、彼はその笑顔を崩さずに目線を僕に移す。

「しかし、ライナー様のご子息が、こんなに素直で可愛らしい子だとは思いませんでした」

「……素直で可愛いだけでは、ないがな」

父上は意地の悪い顔で返事をしながら僕を一瞥する。

「あはは……」

飴玉のことでも根に持っているのかな？　父上の視線に対して乾いた笑い声を出していると、ディアナの声が聞こえてきた。

「ライナー様、必要な荷物をすべて迎賓館に移動させました」

「うむ、ご苦労。ザック殿、部屋に案内していただけるかな」

父上は彼女に答えると視線をザックに移す。彼は父上の視線に「承知致しました」と一礼すると、部屋まで先導してくれた。ちなみに、当然だけど僕と父上は別々の部屋に案内される。迎賓館の中は和式かな？　と、少し期待したが普段過ごしている屋敷とそう変わらなかった。ちょっと残念。

ザック曰く、『迎賓館故に、出来る限りマグノリアに近い形にしております』という事らしい。

部屋に辿り着くと、一通り室内の説明を受ける。そして、彼は興味深い事を口にした。

「マグノリアでは珍しいかもしれませんが、迎賓館には温泉があります。一度、お試しになられますか？」

「え？　温泉があるの⁉」

僕が思った以上に温泉の話題に食いついたことで、少し驚きの表情をしたザックだったが、その後も説明を続けてくれた。男女別の大浴場があるので、そこであればいつでも入ることが可能なのだという。僕の中で迎賓館が温泉旅館になった瞬間だ。

「うん。じゃあ、あとで入らせてもらうね」

「はい。温泉に入りたい時は、いつでもお声かけください」

説明が一通り終わると彼は一礼して、部屋を退室する。一人になった僕は、とりあえずベッドに仰向けで寝転んだ。

「はぁ～、馬車はもうコリゴリだよ……」

途中からクリスにもらった飴玉と道が少し改善した事で多少は酔いもましになった。だけど、それでもきついものはきつい。すでに帰り道のことで気を病んでいると、ドアがノックされた。誰だろう？　返事をしたところ、訪ねて来たのはクリスだ。彼女は部屋に入室すると、歩み寄りながら心配そうに僕の顔を見つめる。

「馬車の酔いは大丈夫でしたか？」

「うん。クリスにもらった飴玉のおかげですごく助かったよ」

「そうですか。お力になれて良かったです」

彼女は嬉しそうに安堵の表情を浮かべているが、流石に飴玉の効果の確認だけじゃないよね？

と思い、お礼と合わせて軽い感じで問いかけた。

「うん。心配してくれてありがとう。それより、どうしたの？　何か問題でもあったかな？」

「いえ、そうではありません。私達も迎賓館に案内していただいたのは大変光栄です。ただ、今後のことを考えると動きづらいので、私達は城下町で宿を取ろうと思います」

なるほど。ちなみに、クリス達に今回お願いしていることは、新たな商流づくりだ。確かに、拠点となるべき場所が、レナルーテ城内だとその都度出入りするのも大変だろう。

「わかった。少し寂しいけどしょうがないね。父上とレナルーテの人達には伝えておくから、何かあればすぐに報告してね」

「わかりました。では早速、移動して商会を何軒か回ってみますね」

「うん、お願いね」

僕の答えを聞いたクリスは、ニコリと微笑むと一礼してから部屋を後にする。すると、今度は入れ違いでメイド姿のディアナが部屋にやってきた。

「ディアナどうしたの？」

「ライナー様より護衛を兼ねて、同室に居るよう指示を受けました。恐れ入りますが、『空気』とでも思っていただければ大丈夫です」

「あ、そう……」

彼女は『空気とでも』というが、腰に帯剣した直立不動のメイドが部屋にいる存在感は、すごく気になる。しかし、馬車酔いの疲れが限界に来ていた僕は、彼女に力なく言った。

「はぁ……少し寝るから、何かあったら起こして……」

「はい、リッド様」

そして、僕は少しだけ仮眠をとることにした。

ファラとアスナ

「姫様、バルディア家の皆様が城内の迎賓館に到着したようです」

「……そう」

彼女の言葉に、ファラはあまり興味のないように静かに答えた。『姫様』と声をかけたダークエルフはファラより年上と思われる少女だ。彼女は黒を基調としたレナルーテの軍服を身にまとっている。その軍服と彼女の緑色の鋭い目が相まって、意気地のない者は、睨まれただけで退散しそうな雰囲気を纏っていた。

彼女の髪は赤みの混ざったピンク色をしており、後ろで三つ編みにされている。ただ、髪が長く多いと思われ、腰下まで三つ編みが届いているのが印象的だ。彼女は心配そうな面持ちで、優しくファラに話しかける。

「もしよろしければ、今から会いに行かれますか？」

「ありがとう、アスナ。でも余計なことをしてしまうと、母上に叱られてしまいます。それに、城の皆も良く思わないと思うの……」

「……承知致しました」

　ファラの言葉を聞いたアスナは、寂しそうに頷いた。彼女達は、王女であるファラの部屋に二人きりでいる。アスナはファラの専属護衛であり、城内を移動する時を含めいつも一緒だ。アスナは最初、専属護衛になったことについて色々と思うこともあった。しかし、王女であるファラの状況を知っていくうちに、アスナは自身の考えが浅はかだったと認識を改める。

　アスナはレナルーテでも有数の武勇が轟く伯爵家の出身だ。彼女の剣術は天才と言われるほどであり、同年代では敵う相手はいない。大人ですら一部の者しか相手にならないほどの実力を持っていた。

　しかし、アスナの才能は身内からは嫌われてしまった。彼女の兄は妹の存在を、立場を脅かすものだと考えたのだ。勿論、彼女にそんな気持ちはない。アスナは剣術さえ磨くことが出来れば良かったのである。そんなある日、アスナは父親から大事な話があると言われ、聞かされたのが王女の専属護衛という職務だ。

　アスナもファラのことは知っていた。『いずれマグノリアに嫁ぐ姫』と一時期、噂でよく聞いたことがある。噂が事実かどうかは不明だが、もし本当なら専属護衛の職務は厄介払いだなと、アスナは考えた。王女がもしマグノリアに行くことになれば、専属護衛のアスナも行くことになる。つまり、アスナの兄の言葉に、彼女の父親が折れたという事だろう。

　何故、何もしていないのに兄の妬みで王女の専属護衛に……。しかも最悪、国外に行かないといけないのか？　アスナは最初、憤りを感じていた。しかし、王女の専属護衛になったほうが、何も考えずに剣だけ握れるかもしれない。そう思い、何も言わずに専属護衛を引き受けた。

その後、王女に会うまでに、今までおざなりにしていた侍女教育のツケが回ってきて大変だったのだが、それはまた別の話。

アスナがファラに初めて会った時、その年齢にそぐわない大人びた様子に驚いた。アスナは、自身よりも幼い少女が何故これほどまでに大人びているのか？　しかし、抱いた疑問の答えはすぐにわかることになった。

専属護衛として、初めてファラの様々な授業に立ち会った日。それは、とても王女にする教育とは思えないほど厳しいものだった。少しでも間違えば、ファラには厳しい物言いで指摘が入る。アスナがそれを制止すると「陛下とエルティア様の指示です」と逆に諫められてしまった。ファラからも「大丈夫。いつものことだから」と笑顔で言われて、何も言えなくなってしまう。

アスナは自身の侍女教育を思い出しても、これほど厳しくされたことがなく、驚きが隠せなかった。さらに驚愕したのは、マグノリア帝国の文化を徹底的に学ばされていることだ。これは、レナルーテにおいてかなり特殊と言っていい。確かに過去の出来事から、マグノリアの文化に対して友好的なところはあった。しかし、ファラが学んでいたのは文化だけではない。マグノリアの国としての成り立ち、貴族、領地など、とても幼い少女にする教育では無かった。

授業は丸一日、夜遅くまで行われる。そして、ファラは自室で必ず当日の復習と翌日の予習までさせられていた。その為、ファラの就寝する時間はいつも遅い。一日で見れば、ファラの予定には一切隙間がない。それは、まるで時間がないとでも言わんばかりだった。

専属護衛として日々を過ごすようになってから数日。アスナは、真意は不明だがファラがマグノリアに嫁ぐことは噂通り事実なのだろう。そうでなければ、ここまでする理由がわからなかった。

ファラは、この過酷な一日を毎日続けている。アスナが専属護衛になる前からだ。アスナは日々一緒に過ごす事で、ファラを支える存在になりたいと思い始めていた。

最初はぎこちなかったが、最近のファラはアスナにだけは本音を少しだけ話してくれる。ある時、ファラがアスナに少しだけ本音を漏らしたことがあった。

「毎日、辛いことや厳しいことはいいの。私が我慢して、頑張ればいいだけだから。でも、どれだけ頑張っても、母上や父上が私を見てくれないのはちょっと悲しいの……」

アスナは自身より幼い少女が言う言葉に、胸が締め付けられる思いがした。だが、アスナもそれは疑問に感じていた。ファラが何をしても、陛下もエルティア彼女のことを褒めることをしなかったのだ。むしろ、会うのを避けている、そんな様子もあった。結局、理由はいまだにわからない。

そして、ファラを取り囲む環境に最近ある変化が起きる。彼女がマグノリアの皇族もしくは準ずる貴族と婚姻することが唐突に決まった。ファラの年齢で婚姻までするとなれば、国同士の動きが何かあるのだろう。アスナはそれでも、彼女さえ幸せになってくれれば良いと思っていた。

しかし、皇族との婚姻になると思いきや、候補者として訪問に来るのはマグノリア帝国のライナー・バルディア辺境伯の息子だという。アスナは憤りを感じていた。何故、レナルーテの王女との婚姻に、皇族ではなく辺境伯の息子が来るのか。仮に準ずるとしても、皇族との縁談があってからではないのか？　これではファラが今まで、頑張った日々が報われない。

しかし、ファラは「誰と婚姻しても私は大丈夫だから、心配しないで。ね？」と笑顔で話すだけだった。アスナは自身が何もできない事がとても悔しいと感じ、せめてファラの為に辺境伯の息子を見定めることが出来ないだろうか。そんなことばかり考えていた。

「アスナ？　アスナ聞いているの？」

「え？　あ、申し訳ありません。考えに耽っておりました」

「もう……」

慌てたアスナの顔を見たファラは、少し呆れているようだ。

「それよりも、ふと思い立ったのだけど、明日着る服を決めておきましょう、ね？」

「え？　は、はい。承知致しました」

突拍子のない彼女の発言にアスナは少し驚くが、一緒にドレスを選ぶことになった。主は専属護衛だが、アスナは一応侍女も兼ねている。

「これなんか、驚いてくれるかしら？」

「……姫様、いくらなんでも王女がメイド服を着るのはどうかと思います」

「そう？　マグノリアの服装が流行りということで、侍女が用意してくれたのだけど」

アスナは呆れた面持ちで、マグノリアのメイド服を着ようとしているファラを制止する。

「いくら、マグノリアのデザインと言っても、王女であろう方がメイド服で謁見は如何かと……。普通のドレスに致しましょう」

「えー…ちょっと、つまんないです」

ファラは指摘されたことに対して、不満顔を見せる。アスナはその様子を見て小さく「はぁ」とため息をついた。彼女は年齢のわりに聡明だが時折、突拍子のないことを言い出したりする。その為、意外と目が離せないところがあるのだ。

「そうだわ!! 私もアスナと同じ軍服で行ったらどうかしら? ね?」

「絶対にやめてください……!!」

その後、二人はしばらくドレス選びをして、楽しい時間を過ごしていた。しかし翌日、ファラの母親のエルティアからドレスが届く。

残念ながら、二人が前日に選んだドレスが謁見に使われることはなかった。

ノリスとエリアス王

レナルーテ王城内にある本丸御殿。その中にある執務室のドアがノックされ、中にいたレナルーテの王、エリアスが返事をする。その後、室内に兵士が入ってきて、一礼してから言葉を発した。

「ノリス様が陛下にお会いしたいとのことです。お通ししてもよろしいでしょうか?」

兵士の一言で事務作業をしていたエリアスの手が止まり、表情が険しくなった。ノリスはレナルーテの中でも影響力の強い華族であり、マグノリアとレナルーテの密約も知っている。そして、同盟という名の属国になったことを屈辱に思っているため、何とかマグノリアと対等な立場になろうと画策している人物だ。

残念ながらレナルーテも決して一枚岩の国ではなく、様々な派閥というものがどうしても出てくる。ノリスがまとめている派閥は、レナルーテにおいて一番厄介な派閥だ。しかし、彼がいるからこそ安定していた部分もある。その為、エリアスも多少の毒であれば止むを得ないとしてきたところがあった。

しかし、最近のノリスは少し調子に乗っている感じがある。恐らくエリアスの息子であるレイシスの存在が大きいのだろう。レイシスの母親はノリスと血の繋がりがある、リーゼル王妃だ。その為、ファラとレイシスは異母兄弟である。ダークエルフは、出生率の低さから王族に関しては一夫多妻制が基本となっていた。

そして、王妃となるのは最初に王の子供を宿した女性と定められている。王妃を先に決めても出生率の低さから、側室が先に子を宿してしまう事がどうしても出てくるからだ。だが、王族の血を絶やさない為に一夫多妻をやめるわけにはいかない。しかし、側室が第一子、王妃が第二子という構図は、権力争いのもとになりかねない問題となる。結果、王妃は子を最初に宿した女性がなることになった。

エリアスも今までの慣習に沿って、一夫多妻制によりレイシスとファラという二人の子宝に恵まれる。ところが、バルスト事変の密約によって、ファラはマグノリアに嫁ぐことが生まれてすぐに決まってしまう。その結果、ノリスと血の繋がりがあるレイシスしか王族の子が国に残らないのである。

密約の内容は当然、一部の華族しか知りえない情報だ。その為、ノリスはファラが多少大きくなった時期から派閥に所属する者を使い、噂を流し始めた。

「王女はマグノリアに嫁ぐのではないか？　その為の教育では？」

実際、ファラの母親であるエルティアは我が子がマグノリアに嫁ぐことを知っていたこともあり、早い段階から厳しい教育を始めていた。それが、密約を知らぬ者達からすれば噂の信憑性を高める要因となったのは想像に難くない。

国に残るレイシスがいずれ王になる。その構図が見えた者達はノリスの派閥に入るようになった。そして、今回の婚姻問題だ。マグノリアとしては属国の王女を皇子の正室にするメリットはないだろう。マグノリアからすれば、ファラは関係強化の為の人質としての価値しかない。だからこそ、今回の婚姻候補者として辺境伯とその息子が来たのである。しかし、候補者と言ってはいるが実際は決まっているようなものだ。

マグノリアから候補者が訪問すると親書が来た時、その内容にノリス達はすぐに噛みついた。

「皇族もしくは準ずる貴族とあるが、筋としては皇族と縁談をして問題があれば準ずる貴族とするのが正しい。マグノリアはわが国と王女を軽んじているのではないか？」

これに呼応するノリスの派閥にエリアスは頭を抱えた。そもそも、レナルーテはマグノリアの表向きは同盟だが属国になったのである。その時点でレナルーテは軽んじられたからといって、何も言えない立場だ。確かにエリアス自身、娘である王女をマグノリアに好き好んで渡したいわけではない。

エリアスは一国の王である。自国の民を守るために、人ではなく王として決断をしなければならない。その為の苦渋の決断だった。ノリス達はそれを知っているにも拘らず国の為と、それらしい大義名分を掲げている。しかし、彼等の目的は、マグノリアに汚されたと感じている誇りの意趣返しだ。その為に、王子と王女。そして、マグノリアの辺境伯の息子も巻き込もうとしている。

今までの経緯、そして現状を思案したエリアスは一人静かに呟いた。

「やはり、潮時かもしれないな」

その時、ドアの前に佇む兵士が畏まった様子で再度、エリアスに尋ねた。

「……陛下、ノリス様はいかが致しましょう？」

「はぁ……通せ。ノリスだけだ。他は誰も入れるなよ」

渋い顔を浮かべてため息を吐いたエリアスは、ノリスを執務室に入室させるように指示をする。

「承知致しました」

兵士は返事をすると、一礼してすぐに執務室を出て行く。それから間もなく、ゆっくりとノリスが執務室に入ってきた。ノリスは少し待たされたのが不満だったのか、少し機嫌が悪そうだ。

「陛下。本日、バルディア家の者達が迎賓館に入ったようですが、先方から挨拶はすでにありましたかな？」

「……先方は馬車による長旅をしているのだぞ？　それに私自身忙しい。挨拶程度、何も当日でなくても良い。こちらの準備があるのでな。その点は、予め先方に伝えているぞ」

エリアスの言葉を聞き終えたノリスは、相槌を打つも不満顔を浮かべた。

「さようでしたか……確かに、陛下の言うこともわかります。ですが、それでも挨拶に来るのが礼儀というものでしょう。やはり、辺境伯の息子は、王女の相手に相応しくないと言わねばなりませんな」

エリアスは気が長いと自身では思っている。だが、ノリスにはいい加減に切れても良いのかもしれない。そんな思いが腹から湧き出てくるが、抑え込むように心の中でエリアスは呟いた。

（熱くなるな……私は冷静だ）

そして、気持ちを落ち着かせるように深呼吸をすると、ノリスを鋭い視線で睨む。

「ノリス、お前の主張は会議でよく聞いている。本当にそんなことを言う為にここに来たのか？王の事務処理を止めるために？」

彼は冷静ではあるが、怒りが漏れ出ていた。ノリスもさすがにこれ以上怒らせてはまずいと、慌てたように本題に話を進める。

「も、申し訳ありません。先日、会議で話をしていた件ですが私主体で進めてよろしいですね？」

「……そのことか。ノリス、お前に任せると言ったはずだ」

先日の会議で彼はある失言をしてしまった。ノリスは一貫して王女とマグノリアの皇族との縁談を望んだ。エリアスは属国となった以上、マグノリアにそんなことは言える立場ではない。出来るわけがないと言い続けていたなかで『辺境伯の息子に問題でもあれば別だが』と口を滑らした。

この言葉を聞き洩らさなかったノリスは、辺境伯の息子が王女の伴侶として問題ないか確認すべきと言い始めたのである。さらに、彼の派閥に属する者達を扇動して会議を優位に進めて行き、ノリスは主張を押し通した。

その結果、止むなくノリスの主張を一部認めざるを得なくなってしまい、エリアスは頭を抱えたのである。ノリスは彼の言葉を聞くと、満足気な表情を浮かべた。

「ありがとうございます。では、こちらで手配を進めさせていただきます」

「……辺境伯の息子と言っても、相手は帝国貴族なのだ。くれぐれも、失礼の無いように頼むぞ」

「勿論でございます。必ずや陛下のご期待に応えてみせましょう。では、失礼致します」

言いたい事を言って、確認したいことが終わるとノリスは執務室を後にする。

「誰もお前に期待などしておらん。たわけが……」

エリアス一人となった部屋に、怒気の籠った彼の言葉が静かに響いていた。

◇

王との話が終わり、ノリスは執務室から満足気な顔で出てきた。これで、憎きマグノリアに一泡吹かせてやる事が出来るだろう。必ずや王女を皇族の妻にしてみせる。それにより、レナルーテは確実に国として飛躍できるはずだ。ノリスはそれを信じて疑わなかった。

エリアスは、辺境伯の息子でも良いという考えを持っている。だが、属国となったレナルーテが唯一、マグノリアと対等な立場になれる長期的な方法。それが、王女と皇子の婚姻。辺境伯と皇族ではまさしく格が違う。国同士としても繋がりが強くなるうえ、王女が皇族の血を引く子供を産めば、レナルーテの血族がマグノリアの皇帝となる可能性もあるのだ。属国となった国の下剋上が直接の争いもなく可能と成り得るこんな素晴らしい機会を絶対に逃してはならない。ノリスが思案しながら決意に満ちた表情を浮かべた時、ふとある事を思い出した。

「そうだった。レイシス王子にも念を押しておかねば……」

そう呟くとノリスはレイシス王子を捜しにその場を去っていった。

ノリスとレイシス

「とうとう、来たのか」

レイシスは、バルディア家の面々が迎賓館に到着したと自室で報告を受ける。そして、何とかして妹を守らなければならない、と一人焦りを感じていた。妹のファラとは、少しだけ会話が出来るようになったばかりだ。何故なら、レイシスとファラの二人は、つい最近までほとんど会ったことがなかったからである。

恐らく何らかの意図により、出来る限り会わせないようにしていたのだろう。レイシスが初めて妹に会った時は、その年齢に不相応な綺麗な所作、大人びた様子などに驚愕した。そして、今ではレイシスにとって自慢の妹でもある。

彼は以前、妹がいると知って、すぐに会いたいと思った。そして、王女の母親であるエルティアに、妹に会いたいと連絡をした事がある。しかし、エルティアからの返事は教育が忙しく、王女と会う時間がつくれないということのみだった。それでも会いたいと思った彼は、エルティアに直談判をするが、彼女は感情のない表情で冷たい眼差しを見せる。

「レイシス王子、よいですか？　王族には役割というものがあります。王女には王女の。王子には王子の役割があります。いま王女は、自分の役割を全うしております。そこに、王子は残念ながら必要がないのです。どうぞ、レイシス王子自身の時間を大切にしてください」

エルティアは遠回しに『会う必要はない』とレイシスに告げてきた。何故、家族である妹に会うこともままならないのか？　エルティアの言葉に衝撃を受けた彼は、言葉の真意を考えてみたがわからない。そんな時、レイシスに答えを教えてくれたのが、相談相手であり曾祖父のノリスだった。

「ここだけの話ですよ。それは、エルティア様がレイシス様のことをあまりよく思っていないからかもしれませんな」

「どうして？」

レイシスの疑問にノリスは微笑みながら答えた。その微笑みには邪気が含まれていたが、幼い王子はそれに気付けない。ノリスの微笑んだ顔や雰囲気は好々爺そのものだ。そして、好々爺は子供に話すべきではない事を、悪意を持って王子にあえて話し始めた。

王子の父親である王のエリアスが愛しているのはエルティアだけなのだと。その為、王子の母親で王妃であるリーゼルの事を王とエルティアも良く思っていない。だから、妹である王女に王子を会わせたくないのだろう。その話を聞いたレイシスはすぐに否定した。

「そんなはずはない!! 父上は母上を愛しておられる。確かにエルティア様も愛しているかもしれない。だが、エルティア様だけ、特別扱いするようなことはしないはずだ!!」

「辛いお気持ちは、お察しいたします。ですが、これは事実なのです。リーゼル様が時折、深い悲しみに暮れた顔をするのは何故でございますか？ レイシス様にも、お心あたりがあるのではないですか？」

「そんなはずはない」とレイシスは否定していたが、確かにノリスの言う通り、母親であるリーゼルは時折、深い悲しみに暮れた表情をすることがあった。しかし、王子が話しかけると、すぐに優しく微笑んでくれる。その為、気にしたことはあまり無かった。だが、ノリスの言う通りだとしたら……？ レイシスは考えれば考えるほど、困惑してしまう。

混乱する王子の姿を見たノリスは、邪気を目に灯してほくそ笑み、王子の耳元で優しく囁いた。

「リーゼル様が深い悲しみに暮れていた時、王はどこに行かれているのでしょうか？」

「……」

彼の囁きを聞いたレイシスは、理解はしたが認めたくない思いで黙っていた。

「エルティア様のところでございます。残念ながら陛下はリーゼル様のところには時折だけなのに、エルティア様のところには毎日通っておられます。それは、そういうことなのです。聡明なレイシス様であればおわかりになるかと存じます」

レイシスは彼の言葉を聞いてカッとなった。父上が母上をないがしろにしていた？ 王妃である母よりも、側室のエルティアを愛しているというのか？ そんなはずがない!! レイシスは激しく首を横に振り、ノリスを怒気が籠った目でギロリと睨むと声を荒げた。

「ノリス!!　そのような戯言、貴様と雖も許さんぞ!!」

「では、ご自分でお調べになってはいかがでしょう?　陛下の予定を知っている者に聞けば良いかと存じます……」

レイシスは、信じたい思いで父親の予定を確認する。すると、彼の言った通り、リーゼルより、エルティアに会いに行く回数のほうが断然に多いことがわかった。そして、確かにリーゼルが悲しい顔をしている時は、エリアスがエルティアに会いに行く日だったのだ。彼の言ったことは正しかった。しかし、この事はレイシスにとって心の傷になってしまう。

王妃のリーゼルがないがしろにされ悲しんでいるのに、エリアスはそれを何とも思わず、考えもせず側室のエルティアを大切にしている。そんなことが何故許されるのか?　レイシスにはわからなかった。悩んだ末、レイシスは彼に相談をする。ノリスは好々爺らしい、優しい雰囲気と笑顔でレイシスの相談に乗った。

「レイシス様のお父上……エリアス陛下は王としてはとても優秀です。それは、お判りになりますか?」

「それは……わかる」

ノリスの言う通り、エリアスはとても優秀な王として国内でとても評判である。それに、子供のレイシスから見ても王として、父親として尊敬していた。だからこそ、ノリスの話をにわかには信じられなかったのだ。しかし、その話が事実だとわかった時、尊敬していた思いは反転して軽蔑の思いに変わってしまう。レイシスは知らず識らずの内に、ノリスに心境を吐露していた。

「そうですか。エリアス陛下を王として尊敬はし続けるべきです。ですが、『人』としてどうかとなると別問題です」

「王と人は別問題……」

レイシスは彼の言葉を聞いて思慮深い顔をして俯いた。ノリスはその様子に満足しながら言葉を続ける。

「エリアス陛下は王としては優秀ですが、人としては未熟なのでしょう。ですが、それで良いのです。完璧な人間などいません。王としての務めを果たすために、人として未熟な部分が出来てもしょうがないのです」

王として優秀なら、人として未熟でも許される。そんなことが許されるのだろうか？　だが、確かにエリアスが王としての務めを果たしている事は事実だ。様々な思いがレイシスの中で駆け巡り、二人に沈黙の時間が生まれる。そして、レイシスがおもむろに呟いた。

「王と人、どちらも優れた人間にはどうすればなれるのだろうか……」

レイシスは、自身がいずれ王になることを知っている。だからこそ、父親であるエリアスを王として尊敬していたのだ。しかし、人として見ると、王妃であるリーゼルをないがしろにしている事を知ってしまい軽蔑の念が生まれた。それにより、レイシスは父親を信用出来なくなってしまう。

彼の心中を手に取るようにわかっていたノリスは、笑顔の裏に邪気を隠して救いの手を差し出す。

「もし、差支えなければですが……私がレイシス王子をお支えいたしましょう」

「ノリスが……？」

レイシスはノリスの顔を怪訝な顔をして見つめる。

「はい。私はこの国でも最高齢に近いのです。それは、様々な人となりや関係を見てきたということです。レイシス様に足りない経験を私が補うことが出来れば必ずや、王と人、どちらも優れた人物になれましょう」

「そうか……そうだな、ノリス。ありがとう。これから、よろしく頼む」

「はい。私で良ければいくらでもお力になります。何かあればすぐご相談ください」

ノリスはレイシスの言葉を聞くと、一礼してから丁寧に答える。レイシスは悩みが解決して、清々しい顔になっているようだ。そんな彼を見てノリスは笑顔を浮かべているが、その裏に見え隠れする邪気に彼が気付くことはなかった。

◇

レイシスは妹の事を案じながら自室で焦りを感じ、一人で考え込んでいると、ドアがノックされる。返事をすると入って来たのはノリスだった。

「ノリス、どうした？」

「先ほど、エリアス陛下に会って参りました。計画は問題なく進められます」

彼の言葉を聞くと、レイシスの表情が少し明るくなった。

「わかった。ノリス、いつもありがとう」

「いえいえ、私に出来ることはこの程度のことです。それより王子、当日はよろしくお願いいたします。くれぐれも油断なさらぬよう……」

「言われずともわかっているさ」

レイシスは自信に満ちた表情で彼に答えた。そんな、王子の表情を見た彼はニヤリと満足そうに微笑む。そして「では、また明日……」と一礼してから王子の部屋を退室していった。レイシスは自身のすべきことが定まった事に加え、ノリスと話したことで焦りが少し落ち着いたようだ。彼は深呼吸をすると、自身に言い聞かせるように呟いた。

「絶対に妹は僕が守る……」

レイシスの瞳に淀みはなく、そこに居るのはただ純粋に妹を思っている兄の姿であった。

◇

ノリスはレイシスの部屋から出ると、人目に付きにくい廊下の陰に移動する。そして、なにやら手で合図を行った。すると、ノリスの影に目と口が浮かび、不気味な人相が浮き上がる。影に浮かんだ顔は無表情だが、ノリスを嫌な目で見つめている。ノリスはその目を気にせず、影に話しかけた。

「王子の様子はどうだ?」

「……特に何も変わりはない。お前のことを信じ切っている。疑うことはないだろう」

影から発せられる声は、無機質で感情の希薄なものだ。ノリスの高圧的な言葉に対しても、特に何も感じていないようである。

「そうか。それなら良い。何かあればすぐに知らせろ」

「……承知した」

影が答えると、ノリスの影に浮かんだ不気味な人相は静かに消えていく。やがて、人相は消えてしまい、その場にはノリスとただ影があるだけだ。

「ふふ……すべて順調だ。見ていろ。マグノリアの田舎者が」

ノリスは、吐き捨てるように呟くとその場を後にした。

駆け引き

「リッド様……リッド様!!」

「う……ん?」

僕は、ベッドで横になっているうちに寝ていたらしい。上半身をベッドから起こして、寝ぼけた様子でボーっとディアナを見つめた。彼女はメイド姿で腰に帯剣をしている。うん、中々にシュールな姿だ。ふと思ったけど、迎賓館で帯剣してよいのだろうか? 僕は寝ぼけた頭で思ったことをそのまま口にする。

「ディアナ、迎賓館の中で帯剣していいの?」

「はい。ライナー様と管理責任者のザック様に了承頂いております」

一礼をして答えるディアナの所作は様になっている。元が綺麗だからなおさらだ。しかし、なんというか……騎士の剣気を纏っているかのように、少し気圧されるメイドになっている。この雰囲気だと、将来ルーベンスは尻に敷かれそうだ。ボーっとしながらそんなことを考えていると、彼女が僕の顔を見つめながら、少し強めの口調で話しかけてきた。

「リッド様がこの迎賓館の温泉に入りたいから、少し時間が経過したら起こしてほしいと指示を頂いておりました。その為、お休み中ではありますがお声かけをした次第です。では、私はザック様に温泉の準備をお願いして参ります」

彼女は少し早口で言うと、一礼してこれまた足早に部屋を出ていった。僕は茫然と寝ぼけながら、彼女が出て行ったドアをボーっと眺めていた。それから間もなく、少しずつ頭が冴えてきた僕は、ふとある疑問が浮かんだ。

「……ザックさんから温泉の話は聞いたけど、今日入りたいってディアナに言ったかな……?」

うーん。馬車の酔いもあって少し寝たいと言ったのは覚えているけど、浴場に入りたいと言った記憶はあいまいだ。だけど、ディアナが言ったというならそうなのだろう。それに、僕自身も温泉に入りたい気持ちが強い。

ベッドから起き上がり周りを見渡すと、マグノリアとほぼ変わらない室内だが、ところどころに和が見られる。例えば、僕が寝ていた布団のシーツのデザインは明るめの市松模様になっている。壁には絵が飾られているが浮世絵だ。でも、よく知っている浮世絵とは少し違う。浮世絵を、より前世の記憶にある現代的な絵に近づけたという感じだ。

ダークエルフの浮世絵は前世でも見たことがない。絵は薄紫色の着物を少し着崩しつつも、気品漂う感じのダークエルフの女性が長い髪を顔の前でとかしている。その姿は女性の独特な色気を醸し出していた。題名には『髪梳けるエルティア』とある。

「インパクトがすごいな……」

絵に見とれていると、ドアがノックされたのですぐに返事をすると、ディアナとザックが部屋に入って来た。二人は僕を見て一礼する。ザックは顔を上げると、僕が近くで見ていた絵に気付き、ニコリと微笑んだ。

「その絵が気に入りましたか？」

「そうだね。とても綺麗な人の絵だからね」

僕の言葉を聞いたディアナは、少し表情を険しくする。

「リッド様はまだ子供です。その絵に興味を持つのはまだ早いかと……」

「へ……？」

発言の意図がわからず、きょとんとする。だが、すぐに気付いてハッとすると、僕はその意図を、顔を赤らめながら否定した。

「違う、違う!!　そんな気持ちで見てないよ!!　とても綺麗な絵だから、見惚れていただけだよ」

「……フフ、わかっております」

彼女は口元に手を当てながら「クスクス」と笑っている。やられた……からかわれた。僕は頬を少し膨らませて、ディアナを怨めし気に睨みつけた。僕達のやりとりを近くで見ていたザックは、何故か笑顔になりながら絵の説明を始める。

「この絵はエリアス陛下の側室、エルティア様をモデルにしたものでございます」

「へー……」

僕は感嘆しながら絵をまた眺めた。絵の技術もあるけど、やっぱりモデルになった人がとても綺麗なのだろう。そんなことを考えながら絵を見ていると、ザックの顔がにやけてきていることに気付いた。ディアナはため息をついて首を横に振っている。どうしたのだろう？　その時、エルティアという名前に聞き覚えがあることを思い出してハッとする。そして、ザックの顔を恐る恐る見ると彼は、にこりと意味深に笑った。

「こちらはリッド様が婚姻候補者となっております、ファラ様の母上エルティア様の絵になります。いやはや、ファラ様はエルティア様とよく似ておりますからな。この絵に見惚れたリッド様なら、ファラ様は必ずやお眼鏡にかないましょう」

僕は自分の顔が真っ赤になるのを感じた。まさか、婚姻相手の母親の絵に見惚れていたとは……僕は内心気恥ずかしさで一杯になってしまった。ニヤニヤしているザックに何か言わないといけない。そんな気持ちになり、僕は焦って言葉を紡いだ。

「いや、見惚れていたのは嘘じゃないけど……その、絵が良いからモデルの人も綺麗だろうなとか思うよね？　ほら、とても魅力的な絵だし、誰だって僕みたいに見惚れちゃうと思うんだ。ね？ね？」

言うだけ言った後に僕は何を口走ったのだろうか？　とさらに顔が赤くなるのを感じた。ザックはそんな僕を見て、ホクホクの笑顔を浮かべている。

「はい。モデルとなったエルティア様はとてもお綺麗ですからね。ファラ様はそのエルティア様の血を受け継いでおりますから、きっとファラ様もリッド様の心に響くお姿だと思いますよ」

「うっ……」

ザックは、言質を取ったとでも言わんばかりの表情をしており、その顔に思わずたじろいだ。僕達のやりとりを隣で見ていたディアナは呆れ顔を浮かべている。

「はぁ……リッド様、この件はこれ以上はやめましょう。恐らくボロが出るだけでございます」

「ディアナまで……」

ボロって言い方はどうなの？　しかし、ザックもこれ以上追及するつもりはないみたい。意味深にニコニコしているけど。でも、会話の中で一つ気になった事がある。

「ザックさんは、僕がファラ王女と婚姻するのは反対じゃないの？」

予想外の質問だったのか、ザックは少し考える仕草を見せた後、おもむろに言葉を紡ぐ。

「そのことについて、私は何かを言える立場ではございません。ですが、ファラ王女には幸せになってほしいと思っております。先程のやりとりで少しだけリッド様のお人となりを知れました。そして、リッド様であればファラ王女が幸せになれると思った次第です」

なるほど。レナルーテは一枚岩ではなく、エリアス陛下は婚姻に対して乗り気のようだと父上は言っていた。そして、今の言動から察するに、レナルーテはバルディア家に対して敵対、中立、味方と三つ巴なのだろう。ザックは中立だったが、味方になってくれたという感じだろうか。やりとりの中でいつの間にか思慮顔になっていた僕は、ニコリと笑うと彼の言葉に答えた。

「言いにくいことを聞いてごめんね。でも、絵のような人がファラ王女なら僕、一目惚れしちゃうかもね。その時、ザックさんは応援してくれるよね？」

出来る限り子供っぽく言葉を発するが、上目遣いで眼光鋭く彼を見据えた。ザックは僕の言動に一瞬だけ目の色に変化があった気がする。でも、すぐにニコリと微笑んだ。

「その時は私も是非、応援致しましょう」

「うん、よろしく」

よし、言質を取った。絶対ではないが、とりあえずザックは『こちら側』ということで良いだろう。すると、ザックが何やら思慮深い顔で少し俯き、間もなく顔を上げるとニヤリと意味深な笑みを浮かべた。

「ちなみに、いまの会話を友人達と楽しむ、お茶と酒の肴にしてもよろしいでしょうか？」

おお!!　いい流れだ。ザックは彼同様の中立と味方。それから、信用はできるが敵対している相手などに、声をかけてくれるということだろう。

彼等からすれば僕がどんな人物かわからない。王女をないがしろにする。もしくはレナルーテとの関係を大切にしない輩であれば、候補者からどうにか降ろそうと画策するだろう。国の視点で考えるとレナルーテは、王女という切り札を今回の婚姻で使うことになる。ドライな言い方だが国同士とはそういうものだ。

彼等には帝国とレナルーテの関係性による正論を振りかざしたところで反発されるのがオチだ。

なら、どうすべきか？　それは、僕が皇族よりも『価値のある婚姻候補者である』と、レナルーテにどのような利益があるかを話せば良い。

勿論、国同士で決めたことだからどの道、婚姻はすることになると思う。でも、バルディア家として、レナルーテを味方にして婚姻するのか。レナルーテと敵対もしくは中立のまま婚姻するのか、という違いは出てくる。

将来を考えれば、絶対にレナルーテを味方にして婚姻をするべきだ。それに、僕はファラ王女を大切に愛すると決めている。そう、母上と父上のように。だから、僕は笑顔でザックに答えた。

「いいよ。ただし、僕がファラ王女に一目ぼれした時、応援してくれる人だけにしてね」

「もちろんでございます。承知致しました」

ザックはニコニコ笑顔で僕とのやりとりを楽しんでいたようだ。ちなみに、側に控えていたディアナは僕達のやり取りを見届けると何か呟いた。

「その年で腹芸とは常識外れにも程がありますね……」

「……？　ディアナ、何か言った？」

「いえ、何でもございません」

ディアナは僕に答えた後、何やら大きなため息を吐いている。どうかしたのかな？　僕がきょとんとしていると、彼女は畏まった面持ちに切り替えてから、咳払いをした。

「コホン……リッド様、僭越ではありますが、温泉にそろそろ移動した方がよろしいかと存じます」

「え？　ああ、そうだね。ザックさん、案内してもらっても良いですか？」

意外と話し込んでいたらしく、思ったより時間が過ぎていたようだ。

「ええ、承知致しました」

ザックは答えると同時に、ニコリと微笑んでから一礼する。その後、部屋を一緒に出た僕達を、彼は迎賓館の中にある温泉まで案内してくれた。それにしても、ディアナがやたら温泉を気にしている気がするのは、気のせいだろうか？　そんなことを思っていると、ザックが足を止めて僕達にゆっくり振り返った。

「こちらでございます」

案内された温泉の出入り口には、なんと赤と青の『のれん』がかけてある。過去の記憶で見たことのある風景に、僕は少し呆気にとられてしまった。しかも、のれんをよく見ると漢字はさすがにないが、見たことのある温泉マークが描かれている。川っぽいマークを湯気に見立て、そのマークの少し下を丸で囲むようにデザインされたものだ。恐らく日本人なら誰でも一度は見たことがあるのではないか？　呆気にとられていると、ザックがおもむろに温泉の説明を始めた。

「青が男性用。赤が女性用となりますので、入るときはご注意ください。それからお湯が熱すぎる場合は恐れ入りますが、係の者にお申し伝えください」

「わかった。ありがとう」

ザックは一礼してその場を後にしようとしたが、ふと気になることがあったので尋ねた。

「そういえば、迎賓館の温泉のお湯ってどうしているの？」

温泉と言っても確か、成分によって危なかったりしたはず。それに、この世界には電気などもないから、どうしているのかなと疑問を抱いたわけだが、ザックはすぐに答えてくれた。

「ご安心ください。ここの温泉は人体に問題はありません。源泉と水路をつないでおりますので、お湯はそこからです。また、温度に関しては『湯もみ』を行って調整しております」

言い終えるとザックは一礼して、改めてこの場を後にする。湯もみと言えば、草津温泉とかでしているやつだろうか？　船の櫂みたいな棒で、掻き混ぜて温度調整していた気がする。ということは、源泉のみのかなり良い温泉ではないだろうか？　質問したおかげで、温泉に対する期待度が僕の中で上がった。だけど、隣で聞いていたディアナは、僕より期待に目を輝かせている気がする。

でも、長旅の疲れもあるし、ディアナにもゆっくりしてもらいたいな。そう思った僕は、彼女に気さくに話しかけた。

「僕は一人でも入れるから、ディアナもゆっくり入ってきなよ」

「……いえ、護衛の任務がありますから、そういうわけには参りません」

そうか……護衛の任務があるのか。と、その時ある考えが浮かんだ僕は、笑みを浮かべて軽い気持ちで提案してみた。

「お風呂ぐらい大丈夫だと思うから、気にせずに入りなよ。もし、気になるならルーベンスでも呼んで、風呂場の前に立たせておいたら？」

「……それ、名案ですね」

冗談のつもりだったんだけど、思いのほか彼女の目が輝いた気がする。ディアナは周りを見渡して、すぐ近くに控えていたダークエルフのメイドに声をかけた。彼女に話しかけられたメイドは僕達に一礼をしてその場を後にする。

ルーベンスを呼びに行ったのだろうか？　彼も疲れているから寝ているだろうに。少し気の毒だと思ったが、考えてみたらディアナはルーベンスの彼女だ。なら、そんなに気にしなくても良いのかもしれない。

「リッド様、私はここでルーベンスが来るのを待ちます。先にお入りください」

「わかった。護衛は最悪ルーベンスに全部任せていいから、ディアナもゆっくりしてね」

「ありがとうございます」

彼女は僕の言葉に一礼すると、姿勢を正してのれんの前に立った。うん。門番みたいだ。

「じゃあ、先に入るね」

「はい。ごゆるりと、お寛ぎください」

僕は青いのれんの下を潜り、その先の通路を進んで行き脱衣所の中に入った。

「うわー、見たことのある風景だなぁ……」

そこは前世の記憶にある温泉施設とよく似た脱衣所だった。棚が何個もあり、各棚には脱いだ服を入れる籠が入っている。籠を棚から取り出すと、中に何か入っていることに気付いた。

「体を拭くものと……うん？　これは……浴衣だ」

僕は『浴衣』がこの世界に在るとは思わず、驚きの表情を浮かべた。でも、残念ながらサイズが合わないので着ることは出来ない。しかし、迎賓館がますます高級旅館に思えてきたぞ。

気を取り直して服を脱ぐと、温泉の浴室の洗い場に移動する。その際、これから入る温泉を見渡すと岩風呂の露天風呂だった。良い、とても心を擽る温泉だ。

早速、体を洗おうとするがそこであることに気が付いた……石鹸がない。そういえばこの世界では、石鹸はまだ高級品だったはずだ。さすがの迎賓館でも置いていないらしい。少し残念だが、僕は諦めて体にかけ湯をしてから温泉に浸かった。

「いい湯だなぁ～……」

やはり、湯に入るとつい口にしてしまう。僕は温泉に浸かりながら『石鹸』に関しても何か出来ないか考えることにした。こういう時こそ『メモリー』だ。そう思った矢先、脱衣所から音がする事に気付いた。

誰だろう？　ルーベンスか父上かな？　そう思いながら脱衣所をぼんやり眺めていると、人影が見えてくる。やがてそれが女性だと理解した。

「リッド様、失礼いたします……」

「へ……？」

予想外の入浴者に僕は呆気にとられた。そして、間の抜けた返事をしてしまい、そのまま固まってしまう。

え……なんで、どうして、ディアナが来るの？　女湯いかなかったの？　いや、そもそもルーベンスが来ていない？　あまりの出来事に頭が混乱する。そして、ボーっと彼女、ディアナの裸体を眺めてしまった。

「……リッド様、さすがにそんなに見られると恥ずかしいです」

ディアナの言葉にハッとした僕は、その瞬間激しい水音を立てながら彼女とは、反対方向を向いて背を向ける。そして、顔を赤くしながら声を荒立てた。

「ディアナ!! なんで男湯に入ってくるの!?」

「え？ 護衛のためですが……？」

彼女はさも当然のように答えた。温泉まで来るのが護衛の役割だろうか？ 脱衣所の前に立っていても良い気がする。

「ル、ルーベンスは？」

「はい。来ました。従いまして、のれんですか？ あれの前に立っていますよ」

会話しながらも、彼女が岩風呂に近づいているのを背中に感じる。

「なら、女湯!! 隣に行けばいいじゃないか!?」

「リッド様、何を言っておられるのですか？ 今のタイミングが一番危険なんですよ？ それに、ザック様の様子を見るかぎりレナルーテも様々な動きがありそうですからね」

確かにディアナの言っていることは正しいかもしれない。でもそれと、これとは別だ。

「ふふ、リッド様。何をそんなに戸惑っているのですか？」

彼女は僕に段々と近づいてきて、真後ろの耳元で囁いた。顔が真っ赤になっていくのを感じる。

これ以上は危険だ。というか、婚姻の候補者が護衛とはいえ、女性と入浴しているのはまずいのではないだろうか？ そう思い、僕は勢いよくお湯から立ち上がった。

「ぼ、僕はもう上がるから、ディアナはゆっくりしてきて!!」

目を瞑りながら彼女の横を通り過ぎようとするが、僕の腕がディアナに掴まれてしまった。

「それはダメです」

「なんで⁉」

咄嗟にディアナに振り返って叫んだが、その結果、僕は顔がさらに真っ赤になった。何故なら、振り返る際に目を開いてしまい、ディアナの綺麗な体をしっかりと見てしまったからだ。目の前の光景から目が離せずに、後退りをしながら声にならない声が自然と出てしまう。

「な、ななな……」

「リッド様が、先ほどゆっくり浸かっても良いと仰ったではないですか？　私は護衛を兼ねておりますから、リッド様が上がると一緒に出ないといけません」

彼女の言う事は確かにそうかもしれないけど、この状況は居たたまれない。僕が顔を赤らめてたじろいでいると、彼女はクスクスと笑い始めた。

「ふふ、リッド様は本当に面白いお方ですね。まだ小さな子供なのですから、私とお風呂に入っても誰も何も気にしません。むしろ、気にする方がおかしいと思いますよ？」

確かにその通りかもしれない。でも、僕の中で何かがダメだと言っている。前世の記憶の僕は普通に邪な気持ちは人並みにあったと思うけど、今の僕はディアナを邪な気持ちなんかで見ることは出来ない。僕の中でディアナというか、女性がとても尊いものに感じるようになったからだ。

微笑み続けている彼女に観念した僕は、気持ちを落ち着かせる為に大きく深呼吸をしてから、深いため息を吐いた。

「はぁ……わかったよ。でも、僕は出入口近くの所でディアナを見ないようにするから、上がりたくなったら言ってね」

僕の言葉を聞いたディアナは、きょとんとして首を傾げるとまたクスクスと笑い始める。

「ふふ、ありがとうございます。でも、私はそんなに魅力がないですか？」

彼女はまたからかうように、意地悪な顔をしている。僕は頭をがっくりさせて呟いた。

「そんなわけないでしょ……？　その逆だよ。ディアナはとても綺麗で魅力に溢れているから、誰だって目を奪われる、そんな美しさを持っているよ？　そんな、色気を子供に見せたら、それこそ教育上良くないよ……」

「あら……」

お風呂でのぼせてきたのか、今度はディアナの顔が赤くなった。大丈夫だろうか？　僕は心配になり声をかける。

「ディアナ、大丈夫？　顔が赤くなっているよ？　のぼせてない？」

「……リッド様なら、ザック様の言う通りファラ様をきっと大切になさるのでしょうね。はぁ、ルーベンスに見習ってほしいぐらいです」

彼女は赤らめた顔のまま、少し残念そうな表情で呟いた。ルーベンスに見習ってほしいって……なんのことだろう？　僕はきょとんとしながら、思わず彼女に尋ねた。

「ファラ王女のことは何となくわかるけど、なんでルーベンス？」

「……なんでもありません。それより、もう少し温泉に浸かりましょう」

「あ、うん」

その後、彼女にからかわれることはなかった。ただ、気になったのは、悪戯心でルーベンスとの進展についてどうなのかを聞いたら、「そのことは今、聞かないでください」と怒られてしまったことだ。ルーベンス、君はディアナに何をしたの？

それから、温泉でしっかりと温まってから順番に上がった、僕が最初で、次がディアナ。脱衣所では、彼女の裸体を見ないように気を付けた。

僕の着替えが終わる頃に、「これ、どう着るのですか？」と声を掛けられた。振り向くと彼女が、浴衣を広げて首を傾げていたので、僕は着方を説明する。でも、口頭だけでは伝わりにくいから最後は手伝った。

浴衣を着た彼女は、湯上りで血色の良い肌なども重なって凄い色気を醸し出している。それに、普段から騎士の訓練を受けている彼女の姿勢はとても良い。その姿勢の良さが、より浴衣の魅力を引き出していた。

（ディアナってやっぱり凄い美人だよなぁ……）

見惚れるほどの変わり様に、僕は思わず心の中で感想を呟くが、同時に閃きが訪れる。そして、悪戯心からニヤリと微笑むと、彼女にあるお願いをした。

「ディアナ、お願いなんだけどその姿をルーベンスに見せようよ。絶対、反応面白いよ」

「え？　……ま、まぁ、リッド様のお願いでしたら……」

彼女は恥ずかしそうにしながら、ルーベンスがいるところに恐る恐る向かった。勿論、僕はその様子をこっそり眺めるつもりである。

なお、のれんから脱衣所までは少し通路があり、脱衣所を出て通路からのれん側を覗けば、二人のやりとりだけは見ることが出来るわけだ。

「さぁて、ルーベンスはどんな反応をするのかなぁ……」

僕はニヤニヤと悪い笑みを浮かべて、二人の様子を覗き見るのであった。

◇

「ふ…う……」

眠気からくる欠伸をかみ殺しながら、ルーベンスは直立不動でのれんの前に立っている。部屋で眠りかけていたところに突然、ダークエルフのメイドがやってきたのだ。話を聞くとディアナが護衛を一時的に交代してほしい、ということだった。

何か問題でもあったのか？　心配になった彼は、すぐにディアナがいるところに案内してもらう。しかし、いざ現場に到着してディアナに交代の理由を聞くと、返ってきた答えは意外なものだった。

「リッド様の護衛で温泉に入ります。それまで、ここで見張りをお願いします」

以前から、彼女は温泉に入りたいと言っていた。恐らく、この機会を逃すまいと思っているのかもしれない。ルーベンスは少し戸惑いながらも快く引き受けた。そして、結構な時間が経過したわけだが、二人共まだ出てこない。

「長いな……」

温泉とは、かくも長いものなのか？　「ふぁ……」とつい、かみ殺していた欠伸をしてしまった。

するとその時、のれんの奥からディアナの少し恥ずかし気な様子の声が聞こえてくる。

「ルーベンス、少し良い？」

「うん？　どうした？　リッド様の護衛はだいじょう……」

彼女がのれんの奥から出て来た姿を見て、ルーベンスは絶句する。そして、見惚れて目が釘付けになってしまった。

普段の姿とは想像できないほどの色気が彼女から溢れ出ている。湯上がりによって、潤いと瑞々しさを感じさせる血色の良い肌。濡れた髪は下ろされておりとても艶がある。その姿は、彼女が普段しているポニーテールの姿とは、また違う魅力を引き出していた。あまりの色気とギャップにルーベンスは度胆を抜かれる。

ディアナの、あまりに蠱惑的な普段と違う姿に思わずたじろぐルーベンス。彼女は少し顔を赤らめて上目遣いで声をかけた。

「この服どうかな？　レナルーテの服で『ゆかた』っていうらしいの……似合っている？」

「あ、ああ……」

ルーベンスは口元を自然と手で隠して、ディアナから視線を逸らす。彼女があまりにも蠱惑的だからだ。それでも、ついついチラ見をしてしまう程に、彼女の浴衣姿は色気に満ちていた。所作が綺麗なことに加えて、リッドでは気付けなかった魅力がルーベンスの目には映っている。それは、浴衣で隠しきれていない、ディアナの胸の谷間である。恐らく、本人は気付いていていない。その為、彼女が体を動かすたびにルーベンスの理性を追い詰める。

だが、彼女は自身が蠱惑的であること、そして、彼を悩殺している事実に気づいていない。それどころか、ルーベンスが目を逸らしたことで少しシュンと落ち込んでしまった。

「……やっぱり、私には浴衣似合ってない？　リッド様が私の浴衣姿がとても良いから、ルーベンスに見せてほしいって言われたのだけど……」

「……!?　そんなことはない!!」

彼は声を荒げて『似合っていない』という言葉を否定する。そして、逸らしていた目をディアナに向けた。彼女は少しシュンとしながら、上目遣いでルーベンスを見上げている。

二人は、気付けばお互いの瞳を見つめ合っていた。そして、時と共に二人の息と鼓動が同調していく。気持ちの高ぶりが言葉に出さずとも伝わり、彼は浴衣の上からディアナの腕を握り、のれん奥の通路側、外から見えない壁に優しく彼女を押し付けた。握られた腕も壁に押さえられたディアナだが、抵抗はしない。それどころか、潤んだ眼を泳がせながらルーベンスに向ける。間もなく、彼女は少しだけ頷いて、受け入れる合図を送った。

「ディアナ、綺麗だ。愛している」

「私も……」

気付けば、熱く、妖艶で蠱惑的な二人だけの世界に入り込んでいる。しかし、彼らは忘れていた。

そもそも、何故ここにいて、与えられた役割はなんなのか？　淡く甘い桃色の世界から二人が戻るきっかけが突如おとずれる。そしてそれは、とても聞き覚えのある男の子の声だった。

「ゴホッゴホゴホ、ゴホン!!」

わざとらしい咳払いが聞こえた瞬間、二人はハッと我に返る。そして、ディアナはあまりの恥ずかしさに、激しく動揺して珍しく悲鳴を上げた。

「きゃぁあああ!!」

「いってぇ!!」

悲鳴と合わせて頬が激しく叩かれる音が『のれん』の奥の通路に鳴り響く。彼女は全身を真っ赤にさせて、顔を両手で覆ってしゃがみ込んでしまった。対してルーベンスは、彼女に叩かれた頬を手で押さえながら目を丸くしている。そこに、一人の男の子がのれんの奥の通路からやってきた。気恥ずかしい雰囲気を醸し出しているその男の子は、二人に対してニヤニヤと微笑んだ。

「ふふ……えーと。僕は何も見ていないから安心してね?」

僕の言葉を聞いた二人は、鳩が豆鉄砲を食ったような顔をしている。だが、間もなくルーベンスとディアナは、自身達の痴態を思い出したのだろう。顔がゆでだこのように真っ赤になっていく。

その後、悲鳴を聞きつけたザックやメイド達がやってきて、ちょっとした騒ぎになる。だけど、ディアナが脱衣所で虫に驚いて悲鳴を上げてしまう。それを聞いて駆け付けたルーベンスを、彼女が思わずビンタしてしまった。と、ラブコメのテンプレみたいな説明をしてみたところ、案外納得してくれたようだ。その説明中も、ルーベンスとディアナの顔は真っ赤である。

その後、騒ぎが落ち着くと集まった皆も去り、その場には僕達だけが残された。ルーベンスとディアナも落ち着きを取り戻して、平常運転に戻っている。でも、僕は二人に再度ニヤニヤと微笑んだ。

「僕は何も見てないからね？」

僕の言葉に二人は、また顔を真っ赤にして俯いてしまう。

『恋は盲目、壁に耳あり、障子に目あり』と言ったところだろうか？　二人共……色恋沙汰は人のいないところでしてね。と、心の中で呟く僕だった。

ライナーとザック　リッドと浴衣

「ふぅ……」

迎賓館の二階にある一番大きな部屋に案内されたライナーは、ソファーに腰を下ろして険しい表情を浮かべていた。明日は王に謁見するが、婚姻反対派の輩が何かしら仕掛けて来るだろう。レナルーテの華族達の動きを考えると、今から頭が痛くなりそうである。

ライナーは本来息子を婚姻の件で、ここに連れて来るつもりはなかった。だが、ナナリーの病気に関わる問題だと言われた以上、連れて行かざるを得なかった。その後の苦労を思い出すと、今でも頭が痛くなる。

帝都のアーウィンに婚姻の前の候補者としてレナルーテに行く、と手紙でどう伝えるべきか頭を悩ました。『両国との関係をより強化する為』と、それらしい理由で何とか許可は下りたが、当然、その結果もすべてが終わったら報告の必要があるので、今から憂鬱だ。

なお、レナルーテには皇帝の親書で連絡をしてもらった。しかし、当然そんな連絡が事前に行けば誰でも思うだろう。バルディア家が王女の婚姻相手の最有力だと。

その反応を予測していたライナーは、同じ時にレナルーテの協力者にも連絡を取った。その結果、相手国の動きはあらかた把握できた。そして、協力者側の提案とライナーの意見を合わせて『あること』を実行することを決めたのである。

今日、王に謁見しなかったのは、その協力者と最後の打ち合わせをする為でもあった。そろそろ来る頃だろう。

その時、部屋のドアがノックされ、返事をすると入って来たのはザックだ。彼は部屋に入ると畏まった様子で一礼する。ライナーはその場で立ち上がり、彼を正面にあるソファーに座るよう促した。二人は机を挟んで向かい合わせで席に着くと、ザックは顔をほころばせて笑みを浮かべる。

「いやはや、ライナー様のご子息は将来が楽しみで、末恐ろしいですな」

「また、リッドが何かやらかしたのか？」

ザックの言葉で、息子がまた何かをしたのだろうと、彼は眉間に皺を寄せた。その面持ちの変化を見たザックは、楽しそうに話を続ける。

「いえいえ。部屋にエルティア様の絵を飾っていたのです。すると、リッド様が見惚れておいでだったので、ファラ様の母上であることをお伝えいたしました。最初は気恥ずかしい様子でしたが、途中から思慮深い顔をいたしましてね……」

「……それで？」

彼のもったいぶるような話し方で、ライナーは自身の予想が当たっている事を察した。

「はい。『絵に見惚れた自分であれば、ファラ王女に一目ぼれするかもしれない。その時は応援してほしい』と言われました。飾られていた絵の意味。レナルーテの政治状況。私の立ち位置などを素早く理解しておられたようです」

「……リッドめ、爪を隠すということを知らんのか」

ザックは、満面の笑みで息子とのやりとりを語っている。しかし、ライナーは呆れ顔で忌々し気に呟きながら、首を力なく横に振っていた。

「そう、仰いますな。リッド様は私とライナー様の関係を知りません。それに、あの聡明な様子、今から将来が楽しみです。私個人は全面的にリッド様を応援する所存ですよ」

ライナーは少し驚きの表情を浮かべた。ザックのレナルーテにおいての立場を知っているからだ。

「……立場を考えると、リッドが貴殿を落としたことは、私にとってはこの上なくありがたいことだな。だが、何故そこまで惚れ込んだ？　貴殿の性格からすればあまりないことだと思うが？」

ライナーの言葉を聞いたザックは、笑顔を崩さずに眼光だけ鋭さが増した。

「先程、お伝えした通りでございます。将来が楽しみ……だと。それに我がリバートン家所縁の王女がリッド様と婚姻出来る。これは、今後を考えると、皇族と婚姻するよりも遥かに良い見返りがありそうです」

「……貴殿にそこまで言わせるか……。我が息子ながら末恐ろしいことだ……」

彼の話を聞き終えたライナーは、肩をすくめると腰かけていたソファーの背もたれに寄り掛かる。

ザックは、そんな彼の様子を不敵に微笑んで眺めていた。ザック・リバートンはレナルーテの協力者だ。しかし、彼は王の側室であるエルティア・リバートンと血の繋がりがあり、現リバートン家の当主でもある。

そして……彼が秘密裏にまとめている組織こそ、レナルーテの諜報機関だ。王命を直接受ける立場であり、エリアスとの繋がりも深い。そんな彼が息子を全面的に支援するという。この言質を取れただけでも、レナルーテに来た意味に繋がる。それほどの人物をライナーの知らぬところで息子は誑し込んだ。確かに、ザックの言う通り末恐ろしいと言っていいのかもしれない。ライナーは眉間に皺を寄せながら、自然と思慮深い表情になっている。

「それはそうと、将来リッド様とファラ様のお二人には子宝に恵まれていただき、可能であれば我がリバートン家の跡継ぎもお願いしたいと思っているところです」

「ブッ⁉」

ライナーは思わず噴き出した。子供の婚姻に何を言い出すのか。だが、気にする様子もなくザックは言葉を続ける。

「ダークエルフにとって幼少期など、人生のほんの一瞬でございます。婚姻が無事に決まった暁には、ライナー様にもお二人の関係を応援してほしいものですな」

「それは、当人達の問題だ……私の関与するところではない」

ダークエルフは長寿であるせいか時折、人族では理解しがたいことを言う時がある。ライナーはザックの言葉にただ首を横に振るだけだ。一連のやりとりを楽しそうに進めていたザックだが、突然雰囲気が変わりサーっと笑顔が消える。彼の変化に気付いたライナーも厳格な面持ちとなる。

「では、そろそろ本題です」

「そうだな」

二人はその後、明日のエリアス王との謁見。そして、反対派の華族達の動きなどを確認していく。

それからしばらく、二人の話し合いは続いた。

◇

「……こんなところですな」

「わかった。明日起こることに関しては目を瞑ろう」

「ありがとうございます。では、私はこれで失礼致します」

ザックはライナーとの話し合いが終わると席を立ちあがり、一礼してから部屋を後にする。

部屋に残されたライナーは打ち合わせの内容を思い返して、人知れずほくそ笑むのであった。

◇

温泉から部屋に戻ると、僕は考え事をしたいから、しばらく一人にしてほしいとディアナにお願いする。最初、彼女は渋ったが部屋のドアの外側で待機することで頷いてくれた。というか、寝る時はどうするつもりだろうか。彼女が部屋を出ると、僕は早速ベッドの上に仰向けで寝転がると『メモリー』を呼んだ。

「やぁ、リッド。随分と悪戯を楽しんでいたじゃないか？」

「悪戯って……まぁ、ディアナに軽い意趣返しのつもりだったんだけどね。まさかあんなことになるなんて思わなかったよ」

僕からしてみれば『風呂上がりの浴衣姿の女性』は前世の記憶から見慣れている。と、まではさすがに言えないけど衝撃は受けない。しかし、ルーベンスは違ったようだ。

そもそも、お風呂自体がこの世界では高級なので、ディアナの風呂上がりの姿を彼が目の当たりにしたのは、あの時が初めてだろう。加えて、恐らく初めてみるディアナの浴衣姿だ。

今になってあれはやり過ぎたかな、と思う。恐らく、マグノリアの文化を考えると、浴衣は女性が着る服ではかなりの薄着の部類になるはずだ。風呂上がりで、蠱惑的な色気に満ちたスタイル抜群の恋人。しかも、初めて見る浴衣という薄着姿にも相当衝撃を受けたと思う。

その結果、ルーベンスの理性が吹っ飛んで、二人の世界を創り上げてしまった。ディアナも自身の魅力でルーベンスの理性を飛ばせたことが嬉しくて、その場の雰囲気に酔って流されてしまった。そうでなければ騎士の二人があそこまで暴走しないと信じたい。と、その時、僕の考えていることが伝わったのか、メモリーが悪戯っぽく声をかけてきた。

「ちなみに、君はその時の事に加えて、お風呂でのディアナをとても意識的に見ていたね。必要ならいつでも瞼の裏に映せるよ。なんだっけ、録画再生？　みたいな感じかな」

「ブッ!!　要らないよ!!」

確かにとても衝撃的だったけど、そんな記憶まで好きに見ることができるのか。そう思うと少し男心が擽られるような気がする。しかし、思い浮かんだ事を見透かしたようにメモリーの声が響く。

「あ、いま邪な考えをしているでしょ？　駄目だよ。僕、そんな依頼は断るからね!!」

「だから、要らないって!!　というか言い出したのはメモリーでしょ!!」

彼は絶対に意地の悪い笑みを浮かべていると確信できる。でも、そんなことより聞きたいことがあった僕は、ため息を吐きながらメモリーに問いかけた。

「はぁ……もうその件はいいよ。それより、新しい情報あるかな？」

「ごめん……ないね」

うーん、やっぱり間に合わなかったか。まぁ駄目もとだったからしょうがない。それより、折角だから、新しいお願いをしよう。

「わかった。それなら、別件で石鹸の作り方もしくは代用品の記憶がないか調べてくれないかな？」

「石鹸の作り方もしくは代用品ね。それも調べてみるよ」

温泉に入った時に、石鹸が無かったのはとても残念だった。あと、この世界では高級品だ。故に、石鹸もしくは代用品が手に入れば、良い商品にもなるので一石二鳥だろう。

「ありがとう。とりあえず今日はそんなところだね」

「わかった。じゃあ、リッド明日頑張ってね」

「うん。ありがとう」

僕は、彼にお礼を言うと通信を切った。やりとりが終わったあと、部屋の外で待機してくれていたディアナを呼び、部屋に入ってもらう。

ちなみに、ディアナはいまメイド姿だ。浴衣は魅力的だったけど、さすがに護衛中に着る服じゃない。でも、凄く似合っていたんだよな。そう思った時、ある提案が浮かんだ。

「ね、ディアナ」

「はい。なんでしょうか？」

畏まった面持ちの彼女に、僕はニンマリ微笑んだ。

「浴衣を何着か貰って帰る？」

「……!! よ、余計なおせ……ゴホ、ゴホン。……謹んでご遠慮申し上げます」

いま、絶対に『余計なお世話』って言おうとしたよね。でも、そうか……ディアナはいらないのか。

「それは残念だな。すごく似合っていたのに……」

「うぅ……。それでも、浴衣は謹んでご遠慮申し上げます」

彼女は『似合っていた』という、僕の言葉に少し困惑しているようだ。

「わかった、欲しくなったらいつでも言ってね」

「……わかりました」

ディアナは今日の失態ともいうべきことでも思い出しているのだろう。僕との会話中は彼女は終始、顔が赤らんでいた。

◇

ちなみにこのやりとりの後、結局ディアナからは浴衣について何も言われなかった。だけど、僕はまた悪戯心で浴衣の話を後日、こっそりとルーベンスにもしてみたのだ。すると、彼からの答えは『是非、お願いします!!』だった。何故、欲しいのかはあえて聞いていない。その後、ザックに浴衣が何着か欲しいと伝えて了承をもらう。しかし、怪訝な顔をされたので事情を伝えた。

「若い騎士が一人、女性の浴衣姿が気に入ったようでして……」

「はい……?」

予想外の答えだったようで、ザックは目を丸くした後、何やら考え込む。

「若い騎士……? あ……そういうことですか」

彼は間もなく、何かを察してひたすら笑いを堪えて肩を震わせたが、何がそんなに面白いのかは、あえて僕は聞かない。

その後、ルーベンスに浴衣を渡したらとても喜んでいた。しかし、ルーベンスの話を聞きつけた他の騎士、男性陣全員からも浴衣が欲しいと予想外の事を言われてしまう。

しょうがないので、僕はまたザックに決まりの悪い顔でお願いすることになる。僕の話を聞いた彼は、鳩が豆鉄砲を食ったような面持ちを浮かべて、また肩を震わせ口元を手で押さえてしばらく、実に苦しそうに震えていた。それでも、ザックは浴衣を全員分用意してくれたので感謝しかない。本当に頭が下がる思いだ。

いつも騎士団の皆にはお世話になっているから、僕はそのお返し程度のつもりだったのだが、全員から凄く喜ばれた。その様子を見て、これは商売に繋がるかも？　と思いクリスに事情を話して浴衣を輸入するように依頼する。事情を聞いたクリスの顔は珍しく白けていたのが印象的だった。

しかし、この浴衣は何故か男性から恋人もしくは妻に贈る品としてバルディア領で大流行する。そして、帝都にもその話が伝わり帝国全土で流行ることになるのだが、それはまた別のお話だ。

謁見

「ファラ様とてもお綺麗でございます」

「ありがとう。アスナ」

ファラはアスナにお礼を言いながら、改めて自身の姿を鏡で確認している。彼女が今着ているドレスは、エルティアから昨日届いた白を基調としているものだ。そのドレスは、ダークエルフの特徴ともいえる褐色の肌と対になるようになっており、よりファラの存在感を強くする。さらに、デザインも少し大人びていることで、実年齢よりもファラは大人びた雰囲気を醸し出していた。

「これなら、候補者の殿方は気に入ってくださるかしら？」

「はい。私から見ても今日は一段と華麗でございますから、きっと気に入っていただけると存じます」

ファラの心配そうな表情を見たアスナは、ニコリと優しく微笑んだ。彼女の言葉にファラは少し恥ずかしそうに顔を赤く染めるが、嬉しそうな笑みを浮かべている。そんな、微笑ましい光景が繰り広げられている中、部屋のドアがノックされた。すぐにファラが返事をすると、入室してきたのはファラの母親であるエルティアだ。彼女はファラと同じ紺色の髪と朱赤の瞳をしたダークエルフであり、とても良く似ている。エルティアの姿を見た二人はすぐに彼女に向かって一礼した。エルティアは彼女達が顔を上げると、ファラの姿をじっと冷たい視線で見つめる。

「ふむ。送ったドレスはちゃんと着たようですね」

「はい。母上。このようなドレスを頂きありがとうございます」

エルティアの言葉は冷たく、突き放すような言い方だが、ファラはその言葉に動じずに返事をする。これが普段から行われている二人のやりとりであり、エルティアはファラに対して必ず冷たく突き放す言い方を行う。そして、ファラはそれに動じず淡々と返していく。そのやりとりは仲の良い親子にはお世辞にも見えないものだ。

彼女はファラの言葉に頷くと再度、冷たく言い放った。

「……今回の候補者は辺境伯の息子であり、皇族ではありません。ですが、レナルーテの恥となってはいけません。まだ決定ではないのです。あなたが、その器量をみせれば皇族との縁談に繋がる可能性もあります。わかりますね？」

「はい。母上」

ファラは冷たく、高圧的な言葉に対しても淡々と慣れた雰囲気で返事をすると静かに頷く。ファラの言動に満足した様子の彼女だが、さらに言葉を続けた。

「よろしい。あなたが婚姻すべき相手は、マグノリアの皇族です。決して辺境伯の息子に心を許してはなりません。良いですね？」

「……承知しております。母上」

エルティアの言葉に対して、ファラは従順に首を縦に振るだけだ。

「そう。それでいいのです。では、私は先にエリアス王のもとに参ります」

ファラの言動に満足した表情を浮かべたエルティアは、話したい事を言い終えるとすぐに部屋を退室した。エルティアが去った後はまるで、吹雪いたような冷たさが室内に感じられる。一連のやりとりを間近で見ていたアスナは、心配そうな面持ちでファラに優しく声を掛けた。

「ファラ様、大丈夫ですか？」

「ええ、母上のあの様子はいつものことですからね。でも、折角来てくださる殿方に心を許すかどうかは私自身で決めたいな……」

ファラは、瞳の中に寂しさと悲しさを浮かべてアスナに返事をした後、自身の内心を吐露していた。彼女は、自身で何かを決めたことはほとんどない。ファラのすべきこと、着る服、食事なども含めて母親であるエルティアがすべて独断で決めていた。そして、ファラは決められたことを淡々と人形のようにこなしていくだけだ。

彼女は最初それがとても嫌だった。しかし、ファラがどんなに独力で頑張ってもエルティアが認めてくれることはなかった。

そんな日々が続いていく中、エルティアが認めてくれることは無いのだと、ファラは唐突に理解する。そして、それであれば言われたことだけすれば良いと思うようになり、それ以降の彼女は母親の言うことを淡々とこなすだけになった。ファラが内心を悲しそうに吐露した様子に、アスナは勇気づけるように力強く言葉を紡ぐ。

「今回の候補者がどのような殿方かはわかりません。ですが、仮にもファラ様の婚姻候補者となる殿方です。当然、多少は見込みのありそうな者が来るでしょう。心をお許しになるかどうかは、その殿方を見たファラ様ご自身でお決めになって良いかと存じます」

「……ありがとう。アスナ」

返事はするが、ファラは彼女の言葉を素直には受け取れなかった。もし、相手に心を許したところでエルティアはそれを許さないだろうし、きっと新たな火種となるだけだろう。それならば、最初から答えは決まっている。エルティアの言う通りにすればよいだけだ。しかし、ファラには気になることもあった。バルディア領の辺境伯といえば、マグノリア『最強の剣』と評されるほどの武勇に秀でた貴族だと習い聞いている。そこの子息となると、どのような人なのだろうか？　アスナは何か聞いているかもしれないと思ったファラは、彼女に視線を移すと疑問を尋ねる。

「アスナは……今回来られる辺境伯のご子息のことは、何か聞いて知っているの？」

「え？　そうですね。名前だけは伺っております。確かリッド・バルディア様だったと思います」

「リッド・バルディア様か……」

エルティアが婚姻すべき相手は皇族だとはっきり言った以上、恐らく無理やりにでも今回の話はなくなるだろう。でも、何故か気になった。そういえば以前、一度だけお忍びでバルディア領に行ったことがある。婚姻前にマグノリアの雰囲気を少しでも知る為と、エルティアは言っていた。

確かに、人も町の雰囲気も全然違って驚いたけど、帝都はもっと凄いとも言われた。いずれ行く国だから、よく見て覚えておくようにと強く言われたのを覚えている。その時、生まれて初めて見た外の世界に舞い上がってしまい、気付いたらアスナを含めた従者の皆と離れ離れになり、迷子になってしまった。その時、助けてくれたのがファラと同い年ぐらいの男の子だ。

『国外ではダークエルフは狙われる』と聞かされていたファラは、力になってくれた男の子をかなり怖がってしまった。特有の耳に関しては隠していた為、幸いなことにダークエルフだとはバレないで済んだと思う。その時の男の子は、年齢の割にとても大人びていたのが印象に残っている。それに、彼の周りには大人もいたから、バルディア領内の良い所の子供だったのかもしれない。

彼らは、まだあの国にいるのだろうか？　考えに耽ったファラは、知らず識らずのうちに上の空になっていた。そんな彼女を、心配そうにアスナが問いかける。

「ファラ様、どうかなさいましたか？」

「え？　いえ、以前バルディア領に行った時の事を思い出していたの」

『バルディア領に行った時の事』、そう聞いたアスナの表情は微笑みに変わった。

「ああ、あの時は本当に心配致しました。あのようなことは二度とされないでくださいね？」

「……わかっています」

男の子達のおかげで助かったがその時、アスナにこっぴどく叱られた。そういえば、アスナが怒った姿を見たのはあの時だけだった気がする。彼女の怖い顔。それは、表情が変わるとかではなく眼光がどんどん鋭くなっていく感じだ。ファラはその時の事を思い出して、彼女に聞こえないようにひっそりと呟いた。

「アスナって怒ると怖いんですよね……」

「ファラ様、そろそろ私達も行きましょう」

「……はい、参りましょう」

アスナの言葉に返事をしたファラは、自室を出て謁見の間に向かった。

◇

「リッド様。そろそろ時間です」

「うん。おかしいところはないかな」

ディアナに急かされながらも、僕は服装がちゃんとしているか確認に余念がない。何せ、婚姻相手に初めて会うのに加えて、外交の場でもある。しかも、敵対勢力も多い状況だから、ほんの少しのミスでもきっと揚げ足取りをしてくるだろう。準備を念入りにして悪いことはない。だけど、そんな僕の様子を見てディアナは呆れ顔をしている。

「朝から何回、同じことをしているのですか？　まるで、王子様に見初められるために会いに行く令嬢のようです」

「れ、令嬢……」

そうか、令嬢はこんな気持ちなのか……それにしても最近、ディアナの口撃が強くなっている気がするのは気のせいだろうか？　以前は清楚なイメージだったのに。いや、むしろこれが彼女の素なのかもしれない。彼女が僕に心を許してくれている、と思うことにしよう。そんな事を思っていると、彼女は優しい目で僕の顔をじっと見つめてから、諭すように言葉を紡いだ。

「リッド様は可愛らしい顔をしておりますが、男子です。男子であれば、誰に見られて、何を言われても胸をはり、姿勢を正せば良いのです。逆に胸を張らず、おどおどした態度をすれば、それこそ侮られましょう。意志の上に着る服なんて、ただの飾りです、偉い人にはそれがわからないのです」

確かに、服装は重要だが最後は人の意志、心次第というのはその通りだと思う。

「わかった。ありがとう、ディアナ。でも、可愛らしい顔はないんじゃない？」

「いえいえ。リッド様が女の子であったら、今でも縁談が来るぐらいの可愛らしさがございます」

ディアナは屈託のない満面の笑みで答えてくれる。しかし、縁談が来るぐらい可愛い顔か……でも、可愛くないと言われるよりはいいかもしれない。前向きに考える事にした僕は、呆れと諦めがまざったような表情を浮かべた。

「はぁ……嬉しくないけど、褒められたと思っておくよ」

「はい。その意気でございます」

返ってきた答えから、彼女にからかわれているようで僕は思わずムッとする。だけど、それが可愛い顔に見えるらしく、ディアナは笑みを浮かべて微笑んでいた。とその時、ドアがノックされる。

彼女は表情をスッと真顔に戻して姿勢を正す。僕が返事をすると、入って来たのはザックだった。

「リッド様、そろそろ時間です。ライナー様が先にお待ちでございます」

「うん。わかった。すぐに行くね」

ザックに促され、僕は部屋を出て迎賓館の玄関に向かい始める。それから、間もなく彼がおもむろに話しかけてきた。

「リッド様、これは私の友人達のお話ですが、華族の中で反対派のトップはノリスという高齢のダークエルフだそうです。レイシス王子も彼の影響を受けているそうなので、お気を付けください」

ザックが話した内容に、僕は思わず目を丸くする。そして、足を止めて彼に振り向いた。昨日、ファラ王女に一目ぼれしたら応援してくれるとは言っていたが、こんなに早く情報をくれるなんて思いもしなかったからだ。僕は驚きの表情から一転、微笑んでからお礼と新たな質問を投げかける。

「貴重な情報をありがとう、ザック。ちなみに、エルティア様はどう思っているのかな？」

彼は質問で返されると思っていなかったようだ。一瞬、目を丸くするが、すぐに思慮深い顔をして俯く。それから、間もなくゆっくりと顔を上げた。

「エルティア様もファラ様が皇族と婚姻することを望んでおられるようです。ただ……」

「ただ……？」

「その目的は恐らく……ノリス殿とは違うと思われます。真意はわかりかねますが……」

なるほど。話から察するに、ファラ王女の母親であるエルティアは敵ではなく、中立ということだろう。僕の事を知らない以上、皇族と娘である王女を婚姻させたいというのは当然だと思う。

それよりも問題はレイシスだ。僕を敵対視している、ノリスと言う人物の影響を受けているとは思いもしなかった。これが一番、難儀かもしれない。その場で少し悩んでいると、ディアナから声がかかる。

「リッド様、恐れながらライナー様がお待ちでございます」

「あ、ごめん。そうだね。だけど、もう一つだけザックに質問をいいかな？」

「はい。なんでしょうか？」

　僕は急いで、ザックに質問する。いや丸投げと言ったほうがいいかもしれない。

「レイシス王子がノリスさんの影響を受けていると言ったよね？　どうすれば、ファラ王女とのことを応援してくれるかな？　せっかく兄弟になるかもしれないから、出来れば応援してほしいと思っているんだけど……」

　思いもよらない質問だったのだろう。ザックは俯いて、思案する。そして、ゆっくり顔を上げると、ニヤリとうすら寒い笑みを見せる。

「……それであれば一度、レイシス王子の心を壊してしまうのが良いかと存じます」

「こ、心を壊す？」

　聞いておいてなんだけど、彼の出した答えは恐ろしいものだった。子供に対して相手の心を壊せとは、なんてことを言うんだ。さすがの僕でも、その言葉には嫌悪感を抱き、険しい顔をザックに向ける。すると、ザックは一礼してから説明を続けた。

「言葉が足りずに申し訳ありません。心を壊すというのは廃人にするという意味ではありません。レイシス王子はいまノリスに心酔していると言っても良いでしょう」

　心酔……そこまでノリスにレイシスは影響を受けているのか。でも、それほどまでに心酔したのは何故だろう。疑問はあるが僕は黙って彼の説明に耳を傾ける。

「本来、国を大切に思い、聡明な王子でしたが、ふとしたきっかけでノリスに心酔してその言動には王子として矛盾が見られるようになりました。その心酔した心を破壊していただきたいと存じます。これはレナルーテを思う華族としての依頼と思っていただいても構いません。そのあとは私にお任せください」

　おぉ……なんということでしょう。問題を丸投げしたつもりが、レナルーテの華族から依頼として問題が大きくなって返って来た。しかし、この問題が解決できれば、僕の存在を大きくできる機会でもある。それに、一番大変そうな後始末はザック側でしてくれるらしい。僕は、どうすべきかを考え、おもむろに答えた。

「わかった。要は改心させてほしいってことだね？　でも約束は出来ないよ。今回はファラ王女のことが主題だし、レイシス王子とそんなに話し込む時間もないだろうからね」

「それで構いません。ご無理を聞いていただき、ありがとうございます」

　僕の答えに、彼は、好々爺のような微笑みを浮かべる。しかし、どことなく彼の目が笑っていない感じがした事に加えて、ちょっと意地が悪そうな微笑みだった気がする……気のせいだと思うけど。その後、さすがに立ち話が長引いてしまったので、足早に父上のところに向かった。その中で、僕に残っていた疑問を移動しながら彼に問いかける。

「レイシス王子がノリスに心酔した原因ってなんなの？」

「……申し訳ありません。それは私がお伝え出来る立場ではありません」

　ザックは、この質問に関してだけは口を閉ざしてしまった。王子の心を壊してほしい、といっておきながら、原因は言えないとはどの口で言っているのか？　と、思わないでもないが、僕もそれ以上は聞かなかった。答えられない、というのも一つのヒントであり、答えでもある。それと……

本当に時間がなかったからだ。

◇

迎賓館の玄関に到着すると、父上から「遅い!!」と怒られてしまった。僕が怒られる姿を見て、ディアナが「はぁ」と、近くで呆れ顔を浮かべてため息を吐いている。ちなみに、ザックは残念ながら謁見には立ち会わないらしい。僕達が迎賓館を出る時のザックからの一言、「本日のご活躍を楽しみにしております」とは、どういう意味だったのだろうか?

その後、すぐに城に向かって移動を開始する。城内とはいえ広いので馬車に乗っての移動だ。さすがに城内は道が整備されていたし、短時間だから酔うことは無かった。移動する馬車の中では、父上が訝しい視線で僕を見つめている。

「リッド……来るのが遅かったが、ザック殿と何か話したのか」

「え? はい、少しですが……」

彼とのやりとりを父上に簡単に説明をすると、父上の厳格な顔がさらに険しくなり、吐き捨てるように言った。

「……ザックめ。リッド、お前もその爪を隠すことを覚えろ!!」

「は、はい。でも、僕は爪なんて持っていませんよ……よ?」

父上は僕の答えを聞くと茫然となり、呆れ顔で首を横に振ると呟いた。

「はぁ……もういい。好きにしろ」

僕は父上の答えにきょとんと首を傾げるばかりだ。そんな僕達のやりとりとは関係なく、馬車は様々な思惑が渦巻く城に向かって、ゆっくりと移動するのであった。

◇

迎賓館から馬車で移動を開始してからほどなくして、馬車が止まるとドアがノックされる。父上が返事をすると、ドアが開かれると同時にルーベンスの畏まった声が響く。

「失礼致します。ライナー様、リッド様、到着いたしました」

彼の言葉に父上は頷くと、僕に視線を移して厳かに呟いた。

「……行くぞ。気を引き締めろ」

「はい、父上」

僕は静かに、でも力強く父上に返事をして頷いた。父上は僕の顔つきを見てニヤリと笑みを浮かべると、おもむろに席を立ち上がり、馬車を降りる。父上の後に続くように僕も馬車を降りると、僕達が乗っていた馬車の周りには騎士姿のルーベンス、メイド姿のディアナ。その他、数名の騎士達が待機していた。

でも、周りを見回した僕はある疑問が浮かび怪訝な表情を浮かべる。それは、到着した目的地が予想していた『城』ではなく、恐らく城内にある一番大きな屋敷と思われる場所だったからだ。僕は気になった疑問を父上に問いかけた。

「父上、お城には入らないのですか？」

「うん？　そうか、リッドが此処に来るのは初めてだったな。レナルーテの城は戦略拠点として特化された城だ。その為、交渉事はこの『本丸御殿』と言われる場所で行われる。覚えておきなさい」

「は……はい」

城内に本丸御殿という建物が別途にあるなんて知らなかった。父上との会話で僕が驚きの表情を浮かべていると、本丸御殿の前に佇むダークエルフの兵士が畏まった様子で父上に声をかける。

「失礼ですが、バルディア領当主のライナー・バルディア辺境伯殿とお見受けいたします。お間違いございませんでしょうか？」

「その通りだ。エリアス陛下にお目通り願いたい」

父上は毅然とした態度で堂々と兵士に返事をする。ダークエルフの兵士は父上の言葉に頷くと、丁寧に言葉を続けた。

「お待ちしておりました。ではこれより、謁見の場となる表書院にご案内いたします。つきましては、王に謁見される方は帯剣をご遠慮願いたい」

「わかった。陛下に謁見させていただくのは私とリッド。そして、護衛のルーベンスとディアナの四名だ。他の者はこちらで待機していろ」

兵士の言葉に父上は返事をした後、周りにいる騎士達にも指示をする。そして、帯剣していたサーベルをこの場で待機する騎士に預けた。ルーベンスとディアナも同様に帯剣している剣を預ける。しかし、ディアナは僕に以前見せてくれた暗器まで騎士達に渡すつもりはないようだ。騎士達や父上も、彼女の暗器については知っているだろうけど、特に注意することも無く平然としている。まぁ、僕と父上の護衛だから当然と言えば当然か。ちなみに僕は子供だし元々、帯剣していない。

「ご協力ありがとうございます。では、ご案内いたします」

兵士は僕達に向かって一礼すると、本丸御殿の中に案内を始めた。その案内に父上が最初に歩を進め、僕達もそれに続いていく。

「恐れ入りますが、こちらで靴をお脱ぎください」

おお⁉　ここでは『土足厳禁』なのか、と僕は前世の記憶から少し懐かしい感覚がした。父上は少し慣れた様子で靴を脱いでいるが、後の二人は少し戸惑いながら靴を脱いでいる感じだ。そんな二人を横目に僕はさっと靴を脱いで、兵士と父上の後を追った。

そして、本丸御殿の中に入り、辺りを見回して思わず「うわ〜」と声を出しながら驚嘆していた。何せ、靴を脱いだ玄関を進むと、すぐ正面には記憶に懐かしい襖がある。でも、その襖は記憶にあるような質素なものではなく、金箔仕様になっている立派なものだ。さらに、竜と竹だろうか？襖には美しい絵が描いてあり、とても迫力があるし綺麗な襖になっている。僕が目をキラキラさせながら、周りを見ていると父上から「……あまりキョロキョロするな」と小声で怒られてしまった。

「す、すみません……」と僕が父上に謝る姿を後ろで見ていた、護衛の二人がクスクスと笑いを堪えている声が聞こえてきたような気がする。……忘れないからね。

「こちらです」と案内してくれる兵士の後を追い、木張りの廊下を進んでいくと兵士は立ち止まり、金箔と絵で豪華絢爛な襖をゆっくりと開ける。すると、襖を開けた先は奥行きがある畳部屋になっていた。そして、畳部屋の左右の壁側にはダークエルフ達が奥に向かって並んで立っており、威圧感が凄い。

彼等の服装は案内してくれた兵士と似ているが、勲章や肩に装飾などもある。恐らくレナルーテの華族、マグノリア帝国でいうところの貴族の人達だろう。

「では、あちらの一番奥にある椅子にライナー・バルディア様がお座りになり、お待ちください」

ダークエルフの兵士はそういうと、少し下がってから静かに襖を閉じた。その時、ダークエルフ達の目線が僕たちに集中する。

疑惑、興味、怪訝、好奇心など様々な感情を持って彼等に僕達が注目されているのを感じる。異様な雰囲気に思わず息を呑み恐縮するが、父上は毅然として僕達に「いくぞ」と一言いうと堂々と奥に歩を進める。しかし、用意されていた椅子は一席だけだ。父上が思わず顔を顰めるが、それと同時に近くにいる初老のダークエルフが、嫌みな雰囲気の声を発した。

「申し訳ありません。エリアス陛下と謁見をされるのは辺境伯のライナー・バルディア様のみと伺っておりますので、椅子は一席のみご用意しております」

「……なるほど。リッド、お前はどう思う？」

初老のダークエルフの言葉に父上は顔を顰めたままだ。その様子に僕は思わず心の中で呟いた。

（あ……父上のこの表情は内心で激怒している感じの奴だ……）

しかし、父上の怒りはもっともだろう。来賓の息子であり、顔合わせの重要人物である僕にだけ椅子を用意していないというのは、見方によっては失礼にあたる行為だと思わなくもない。だけど、それをあえてしているということは、何かの意図があるのだろう。僕は少し考え込むと、ニコリと微笑んだ。

「僕は大丈夫です。父上の横に立ったまま控えさせていただきます」

「……そうか。ならば良い。そちらの方の言う通り、私だけこちらの椅子に座らせていただくことにしよう」

父上は僕の言葉に頷くと、初老のダークエルフに対して鋭い視線を移す。だが、彼はその視線に対して毅然と会釈をするに留めた。父上の視線にも動じないとは、中々の狸爺といった感じだな。初老のダークエルフは会釈した後、僕にチラッと視線を移す。だがその際、僕も彼の様子を見ていたので、思わず彼と目が合ってしまう。その時、僕はニコリと微笑むが、彼は無表情のまま会釈するだけだ。あまり好かれていないのかな？　そう思った時、後ろから知っている気配の殺気を感じてハッとした僕は恐る恐る後ろをチラ見する。すると、護衛の二人が表情は無表情だが初老のダークエルフに対して怒り心頭のオーラを発していた。

僕は思わず彼等に対して慌てて首を横に振り、落ち着くように視線と首で指示をする。僕の視線を察知した二人は、悔しそうな表情をするがその後すぐに殺気を抑えて普通の状態に戻ってくれた。僕は心の中でため息を吐きながら、正面に視線を移す。なお、正面にはこれまた豪勢な襖があるが、閉じたままの状態になっている。恐らく、僕達がいる場所の正面にはどうやらもう一つ部屋があるようだ。そして、その部屋は僕達がいる場所よりも一段高い造りになっている。前世の記憶にある時代劇とかで目上の人がいる感じの造りだろうか？　部屋の造りを観察していると、横にいる父上から小声で「面を上げろと言われるまで、跪いて少し頭を下げろ」と言われた。

僕はハッとして、その場におもむろに跪く。何だか、時代劇の世界にいるようで、ダークエルフ達には注目されているけど、それでもこの空間を僕は楽しんでいた。

僕達が頭を下げたのを確認すると、近くにいた兵士が声を発した。

「マグノリア帝国、バルディア領、領主ライナー・バルディア様が登城致しました」

兵士の声が部屋に轟くと、壁側に立っていたダークエルフ達も正面に体を向けてその場に跪いたようだ。そして、その場に静寂が訪れてから間もなく、正面から襖が開く音が聞こえた。

「……一同、面を上げよ」

静寂の中に重い声が響くと、僕は横目で見た父上の動きに合わせながら、ゆっくり顔をあげる。

「……久しいな。ライナー殿」

襖が開くと、父上の正面に位置する椅子に威風堂々と腰を下ろしているダークエルフが、ニヤリと笑みを浮かべていた。

「ご無沙汰しております。エリアス陛下」

父上はエリアスの言葉に椅子に座ったまま、毅然とした態度で一礼して答える。僕は父上とのやりとりを失礼の無いように横目で見ながら、正面にいる威風堂々としたダークエルフを一瞥して心の中で呟いた。

（この人が……エリアス陛下か）

エリアスは黒い髪に、鋭い黄色の瞳をしている。その姿は、威風堂々としていて歴戦の武人のような雰囲気を醸し出している。父上も中々に厳格な顔をしているが、それに近い印象をうける。

なお、エリアスの周りに数名の男女が佇んでいる。そして、彼の両隣にはそれぞれ美しいダークエルフの女性が控えており、その雰囲気から恐らく王妃と側室であることが察せられる。そして、エリアスの隣には、僕と年齢が近そうな綺麗な顔立ちだけど、仏頂面をしている男の子がいる。あれがレイシス王子かな？　それから、彼の反対側に目を移すと、白を基調とした綺麗なドレスを着た可愛い女の子がいて僕は思わず目を奪われた。恐らく彼女が僕と婚姻する予定のファラ王女なのだろう。

そして、王女の傍にはもう一人少女がいるが、彼女は恐らく王女の護衛と思われる。着ている服がレナルーテの兵士達と同じ黒を基調とした軍服で、彼女だけが王女の隣で畏まった面立ちで佇んでいる姿は護衛そのものだ。僕が周りの状況を観察している間も、エリアスと父上の会話は続いていた。

「今日は仰々しくてすまんな。何せ、我が娘の婚姻候補者が来ると言うことで、皆が一目会いたいと聞かんのだ。それでこのような状況になっている。許せ」

エリアスは威圧感を醸し出しながら鋭い視線で父上を見据えている。彼の言う『このような状況』とは、僕達がいるこの部屋の有様のことだろう。何せ、奥行きが広い畳の部屋とはいえ、レナルーテの華族が壁側に縦一列で並ぶ形で一堂に会している。来賓の謁見とはいえ、普段はこんなにも人が集まることはそうそうないのだろう。

父上はエリアスの言葉に対して、怯みもせず毅然とした態度で頷いた。

「とんでもないことでございます。一国の王女の婚姻候補者となれば、此処におられる皆様のお気持ちは当然でございましょう」

「ふむ。そう言ってもらえると助かる。それで、貴殿の隣に立つ者かな？　ライナー殿のご子息というのは？」

「はい、その通りでございます」

エリアスは父上にわざとらしく訊ね、返事を聞きつつ、僕に大人気ないほどの鋭い眼光を向けてきた。でも、父上が真剣で襲い来る時の眼光と比べれば大した視線ではない。僕はエリアスの視線に対して子供らしくニコリと微笑み返す。エリアスは僕が微笑み返すとは思っていなかったのか、少しだけ目を見開いた気がする。その時、僕とエリアスのやり取りを横で見ていた父上が言葉を発した。

「エリアス陛下。よろしければ、本人にこの場で自己紹介をさせてもよろしいでしょうか？」

「うむ、許す」

彼の許しを得た父上は、僕に目配せをする。父上の目配せを確認すると、僕は跪いたまま目を瞑り深呼吸を行う。そして、父上と胆力訓練で対峙する時の事を思い出しながら真剣な雰囲気を身に纏うと、おもむろに瞳を開きエリアスを真っすぐに見据えた。

「この度、ご挨拶をさせていただき恐悦至極でございます。マグノリア帝国バルディア領、領主、ライナー・バルディアの息子、リッド・バルディアと申します。今回、父ライナーより、ファラ・レナルーテ王女とのお話を伺い、是非一度ご挨拶をすべきと思いお伺いさせていただきました。以後、よろしくお願いいたします」

僕は、エリアスの目を堂々と見据えながらハッキリと室内に声を轟かせるよう力強く言葉を紡いだ。だが、言い終えると同時に何故かその場が静寂に包まれた。

（あれ？　何もおかしなことは言ってないと思うけどな……）と、僕が心の中で呟くと、訪れた静寂を破るように、目を見開いたエリアスがおもむろに言葉を発する。

「……ずいぶんと立派な口上だな。貴殿の年齢は我が息子のレイシスとあまり変わらないと聞いたが……いま何歳かね？」

「六歳です。父上からファラ王女と同い年と伺っております」

会話をする中で僕に対するエリアスの眼光が、より鋭くなるのを感じる。

「そうか。ちなみに貴殿は今回、我が娘との話を候補者としてどう考えているのだ？」

「へ……？」

まさかこの場でファラとの婚姻について尋ねられるとは思わずに、僕は呆気にとられてしまう。でも、彼の問いかけは全く考えなかったわけではない。しかし、どう発言するべきか？　僕はすぐには返事をせずに、自身の中で発言する言葉を丁寧に紡いでいく。だが、僕が返事をする前にエリアスの隣にいたレイシスが、痺れを切らしたように声を荒げた。

「父上、僭越ながらお遊びが過ぎるのではないですか？　年端もいかない子供にそのような事を聞いても、いつまで待っても何も答えることはできないでしょう」

「レイシス王子の言う通りでございます。陛下……僭越ですが、この場においてその質問は少々お遊びが過ぎるかと存じます」

レイシスの言葉に追随するように発言したのは華族の席で一番前に居る初老のダークエルフだ。彼は先程、『椅子』のことで父上と護衛の二人を怒らせた人と同一人物でもある。

「レイシス……それにノリスも良いではないか、あくまでも聞くだけだ。どうだ、貴殿はどう考えているのだ?」

「そうですね……」

エリアスは彼等の言葉を軽く聞き流すと、再度質問をしてきた。僕は、彼の言葉に考える素振りをしながら横目で初老のダークエルフとレイシスを一瞥する。そうか……彼が『ノリス・タムースカ』か。ザック曰く、今回の婚姻の件で一番の障害となりえる要注意人物だ。しかし、ここでレイシスの発言に追随してエリアスを制止したということは、僕の印象を残させたくないのだろう。

レイシスに関しても気になることはあるが、まずはノリスと相対するべきだろう。ならば、することは決まっている。彼が……ノリスが一番嫌がることをすれば良い。

「どうした? 何でもよいぞ? 思ったことを言ってみよ」

僕は意を決すると、畏まった面持ちでエリアスを見据えながら丁寧に言葉を紡いだ。

「では、僭越ではありますが申し上げます」

「うむ。申せ」

エリアスの許可も得たので、言葉を発しようとした時、何やら一瞬だけ横目に見えた父上の顔が少し青ざめていた気がするけど、多分気のせいだろう。僕は、そのまま堂々と高らかに声を上げた。

「今回のレナルーテとバルディア領との婚姻は必ず……絶対に成就させるべきと考えております」

「ほう……」

僕の言葉を聞いたエリアスは眼光をますます鋭くし、興味深そうにこちらを鋭く見据えている。それと同時に、レナルーテの華族達が何やら少しざわついたようだ。その時、何やら優しい視線を感じた僕は、何気なくファラ王女に視線を移すと、彼女は少し目を丸くしてこちらを見つめていた。

彼女の視線に対して僕は、ニコリと微笑みで返事を行う。すると、僕と目が合ったファラ王女の耳が少しだけ動いた気がする。

エリアスは相変わらず僕を鋭い目で見据えていたが、やがてニヤリと笑うと両手を左右に広げた。

「面白い。続けたまえ」

「では、申し上げます。レナルーテとバルディア領は国境が隣接しております。その、繋がりが強化できれば、周辺国に対しての抑止力になります。例えば『バルスト』などが良い例でしょう」

僕はあえて、レナルーテと犬猿の仲である『バルスト』の名前を出した。恐らく、その意図に気付いたエリアスは、僕に対する威圧感を強め、試すようにこちらを見つめている。そして、案の定聞いてきた。

「……どういう意味かな？　我が国はすでに貴殿の本国と同盟を結んでいる。それだけでは、抑止力にはならないと？」

僕はエリアスの言葉に対して頷くと、言葉を続けた。

「はい。それだけでは十分ではありません」

「ふふ、面白いことを言う。それは、マグノリアは信用できないと言う事かね？」

エリアスが先程まで出していた威圧感が少し薄くなる。その代わり、僕のことを面白いと思い始めたみたいだ。僕は、ここぞとばかりに畳みかけるように言葉を紡いでいく。

「そういった意味ではありません。バルスト側に立った話です。バルストから見れば同盟と言っても所詮は国同士の繋がり……マグノリアに迅速な動きはないだろうと思う可能性もあります。ですが、互いの国の国境であるバルディア領とレナルーテに婚姻という繋がりが出来ればどうでしょうか？」

良く見えないが、周りの華族達も黙って僕の話を興味深く聞いているようで、気付けばざわつきは収まっていた。僕は、伝える事を意識して丁寧に説明を続けていく。

「僭越ながら私とファラ王女の婚姻後は、手を出せばすぐにバルディア家が動くとバルストは思うでしょう。それに、バルディア家は自国の有事において独自に軍を動かせる『辺境伯』です。そして、婚姻後は私の妻と同盟国を守ると言う大義名分が得られます。つまり、レナルーテで有事が起きても帝都に指示を仰がず、独自に我らバルディア家が動くことに繋がります」

僕の説明を聞いた周りの華族達が、小さい声で「ふむ」「たしかに」と呟いているのが少し聞こえてくる。もう一押しかな。

「レナルーテに手を出せば確実にバルディア家が動く。バルストにそう思わせることにより、同盟による抑止力はより効果的になると存じます。いかがでしょうか？　これは、マグノリアの皇族との婚姻では得られないものだと思いますが？」

僕が言い終えると、室内に静寂が訪れる。だが、程なくしてその静寂を破るように、レイシスが声を荒げた。

「屁理屈だ、戯言を申すな‼　レナルーテとマグノリアはすでに同盟を結んでいる。貴殿とファラが婚姻を結ばずとも、貴殿たちは動く必要があるはずだ‼」

「確かに仰る通りです。ですが、私がお伝えしたかったのはバルスト側が、我が国と貴国における今の同盟をどう捉えるか？　という問題です。さらに言わせていただければ、レナルーテに問題が起きた時、同盟国というだけでは、バルディア家は独自に軍をすぐには動かせない可能性がございます」

「なんだと……⁉　それは、どういう意味だ‼」

レイシスは僕の言葉に対して、明らかに立腹した様子で返事をしている。エリアスを含め、他の華族達は黙ってその様子を見ているだけだ。僕は彼に諭すように説明を続けた。

「レイシス様、僭越ながら、いくら独自に軍を動かせると言っても、それは自国の国家防衛であることが大前提です。バルストが貴国と隣接している国境のみ攻めた場合、我らは国の指示があるまで動けません。ですが、私とファラ王女が婚姻を結べば、妻の国を救う大義名分ができます。そうですよね……父上？」

僕にいきなり話を振られた父上は険しい顔を崩さないまま眉間に皺をよせ、こめかみをピクリとさせる。その様子にエリアスは、とても楽しそうに父上に尋ねた。

「ふふふ、どうなのだ、ライナー殿。貴殿の息子が言うことは正しいのかな？」

父上は額に手を当てながら首を小さく横に振った後、僕をギロリと睨んだ……酷い。そして、エリアスに視線を移すとおもむろに言葉を紡いだ。

「……子供の言うことですので、聞き流してもらえればと思います。ですが、我がバルディア家と貴国の王女との婚姻の有無による、抑止力の見解は間違っていないでしょう」

エリアスは父上の言葉に満足そうな顔を浮かべながら質問を続けた。

「なるほど。では、辺境伯の立場としてはどう見る？」

「はぁ……それも子供の発言ですから、聞き流していただきたい部分です。ですが、同盟だけではバルディア家は動けないでしょう。皇帝の指示が必要になります。ですが、貴国とバルディア家が婚姻をしていれば独自に動いても、多少は帝都に対して大義名分が立つでしょう」

レイシスは悔しそうな表情を浮かべており、手を拳にしてグッと力をいれながら震えているようだ。彼の隣にいるノリスは青筋を立てている。恐らく二人の様子をわかっていながら、エリアスは笑みを浮かべて僕にまた質問を投げかけた。

「ふむ。つまり君のいう婚姻すべきという主張は、主にバルストに対して有効的だからということだな？」

「はい。他にも色々とありますが、それは婚姻後まで秘密とさせていただきます」

言い終えると同時に、僕はニコリと微笑んだ。

「は!!　なんとまだ、色々あると申すか!!」

説明を聞き終えたエリアスは驚愕の表情を浮かべた後、しばらく大笑いを続けた。笑いが落ち着いてくると彼は僕を見ながら楽しそうな笑みを浮かべる。

「ふはは、ライナー殿の息子は末恐ろしい。こんな『型破り』な事を言う子供が辺境伯の跡継ぎとはな……もし、敵国の跡継ぎであれば、毎日寝ることもままならんな」

「陛下!! 子供の言うことですぞ!! それに、陛下に向かって秘密とは無礼でございます!!」

ノリスが顔を真っ赤に染めながら怒気を込めて言葉をまくし立てる。その様子にエリアスは眉を顰めて眼光鋭く、ギロリと睨みつけた。

「ノリス……子供の言うことでも一理ある。ライナー殿も認めていることだ。それを冷静に見ることが出来なければ為政者として失格だ。そうであろう?」

「グッ……」

諭されたノリスは、苦虫を噛み潰したように険しい顔をして黙ってしまった。そして、エリアスはノリスに向けていた鋭い眼光をそのままレイシスに移す。

「レイシス、お前もだ。もう少し、視野を広く持て……よいな?」

「……はい、父上」

父親に視野の狭さを指摘されたレイシスは、口惜しい面持ちを浮かべて体を震わせながら頷いている。ちなみに、僕は周りにいる華族達から好意的な目……ではなく、畏怖の目で見られている気がする……何故?

ノリスとレイシスの二人が意気消沈した様子で黙ると、エリアスは僕を興味深げに見ながら言った。

「貴殿……いや、リッド殿と呼ばせてもらおう。実利のある良い考えであった。聞かせてくれたことに礼を言う」

「いえ、とんでもないことでございます」

僕が彼の言葉に返事をすると、エリアスの横にいた女性の一人が呆れた様子で彼に話しかけた。

「エリアス陛下、今日はファラとリッド様の顔合わせでございます。まだ、ファラは自己紹介もできておりません。そろそろ、本題をお進めください」

「む……すまん、確かにエルティアの言う通りだな。ファラ、遅くなって申し訳ないがリッド殿に自己紹介をしなさい」

父親に言われて、ファラ王女は少し慌てた様子だが深呼吸すると、僕を真っすぐに見据えた。

「レナルーテ国、エリアス・レナルーテの娘、ファラ・レナルーテと申します。よろしくお願いいたします……」

言い終えたファラ王女は、ペコリと一礼してくれた。僕は彼女の可愛らしい姿に、ドキリと胸の高鳴りを感じる。そして、ファラ王女が頭を上げた時に、不意に彼女と僕の目があった。その時、僕の胸の中でドクンという大きな音がして、体中が熱くなるような感覚に襲われる。でも、彼女は僕との視線をすぐに外して、少し俯いてしまう。

だけど、ダークエルフ特有の彼女の長耳が少しだけ上下に動いているのが目に付いた。どうやら、さっき見たのは気のせいではなかったらしい。

ファラ王女の耳の動きに気付いたのは僕だけではないようで、エルティアが彼女に小声で何かを耳打ちする。その瞬間、彼女はハッとすると胸に手を当てて深呼吸を行った。すると、彼女の耳の動きは止まったようだ。

一連の様子を見ていた僕は、耳の動きにどんな意味があるのだろうと少し気になった。だけど、考え始める前にエルティアが僕に対して、冷たい視線を向けつつ自己紹介を始めた。

「……ご挨拶が遅れました。エルティア・リバートンと申します。ファラ・レナルーテの母親でございます。以後、よろしくお願いいたします」

言い終えると彼女も一礼する。でも、僕には彼女の名前に聞き覚えがあった。そう、迎賓館に飾られていた、あの絵のモデルになった人の名前が『エルティア』だったはずだ。確かに絵によく似ていて美人だ。いや、本人だから絵が彼女に似ているのか。しかし、名前が『エルティア・リバートン』ということは『ザック・リバートン』、彼とも何か、関わりがあるのかな？　僕が気になって考え込むと同時に、エリアスが二人の挨拶が終わったのを見て王妃と王子にも目配せをする。彼の目配せに気付いた二人は、その場で自己紹介を始めた。

「レナルーテ国、エリアス・レナルーテの息子、レイシス・レナルーテだ」

「私はエリアスの妻、リーゼル・レナルーテです」

二人は自己紹介が終わると会釈する。だが、レイシスは敵意を含んだ鋭い目で僕を見ている。どうやらお友達にはなれそうにない。しかしだ、敵意を抱いてもせめて相手に感じさせないように睨んでほしい。

エリアスは自身以外の自己紹介が終わったことを確認すると、その場に立ち上がり鋭い視線を僕に向ける。

「遅くなったが改めて……レナルーテ国の王。エリアス・レナルーテだ。リッド殿とは、良き長いお付き合いをしたいものだな」

自己紹介が終わるとエリアスは楽しそうな笑みを浮かべる。僕は彼の自己紹介が終わると、ニコリと微笑み、頷いた。

「こちらこそ、よろしくお願いいたします」

僕がエリアスの自己紹介に返事をすると、先程まで苦虫を噛み潰したような険しい顔をしていたノリスが彼に近づき、そっと耳打ちをする。エリアスはノリスの耳打ちが終わると、少し疲れた様子を見せたがすぐ厳格な顔に戻った。

「さて、リッド殿の考えはわかった。だが、文武両道であってこその言葉と思わぬか？」

「文武両道……ですか？」

わからなくはないが、今までの会話からしても突拍子のない言葉に僕はきょとんとして、少し首を傾げた。

「うむ。リッド殿が素晴らしい考えをお持ちなのはわかった。次は是非、実行できる力として、貴殿の武術の実力を見せてほしいのだが……どうだろう？」

ふと、エリアスから視線を外すとノリスとレイシスが、邪気を含んだ笑みを浮かべているのが目に入った。その瞬間に「ああ、そういうことか」と、理解した。恐らく、僕に武術でケチを付けるつもりなのだろう。ならば言うべきことは一つだけだ。

「私の実力を知りたいと言っていただけるのは大変、光栄です。是非、私からもお願いいたします」

僕の言葉を聞いたエリアスは少し目を丸くしたが、嬉々とした面持ちを浮かべた。

「うむ。それであれば、すぐに訓練場へ移動するぞ!!」

エリアスはそういうとサッと立ち上がり、自ら先導して外の訓練場へと足早に向かう。僕達はその後を追いかける形で、本丸御殿を後にするのだった。

◇

その後の僕は、本丸御殿の外にある訓練場と思われるかなり開けた場所に案内された。エリアスを含めて、観覧する人たちは本丸御殿の縁側に椅子を置いて座ったり、立ち見したりしている。最早、ちょっとしたお祭り騒ぎではないだろうか？　確かこういうのを時代劇などでは『御前試合』と言っていた気がする。

ファラ王女と僕の顔合わせが主題だったのに、何故か僕の武術を披露することになってしまった。まぁ、様々な思惑が重なった結果だろうけどね。でも、先に毒を出してきたのは向こうだ。『毒を食らわば皿まで』という言葉通り、僕も遠慮はしない。縁側を見ると、父上がエリアスの隣に座っている。だが、厳格な顔に磨きがかかっている気がする。

僕と目が合った父上は、少し俯いて大きなため息を吐いているのがわかる。息子が御前試合をするのに、もう少し応援してくれても良いのでは？　と、思ってしまう。でも、父上の近くに控えているルーベンスはウィンクして親指をグッと突き出している。この際、彼と普段行っている訓練の結果を出す良い機会と捉えよう。

その時、後ろから「リッド様」と声がして振り返る。すると、其処に居たのは何やら怖い微笑みを浮かべた、ディアナだった。そして、彼女はスッと木刀を差し出す。

「どうぞ、こちらをお使いください」

「あ、ありがとう」

何故、ディアナが木刀を持ってきたのか？　疑問に思うが素直に受け取りお礼を伝えると、彼女は僕の耳元に顔を近づけてそっと囁いた。

「彼らは、リッド様によほど恥をかいてほしいようです。このような試合において、粗末な木刀をリッド様にご準備しておりました。その為、私が選別してお持ちいたしました。木剣ではなく木刀なのが残念ですがご安心ください……」

「そんなことまでするとは、さすがに思わなかったよ……」

彼らもよほど必死なのだろう。とも思ったが、それ以上に何やら彼女の雰囲気が凄いことになっていた。何やら、ディアナの周辺には黒い何かがゆらゆらと漂っている。彼女は、僕の顔を真っすぐに見つめると、冷淡にそして冷酷に呟いた。

「無礼な輩には容赦無き鉄槌をお下しください……絶対に」

「う、うん。わかった」

彼女は、僕の答えを聞くと満足した様子で、満面の笑みを見せてくれる。その笑みはとても魅力的だけど、相変わらず笑顔の裏にはどす黒い怒りの火が見えるけどね……。

僕はついでに着ていた上着を彼女に預けて、出来る限り動きやすい服装になった。相手の準備が出来るまで、まだ少し時間がかかるらしい。僕は、その待ち時間を準備運動しながら待っている。

しかし、僕の対戦相手は誰が来るのだろうか？　この場所に案内された際、ノリスからそれはもう嫌悪が交ざった訝しい顔で「……適切な相手の準備があるので少々お待ちください」と言われた。

為政者ならせめて、悪意を顔に出さないでほしいものだ。僕が、子供だからと侮っているとしか思えない。

準備運動しながら縁側をふと一瞥すると、王妃のリーゼルがエリアスとノリスに向かって何か怒っているようだ。どうしたのだろう？

ちなみに、エルティアは御前試合には興味なさげに目を瞑り座っている。ファラと護衛の少女はこっちを見ているようだ。その時、こちらを見ていたファラとふいに目が合ったので、僕はニコリと笑顔で応える。すると彼女は俯いてしまい、また耳が上下に少し動いた。それに気づいたエルティアが、彼女をまた注意している。うん、これさっきも見た光景だ。

護衛の少女は何故か興味深そうに僕を見つめている。いや、あの感じは観察していると言うべきかもしれない。何か気になることでもあったかな？　そう思った時、エリアスから声を掛けられる。

「リッド殿、待たせてすまんな。準備はよいか？」

「はい。いつでも大丈夫です」

僕は、エリアスに向かって一礼してから答える。彼の隣にはリーゼル王妃が居るけど、なんだか機嫌が頗る良くない感じだ。

「うむ。では貴殿の対戦相手だが、急にどうしても貴殿の実力を直接知りたいと言い出した者が出てきてな。その準備で時間がかかったのだ。許せ」

「承知致しました。私の実力を直接知りたいと言っていただけるとは、光栄でございます」

エリアスに答えつつ、僕は先程ディアナから聞いた木刀の事を思い返していた。恐らく、木刀に細工したのも、対戦相手を用意したのもノリスだろうと容易に想像がつく。ならば遠慮はいらない。ディアナの言う通り、鉄槌を下す気持ちで良いだろう。誰が相手だろうと一切の容赦はしない。

「では、貴殿の相手を紹介しよう。我が息子、レイシス・レナルーテだ」

「は……？」

予想外の対戦相手に、僕は呆気にとられてしまう。まさか、ノリスの手先として王子が登場するとはさすがに思わなかった。その時、エリアスの言葉で満を持して登場するように、縁側の奥からレイシス王子が対戦仕様の動きやすい稽古着ともいうべき服装で現れた。しかも、防具まで身に着けている。なるほど、着替えと防具を準備していたから時間がかかったのね。僕は妙に納得してしまった。

彼は縁側で足袋を履くと、ゆっくり僕に向かって歩き始める。彼の片手にはすでに木刀も握られており、やる気満々といった様子だ。

ふと縁側に視線を移すと、父上が肩を落として俯いている。ルーベンスは相変わらず笑顔で僕にウィンクしている。そして、親指をグッと上向きに出す……が、目線を王子に向けるとその親指を百八十度回転させた。他国の王子に堂々とブーイングをするなと言いたい。

すると、ディアナがルーベンスの手を下げさせて首を横に振っている。そうそう、他国の王子にブーイングしたらダメだよね。そう思っていると、ディアナも笑顔で右手の親指をグッと上向きに突き出す。そして、彼女自身の首の左前に、立てた親指を持っていくと顎を少し『クイッ』と上げる。流れるように上から目線になり、王子の背中を見つめながら首の前に突き出している親指をスーッと左から右に移動させた。その際、顔の向きをすこし左にするのも忘れない。顔は笑顔だが、彼女のやっていることが一番酷い。その動作は一瞬だったので誰にも見られていないと信じたい。

ルーベンスとディアナの笑顔を見ていて「はぁ」と、僕は思わずため息を吐いた。その様子にレイシスが眉を顰め、嫌悪感溢れた面持ちを浮かべる。

「……随分と余裕だな。だが、俺には先程の場で言ったような屁理屈は通用しないぞ」

屁理屈？　さっき、本丸御殿でエリアスと話していたことだろうか？　少なからず、婚姻においてのメリットを理屈で説明したつもりだ。もちろんハッタリも少しはあるが許容範囲だろう。そうでなければ、エリアスも興味を持たないし、父上も止めるだろう。

それを屁理屈と一蹴するというのは、彼の視野がかなり狭い気がする。その時ザックの言葉を思い出した。

『聡明だがノリスに心酔した結果、言動に王子として矛盾が見られるようになった』

言葉は正確ではないが、確かこんな内容だったはず……その時、僕はハッとすると、心の中で呟いた。

（ザックさん、知っていたな？）

だから、『王子の心を壊せ』とか『華族の依頼』なんて、重い言葉を使ったということだろう。つまり、僕は彼を引き入れたつもりが、逆に踊らされて有効活用されたというわけだ。僕は思わず、クスっと笑ってしまった。『ザック・リバートン』……彼は一体何者なのだろうか。今度、是非問い詰めてみたいな。返り討ちに遭いそうだけどね。

「おい、何を一人でニヤついている？」

「いえ、少し思い出し笑いを……」

「ふん。気に入らないやつだ」

おお、レイシス王子の悪態が凄いぞ。僕だって仮にも貴族の息子なのに、この反応は王族の立場的にも頂けない。何がそこまで彼の目を曇らせているのだろうか？　まぁ、やれるだけやってみるか。すると、僕と王子の準備が整ったと判断したのか、エリアスの声が辺りに轟いた。

「では、これより、リッド殿とレイシスの御前試合を行う。ルールはどちらかが敗北を認めるか、どちらかが試合続行不可能と判断した場合だ」

ルールを聞いた時、僕はあることを閃き、挙手をして声を発した。

「エリアス陛下、その案に一つ追加をお願いいたします」

「……なにかな？」

質問をしたことで、周りから訝しい目で注目を浴びる。でも、僕は気にせずに言葉を続けた。

「僭越ながら、試合続行不可能と判断できるのはエリアス陛下のみとしていただきたいのです」

「ふむ。それぐらいなら構わんが、私が情け深いと思っているのかね？」

「いえ、せっかくの試合です。エリアス陛下とレイシス王子以外には邪魔をされたくありませんので……」

僕はそう言ってから、ノリスを一瞥した。彼は、僕の視線に感づいたようで「忌々しいガキが!!」

と言わんばかりの嫌悪を灯した瞳を僕に向けている。エリアスは、僕の意図に気付いたようで不敵な笑みをおもむろに浮かべた。

「よかろう。どちらかが敗北を認めるか。私が判断するまで試合は止めん。それでよいな？」

「はい。ありがとうございます」

エリアスとのやりとりを見ていたレイシスは、相変わらず嫌悪感に満ちた表情を僕に向ける。

「ふん。父上は貴族の息子だろうが情けをかける人ではない。この場に立った時点でお前の負けは決まっているのだ。せいぜい、尻尾を巻いてマグノリアの田舎に帰るのだな」

「……」

僕の住んでいる……父上が治めているバルディア領を田舎扱いか。レナルーテと国境にあるとご存じないのかな？　言われて良い気はしないけど、まぁ、子供の言うことだと思って聞き流そう。

しかし、彼はいけしゃあしゃあと言葉を続ける。

「それに、お前の母親は長い期間、病に伏せっているそうではないか？　そもそも、病気の一つも治せない病弱な母親を持つお前に剣など握れるのか？　剣を持つより、母親のおっぱいでもしゃぶっているのがお前にはお似合いだぞ？」

今の彼の言葉を聞いた瞬間、先ほどまでは聞き流せていたのに、一転して何かが『ミシミシ』と僕の中で切れ始めているのを感じる。僕の事は良い。父上やバルディア領の事もまだ目を瞑れる。きっと、父上も怒りながらも許すだろうから。だけど、いまも必死に……懸命に病と闘っている母上を侮辱したことは絶対に許すわけにはいかない。

彼が、母上の病の事を知りえたのは、恐らくはノリスの差し金だろう。挑発して失態を引き出せとでも言われたか。僕はレイシスを無視して、エリアスに向かって叫んだ。

「エリアス陛下、開始の合図をお願いいたします」

「よかろう。では、御前試合始め!!」

◇

ノリスは試合開始の合図を聞いて、人知れずほくそ笑んだ。当初の顔合わせで、『奴』が存在感を出したのは誤算だった。しかし、御前試合を行いレイシスと奴を戦わせることには成功、予定通りにことは進んでいる。

レイシスは同年代において、レナルーテに敵はいない。それどころか、すでに大人顔負けの剣術を扱える。王子に奴を憎ませるように刷り込んだ。きっと、二度とレナルーテと関わりを持ちたくないと思うほどのトラウマを、あの小生意気な餓鬼に与えてくれるだろう。そうすれば、ファラ王女に相応しくないと国内外に吹聴できる。

属国とはいえ、レナルーテから上がってくる意見を、マグノリアは完全無視するわけにはいかないはずだ。そうなれば、王女と皇族の婚姻が少しだけでも見えてくる。まずは、ゼロを一にすることが重要だ。ノリスは自身の考えが順調に進んでいると思い、彼を見てほくそ笑んだ。

「うまくやってくれよ？　愚かな王子よ」

御前試合

レイシスは開始の合図を聞くと「フン」と鼻を鳴らし、目の前の相手に問いかける。

「今、負けを認めれば痛い目を見ることはないぞ？」

「……いらぬ心配です。それとも王子の剣とは口だけなのですか？」

僕は木刀を真っすぐ正眼に構えて、彼を静かに見据えている。

「なんだと!!　こちらが善意で言ってやっていることもわからないのか!!」

「……それが、口だけと言うのです」

「キサマァ!!」

安い挑発に乗った彼は、剣を上段に構えて突進してくる。そして、彼は自身の間合いに僕が入ると同時に、木刀を鋭く真っすぐに振り下ろした。だがその時、僕は彼の世界を一回転させて背中から地面に叩きつける。

「ぐはっ!!」

レイシスは自身に何が起こったのか分からないだろう。僕は、彼の横に静かに立って見下ろしている。そして、木刀の剣先をゆっくりと彼の首元に当てた。

「王子はやはり口だけのようですね？」

◇

縁側で見ていた華族達は、候補者である子供の動きに度胆を抜かれている。レイシスが木刀を上段に構え彼に突進した時、レナルーテの華族一同は王子の勝利を信じて疑わなかった。だが、彼は王子の剣筋を見切って懐に入ると、そのまま投げ技を使い地面に寝かせた。しかも、地面にぶつかる衝撃を弱めるよう手加減までしている。

そして、彼は止めを刺すと言わんばかりに、木刀の剣先だけを王子の首に当てた。

いつでも倒せるぞ？

手加減しているぞ？

それは、言葉ではなく実力を王子に見せつけ、思い知らせたのだ。母親のリーゼルは口元を手で押さえ、今すぐにでも息子を介抱したい様子だ。しかし、それは王と周りの側近達に止められていた。

ライナーは厳格な表情のまま、息子を見てため息を吐いている。ルーベンスとディアナは満面の笑みを浮かべているのであった。

◇

僕は彼を見下ろしながら、木刀の剣先を彼の顔の中央にゆっくり移動させる。

「もう、終わりですか？」

「ぐ、ば、馬鹿にするな!!」

レイシスは投げ飛ばされたことを遅まきながら理解すると、木刀を持って立ち上がり一旦距離を取った。僕は、その様子を黙って見逃すだけだ。

間合いを取ると、自身の気持ちを落ち着かせるように、レイシスは険しい面持ちで呟く。

「……俺が油断しただけだ。次は油断しない……!!」

彼は木刀を正眼に構えて、今度は僕の様子を窺うようにゆっくりと間合いを詰める。でも、僕は彼の実力を先程の立ち合いで見切り、構えを取る必要性も感じていない。だが、彼は先程の出来事で警戒しており、構えを取っていない僕に飛び込めないようだ。

この程度で怖じ気づくとはね。僕は呆れ顔でため息を吐くと、右手に木刀を持ちながら左手を彼に向かって差し出して「クイクイ」と手で挑発する。

「!!　……ば、馬鹿にしやがって!!」

僕のあからさまな態度に、彼はカッとなり襲い掛かってくる。木刀を上段に振り上げ真っすぐに振り下ろす。太刀筋が甘いな、と感じながらも僕はあえて受ける。すると、木刀同士がぶつかり、あたりに乾いた木の音が響く。

「馬鹿め!!　剣を交えることさえ出来れば俺の勝ちだ!!」

レイシスは笑みを浮かべ勝ち誇ったように叫んだ。鍔迫り合いに持ち込めば、年齢差、体格差でこのまま押し込めると思っているのだろう。僕は彼の表情の変化から、考えている事が大体わかってしまう。仮にも一国の王子であれば、感情は表情に出すべきじゃないね。僕は彼の思いとは裏腹に、逆にその力を受け流してレイシスの体勢を崩す。

「な!!」

予想外の動きだったのだろう。彼からたまらず驚きの声が溢れた。そして、僕はそのまま投げ技に繋げて彼を再度投げ飛ばす。

「ぐぁ!!」

地面に投げられたレイシスは、今度はうつ伏せで倒れる。また、僕に投げられた際に、彼は木刀も手から離してしまったようだ。急いで立ち上がろうとする彼の頬に、僕は木刀の剣先をそっと当てる。

「……ほら？　やっぱり口先だけじゃないですか？」

僕は彼に対して、冷淡に事実を告げる。冷酷な瞳で彼を見下ろして呟く声には、自分でも驚くほど感情が宿らない。

その時、今更ながらに理解したようだ。僕と彼の実力差が桁違いであることに。その事実に恐れ戦いたレイシスは、表情を恐怖に歪めて、ある言葉を言おうとしている。その様子に気付いた僕は、彼の耳元に顔を近づけてそっと囁いた。

「あなたは誇り高き、レナルーテの王子でしょう。それが、マグノリアの田舎者と……病弱な母親の息子と侮辱した相手に易々と負けを認めるのですか？　あなたには王子としての誇りがないのでしょうか？　本来受け取るはずだった私の木刀に小細工をして、自分だけ稽古着と防具に身を包み恥ずかしくないのですか？　自分の父親、母親、家族の顔に泥を塗るおつもりですか？　立ちなさい!!　私はあなたを許さない……絶対にです……!!」

レイシスは『ハッ』とすると両手を拳に変えて力一杯に握り締め、苦悶の表情を浮かべている。恐らく、僕の言葉の意図を理解したようだ。彼のしたことは、あまりにも愚かだ。たとえ、僕の事が嫌いだろうが憎かろうが、一国の来賓を自身の準備が終わるまで待たせていいわけがない。挙句に来賓とその身内を侮辱までするなんて、失礼ながら今のままでは王子の器ではないだろう。

少し時間が過ぎたが、彼はまだ立ち上がらない。先程のように罵詈雑言を言い出さないあたり、彼は自問自答でもしているのだろう。『心を壊す』ふとザックの言葉を思い出した僕は、あえてトドメとばかりに感情を込めず冷酷に呟いた。

「戦う意志を見せないのであれば……この程度で負けを認めるのも良いでしょう。ですが、その時あなたは、気概も無く、不甲斐なければ意気地も無い臆病者……何より心弱い軟弱者と誹りを受けましょう。レイシス王子は、エリアス陛下のような賢王になれるお方と思っていたのですがね。今のままでは、国の恥となりましょう……」

「クッ……だ、誰が心弱い軟弱者だ!!」

彼は今の言葉で火が付いたのか、うつ伏せから身を翻すと僕を鬼の形相で睨みつけてきた。

「……認めない、絶対にお前を倒す!!」

彼の目から少し淀みが消えたかな。やっと、彼本来の姿を少し見ることができた気がする。

「……相変わらず、口だけは達者でございますね」

彼に答える僕の言葉にも、少しだけ感情が戻った気がする。レイシスは僕の木刀を手で払いのけると、転がっていた木刀まで走る。そして、木刀を拾うと僕に向けて構える。今度のレイシスは恐

れ戦かず、僕に立ち向かって来るのであった。

◇

どれほどの時間が経過しただろうか。縁側にいる華族達は真っ青になっている。レイシスはライナー・バルディア辺境伯の息子に全く敵わなかった。圧倒的な実力差で剣術の御前試合なのに、レイシスの相手は剣術をほぼ使っていない。ひたすらに立ち向かってくるレイシスを軽く投げ飛ばして、頬、首、顔、胸などの急所に木刀の剣先で触れるだけ。

しかし、それだけの実力差があってもレイシスは負けを認めない。その為、長時間の試合となっている。試合の勝敗を決められるのは本人達と、この場では王のエリアスだけだ。だが、彼は試合の様子を厳格な面持ちで興味深げに見ているだけだった。

◇

何度、投げ飛ばして剣先を急所に向けただろう。レイシスは、まだ僕に一太刀も浴びせることが出来てない。それどころか、彼の体力は既につきかけている。

「ハァハァ……」

「どうしました? 王子は口先だけが取り柄でしょうに」

レイシスに対して僕は相変わらず構えていない。右手に軽く木刀を持っているだけだ。

「くそ……この、化け物がぁぁぁあ」

悔しそうな表情を浮かべて、叫びながら、彼はまた僕に襲い掛かる。木刀を僕に向かって振るが、工夫も何もない。動きを見切っている僕は、彼の力を受け流し彼をその場で一回転させ、地面に背中から叩きつける。当然、手加減もした上でだ。

「僕が化け物？　違います。僕は……君にとっては悪魔でしょうか」

「ぐあ!!」

そして、彼の首筋に僕は木刀の剣先を当てる。これで何度目だろうか。

「クソ!!　ハァハァ……」

「……本当に口先だけですね」

さて、困ったことになった。僕の思った以上にレイシスには根性があったのだ。完全な実力差を見せ続ければどこかで心が折れると考えていたが、あてが外れてしまったな。

「もう良いでしょう？　そろそろ、負けをお認めになってはいかがですか？」

「認めん、断じて認めん!!」

僕も反省していた。恐らく僕も怒りで彼をあおり過ぎたのだ。結果、彼が予想以上に意固地になってしまった気がする。ならば次の手を使うかな。僕は彼の首筋に木刀の剣先を当てたまま問いかける。

「レイシス様、最後に一つお聞かせください」

「な、なんだ……突然……」

「僕の母上を病弱と罵ったのはあなたの意思ですか？　それとも誰かの入れ知恵ですか？」

レイシスは僕の問いかけに、ハッとすると険しい面持ちを浮かべる。やはり、『彼』の仕業かな？　すでに、確信めいたものはあるが、あえてもう一度レイシスに問いかけた。

「王子、教えてください」

苦虫を嚙み潰したような面持ちを見せたレイシスは、ようやく観念したように呟いた。

「最後に言うと決めたのは俺だ。だが、お前の母親が病弱であるという情報は人づてに聞いた……」

「ノリスですね？」

僕から彼の名前が出るとは思わなかったのだろう。レイシスは驚愕しているようだ。子供はわかりやすくていいねぇ。わかった……ノリス、君は僕の敵だ。

さて……それはそうとこの試合も終わりにしたい。そう思った僕は、王子にある提案をする。

「負けを認めてくれませんか、レイシス王子？　でないと、最悪な結果を招きますよ？」

「くどい!!　絶対に負けは認めん!!」

ここまで諦めない根性は凄いと思う。だけど意固地になってしまえば、それは時に自身の首を絞めるということを教えてあげよう。僕は小さくため息を吐くとスッと手を挙げた。レイシスは、挙手の意図がわからずにきょとんとした顔を浮かべている。そして、僕は意地悪くニヤリと笑みを浮かべ高らかに宣言した。

「皆さん、僕の……負けです」

「……な、なんだと!!」

レイシスは、先ほどとは一転して怒りと驚愕の面持ちで僕を睨んでいた。

御前試合の終演

僕が挙手をして負けを認めたことで、御前試合を縁側で見ていた華族達からどよめきが起こる。レイシスは「認めないぞ!!　こんな終わり方!!」と怒り心頭に発していた。でも、実力差を認めて引くことも時には必要だ。あのまま、続けても彼の自己満足で終わってしまう。それに、ザックと話した彼の改心の問題もある。多少は響いた気はするが、まだまだ足りない。

僕達はいま本丸御殿の中で最初に案内された表書院にいる。

今ここに居るのは、僕とレイシス、エリアスとリーゼル王妃、そして父上だ。僕とレイシスはエリアスの前に二人で並んで片膝をついて頭を垂れている。父上は僕の横にいるが厳格というより今日は、少し疲れたような顔をしている。その中、エリアスが悠々と僕に問いかけた。

「さて、リッド殿は何故に挙手をしてまで負けを宣言したのかな？」

ふむ、なんと答えようか、と僕は少し思案する。そして、隣に居るレイシスをあえて一瞥してから視線をエリアスに移した。

「……それは、エリアス陛下が一番おわかりかと存じます。レイシス王子と私の試合を見て、どう思われたか是非お伺いしたいです」

「……クッ」

レイシスが僕の言葉を聞くと同時に悔しそうな声を発する。エリアスはその様子を鋭い眼光で観察しているようだ。彼は僕に視線を移すと、吐き捨てるように言った。

「レイシスの完敗だ。最初は諦めずに戦うさまも良かったが、途中からはただ負けたくないと意固地になっているだけであったな。リッド殿が恐らく何度か敗北を認めるように進言したはずだ。レイシスどうだ、リッド殿から進言があったのではないか？」

エリアスの指摘はレイシスの心に鋭く突き刺さる。確かに最初は挑戦だったのだろう。だが、王子は指摘されたように、途中からは負けを認めたくないだけだった。致命的な攻撃をされないことがわかっていたからだ。それを、恐らくここにいた誰もがわかっていた。レイシスは自身の甘さを痛感して、体を小刻みに震わせて答える。

「……父上の仰る通りです。リッド……殿に勝てないとわかり、最初は挑戦をしていました。ですが、途中からは自らのプライドを守るために戦っておりました。リッド殿は……手加減をしてくださっていたので、それを気づかぬうちに……利用していたのだと思います」

言い終えるとレイシスは力なく項垂れる。その様子を見ていたエリアスは大きなため息をついた。

「お前はもう少し聡明であったと思うが……何故そこまで意固地になったのだ？」

「……そうです。前のあなたはもっと、人の意見を聞いておりました。試合前にいきなり、挑戦すると言い始め、リッド殿を待たせた挙句に自分だけ稽古着で挑むとは何事ですか？」

エリアスの言葉に追随して、王妃のリーゼルも王子を案じて思わず口を出したようだ。

そうか、試合前にリーゼル王妃が揉めていたのは、彼が急に僕の相手を名乗り出たからか。試合前の光景を思い出して僕は納得した。しかし、そうなると王妃はノリスの影響を息子が受けていることを知らないことになる。そして、レイシスもノリスに助言を受けている事を伝えていないのだろう。両親の言葉にレイシスはただ、俯いて黙っているままだ。このまま黙秘するつもりだろうか。

するト、エリアスが僕に鋭い眼光を向けて問いかけてきた。

「しかし、リッド殿は何故あのような試合運びをしたのだ？　貴殿の実力であればレイシスを気絶させることはたやすいはずだ。それを、見方によってはまるで何かを教え、諭すような試合であった。どういう意図があったのだ？」

エリアスの言葉にリーゼルは目を丸くした。父上は首を横に振るだけ。レイシスは苦虫を噛み潰したような顔をしている。恐らく、本人は理由がわかっているのだろう。でも、彼の口から言うつもりはないらしい。ならば、子の不始末は親の不始末になることを教えよう。

「……僭越ですが、人払いをお願いしてもよろしいでしょうか。父上も席を外してください。私とエリアス陛下、レイシス王子、リーゼル王妃の四名だけでお話ししたいことがございます」

父上は僕に頷くとスッと立ち上がり、僕に近寄ると耳元で囁く。

「何か考えがあるのだろう？　中途半端にするぐらいなら……徹底的にやれ」

父上は、言い終えるとニヤリと笑みを浮かべて、部屋の外に出て行った。父上も何か知っているのかな？　僕がそんなことを考えている間に、エリアスは兵士を呼んで人払いするように命じた。

これにより、誰からも邪魔されない。

「これで、よいか？　では、理由を聞かせてもらおう」

僕自身から言う前に、レイシスに最後の機会を与える意味で、あえて無言の時間をつくった。

横目で彼の様子を見ると、下唇を噛みしめて震えているようだ。少し、静寂の時間が流れる。だが、レイシスは何も言い出せなかった。言いだそうとした雰囲気はあったが、結局、下唇を噛みしめ黙秘している。わかっているだろうに……。

この時、僕はレイシスが年相応の子供にしか見えなくなった。そして、そんなレイシスの心を弄んだノリスに嫌悪感を抱いている。だが、彼の為にもいまは心を鬼にすべきだろう。

「……では、申し上げます。彼は試合開始の前に私にあることを言いました」

「あること……だと？」

エリアスの雰囲気が変わった。王としての威圧感、貫禄というべきかもしれない。さらに、部屋の雰囲気も合わせて厳格なものになった。その威圧感に気圧されず、僕は物申す。

「はい。レイシス王子はまず『尻尾を巻いてマグノリアの田舎に帰るのだな』と私に仰いました」

彼の言った言葉を伝えた時、エリアスの眉間に皺が寄る。そして、リーゼル王妃は目を丸くした。仮にも一国の王子が、外交の場において来賓に使う言葉としては、軽率過ぎる発言だ。王子は俯きながら震えている。

「いま、お伝えした言葉は、子供同士の掛け合いであると理解して聞き流しました。ですが次に王子の言った言葉は看過できません」

「レイシスは……レイシスはなんと言ったのですか……？」

意外なことに僕の言葉を聞きたがったのは王妃のリーゼルだ。それは、子供を愛する目。僕の母上と同じで我が子を案じている眼差しだった。王妃の雰囲気に、心苦しい気持ちもあるが父上の言った通り、中途半端にするぐらいなら徹底的にすべきだ。心を鬼にした僕は、容赦しない。

「レイシス王子が言った言葉をお伝えいたします。私の母が病に伏せっている事を『病弱』と愚弄したうえ、その母の子である私に剣術など使えるわけがない。母上の胸の中で、慰めてもらえ、と仰いました。これは、私としては到底許すことの出来ない発言です。たとえ、一国の王子といえどもです」

僕の言葉を聞いた王妃は驚愕した後、嗚咽を漏らして涙を流し始める。エリアスは僕の言葉を聞いても冷静な様子を崩さない。彼はレイシスに目をやると、重々しく問い質した。

「レイシス、いまリッド殿が言ったことは本当か？」

「……」

エリアスの問いに彼は黙ったまま、俯いている。だが、それはこの場に於いて相手の怒りを買うだけだった。その姿を見た時、リーゼルとエリアスは僕の言ったことが事実であると理解する。その時、エリアスの怒号が轟いた。

「この、痴れ者が……レイシス、貴様はこの国の王子なのだぞ。その言動には、責任が伴うと以前から教えていたはずだ。それがなんだ、同盟国の貴族の息子であり、妹の婚姻候補者に向かってなんたる口の利き方か、恥を知れ!!」

その怒号は恐らく本丸御殿の中に響いたと思うほどの大きさである。僕が冷静に人払いした意味は？　と、思ってしまったがここは成り行きを見守ることにした。ただ、リーゼル王妃の姿が母上と重なってちょっと辛い。

「……」

それでも、レイシスは沈黙している。彼の何がそこまで沈黙を守らせるのか？　だが、その態度は、さらにエリアスの怒りを買った。

「そうか、口もきけぬと申すのだな……ならば、その首はいらんと見える!!」

怒りのままに言葉を吐き捨てた彼は、座っている場所の後ろに飾ってある『刀』らしき物……というか刀を手に取った。そして、勢いそのままに抜刀すると、俯いているレイシスの顔先にゆっくりと刃先を向ける。そこまでされて、レイシスはようやく顔を上げて口を開いた。

「……申し訳ありません。リッド殿が言いましたこと、すべて事実でございます」

「ようやく、口を開いたか。では何故そのような世迷言を申した!!」

レイシスは刀の刃先を顔の前に突き出されるが、エリアスの目を見据えて話し始めた。

「父上、ファラはまだ六歳でございます。そのような幼き子供を婚姻させるべきではありません。それにさせるにしても、マグノリアの皇族とさせるべきです。それこそがレナルーテの未来と妹が幸せになる道なのです……!!」

彼の言葉は、恐らくノリスが刷り込んだことだろう。もしかすると、レイシスの性格からこうなることまで見越していたのではないだろうか？　そして、今の言葉でエリアスも彼の後ろに誰がいたのか気付いたようだ。しかし、王としての立場がレイシスを許すわけにはいかない。

「貴様は……その言葉の意味を真に理解して言っているのか。王族とは『人』ではない。国を回す歯車になるべき存在なのだ。それが王族に生まれた者の務めでもある。それに、貴様は妹の為といっているが、皇族との婚姻が本当に妹の……ファラの為になると思っているのか」

「……‼　皇族はマグノリアで最高位の位でございます。王女であればその位を頂くべきでございます」

エリアスの迫力に気おされながらも、彼は負けじと言葉を発する。しかし、その言葉を聞いた王は、首を横に振ってから吐き捨てた。

「浅はかだ、貴様は何も自分で考えておらん。帝国はわが国より国土が大きく、国として強かなのだぞ。貴様は妹が可哀想だといいながら、権力欲の為にレナルーテ以上の伏魔殿、歯車とならねばならない世界にファラを送り込もうとしているのだぞ、そんなこともわからんのか」

「そ、そんな……嘘です、マグノリア帝国の皇族に嫁ぐことこそ、妹の幸せに繋がるはずだと……」

「貴様は自分で何も考えておらん。その証拠に我が言葉に返せる、自らの言葉を持っておらぬではないか。どこぞの、受け売り言葉などは王子が使うべき言葉ではない」

「……」

レイシスはエリアスに指摘されたことで妹のためと言いつつ、結果は権力欲に繋がっている矛盾に気付いたのだろう。その瞬間、レイシスは泣き始めた。愚かさを真に自覚したのだろう。そして、エリアスの刀を避けながら僕に向かって姿勢を正すと、畳に頭を突けながら謝罪の言葉を並べた。土下座である。

「リッド殿、大変申し訳ありませんでした。私が……私が浅はかでありました。他人の言葉に踊らされ貴殿に言ってはならない言葉を浴びせました。本当に申し訳ございません」

予想以上の修羅場に僕は呆気にとられていたが、彼の謝罪で我に返った。

「あ……いや、そこまでしなくても……」

僕は、目の前で土下座しているレイシスに優しく声をかけようとするが、王にさえぎられた。

「レイシス、これはもはや貴様が謝ってすむ問題ではない。国としての謝罪が必要となることだ。わかっているな？」

「はい、承知しております……」

僕の言葉を聞かずに話を進める二人に、また呆気にとられてしまう。国としての謝罪とは、何をするつもりなのだろうか？　そう思いながら、怪訝な表情でレイシスに視線を移す。彼は僕の視線に気づいたようで、彼は笑みを浮かべる。

「リッド殿であれば、妹をきっと幸せにしていただけると思います。ファラは……私の大切な自慢の妹なのです。どうか、よろしくお願いいたします」

「へ……？　は、はい、承知しました」

いきなり優しいレイシスに僕は戸惑いながら答えた。彼は、僕に再度微笑むと、その場で正座を組みなおして姿勢を正す。そして目を瞑り、何やら覚悟の雰囲気が流れている。

「……父上、ご迷惑をおかけしました」

「愚か者が……」

エリアスはレイシスの横に立ち、刀を上段に構えている。やばい、これはあれだ。時代劇で見る切腹的なやつではないだろうか。僕が咄嗟に声を出そうとすると、先に王妃のリーゼルがエリアスの足にしがみついた。

「エリアス陛下!! レイシスはまだ子供で……間違いを起こして当然でございます。どうか、どうかご慈悲をお願いいたします……」

リーゼル王妃は必死に助命を嘆願している。気づけば、彼女はレイシスを守る為に土下座をして、エリアスを止めようとしていた。彼は、母親の必死の姿を見て、涙を流して嗚咽を漏らしている。

そして震える声で、母親であるリーゼルに優しく声をかけた。

「母上、良いのです。私はそれだけのことを致しました。その罰は受けねばなりません」

「レイシス……」

覚悟を決めたレイシスは母親であるリーゼルを抱きしめる。そして、お互いに涙を流して今生の暇乞いというべき雰囲気となっていた。その後、彼は父親であるエリアスを見据える。

「父上、最期のお願いがございます」

「……なんだ」

「母上のことをよろしくお願いします。エルティア様と同様に大切にするように、心からお願いいたします……」

レイシスの言葉を聞いたリーゼルは驚愕を隠せず、また嗚咽を漏らして泣き始める。エリアスはその時にすべてを理解した。そして、忌々し気に「……あの老獪め」と小さく呟き、息子に向かって、諭すように吐き捨てた。

「リーゼルもエルティアも大切な妻だ。一度たりともどちらかに傾斜したことはない。レイシス、貴様は……踊らされたのだ」

彼もエリアスの言葉で察したようだ。しかし、その顔は死を覚悟しているせいか、涼しいもので、父親の言葉にも優しく答えてみせる。

「さようでございましたか。ですが、そうだったとしても、私のしたことが帳消しになることはありません」

「その意気やよし。では、いくぞ……!!」

エリアスは刀をゆっくりと振り上げて集中を始める。レイシスは覚悟を決め姿勢を正す。リーゼルは嗚咽を漏らしてしゃがみ込み泣いている。

いま、まさにレイシスに断罪の時が訪れようとしていた……!! とその時、修羅場の雰囲気に呑まれていた僕はハッとした。違う!! これは思っていた状況と断じて違う!! 僕は咄嗟に大声で叫んだ。

「お待ちください!! エリアス陛下、僕はレイシス王子にそのような処罰は求めておりません!!」

僕の言葉が辺りに響くとエリアス、レイシス、リーゼルのその場にいる全員の動きが止まった。

この場を収拾するためにどうするべきかを考えながら、僕は急いで言葉を紡いだ。

「そ、そもそも、僕がレイシス様とあのような試合をしたのは悔い改めてもらう為であり、決してこのような断罪を求めていたわけではありません。それに、レイシス王子はファラ王女の兄上です。つまり、ご縁を頂いた折には我が兄となるお方です。そのような方を、こんなことで失いたくはありません!!」

僕の話を聞いた三人は、雰囲気が少し変わった気がするが、まだ足りない。

「レイシス様とのやりとりは、私とこの場にいる皆様しか知りません。だからこそ、父上にも席を外していただいたのです」

話に耳を傾けるエリアスの表情に、少し迷いが見て取れたので、僕はさらに畳みかける。

「そうです!! 今回の件を不問とする条件として、何点かお願いがございます。それを聞いていただいてから、レイシス様の罰を決めても良いのではないでしょうか? 僕は、将来の兄となる方の命より、これからの繋がりを大切にしたいのです」

僕の言葉を聞き終えたエリアスはニヤリと笑みを浮かべる。そして、刀を鞘に納めると、最初に居た場所の椅子に悠々と腰を下ろした。

「よかろう。その条件とやらを申してみよ」

良かった、恐らくエリアスも落としどころを探していたのだろう。というか、僕が言い出すのを待っていたとか……? まさかね。

それから僕は少し思案してから、条件を並べた。
①ファラ王女との婚姻を認めてほしい
②商流の後ろ盾
③レイシスの罪を不問
とりあえず、いま思いつくのはこんなものだ。実際、現時点でレナルーテに求めることはない。

ただ、現状の問題解決の案としては良いだろう。レイシスとリーゼルの二人は驚愕している感じだ。特に③を言った時に、王妃が泣いていたのが印象的だった。すると、僕の条件を聞いたエリアスは怪訝な顔を浮かべる。

「……商流と言うのは、バルディア領で有名になっている、クリスティ商会のことだな？」

「はい。その通りです。商流はお互いの発展に必ず繋がります。ですが、レナルーテでは新参の商会に厳しい部分があると伺ったので、エリアス陛下に後ろ盾になっていただきたいのです」

エリアスは「ふむ」と頷き、僕に鋭い眼光を向ける。

「わかった。商流の件は任せてもらおう。今度、商会の代表を連れてきなさい」

「ありがとうございます!!」

僕は、お礼を述べた後に一礼する。そして、次の質問がエリアスから問いかけられた。

「レイシスの罪を不問というのは、どういう意図かな？」

「意図などありません。ただ、自分の兄になるかもしれない方を失いたくないだけです。それに、レイシス様は悪い影響を受けただけです。先ほどの皆様のやりとりをみれば、レイシス様が聡明であることは明らかです」

これは本心だ。レイシスはゲームの攻略対象でもあるので、そもそも失うわけにはいかない。でも、彼自身優秀であることは確かだと思う。思い込みに囚われなければだけどね。

「ふむ。レイシス、貴様はどう思う」

レイシスは、先程のやりとりで僕に土下座した後から、畳の上でずっと正座している。彼は、姿勢を正したまま、体をエリアスに向けた。

「……はい。過ちを犯した私に、このような恩赦を与えていただき、感服致しました。私は剣術だけでなく思慮深さ、そして人としての大きさもリッド様には敵いません。もし、機会を頂けるのであれば、一からやり直したい所存です」

レイシスの発言の内容や言い方は今までとは違っていた。そして、エリアスも言うなら、僕の父上に近い目をしてレイシスに優しく答える。

「ようやく、憑き物が落ちたようだな。今のお前であれば、もう大丈夫だろう」

「……父上」

「よし。リッド殿たっての願いでもある。この件は不問と致す。だが、口外は当然禁止だ。よいな？」

僕を含めエリアス以外の三人は、一礼して意思表示を行う。

「うむ。では、娘との婚姻の件だが、リッド殿はこの条件で良いのか？」

「はい。エリアス陛下、リーゼル王妃、レイシス様に認めてもらえれば、今回の婚姻は決まったも同然と思っております」

エリアスは僕の答えを聞いても何か釈然としない様子だ。仕方なしに、僕はあることを伝えることにした。

「エリアス陛下……少し、お耳をよろしいでしょうか？」

「うん？　よかろう、くるしゅうない、近う寄れ」

僕はエリアスにゆっくり近寄ると、耳元であることを囁いた。すると、エリアスの目が丸くなり、厳格な表情が崩れ大笑いを始める。その様子を見ていたレイシスとリーゼル王妃は呆気にとられていた。エリアスは笑いが落ち着いてくると、ニヤリと微笑んだ。

「クックク、そうか、そうであったか。それであればそうだろうな。よし、娘との婚姻を認めよう。だが、今すぐ発表はできん。これも、この場にいる者だけの話とする」

エリアスに一礼することで意思表示をするが、僕は父上にだけは伝えたいと話して了承をもらう。これで、御前試合が終わった……僕はそう思っていた。だが、話が終わって外に出ると、ファラ王女と護衛の少女が待ち構えていたのだ。そして、僕とエリアスの二人を交互に見たファラ王女は唐突に言った。

「リッド様、どうか私の護衛である『アスナ・ランマーク』と一試合していただけないでしょうか⁉」

「へ……？」

レナルーテでの御前試合はまだ終わっていなかったらしい。

計画変更

（なんということだ⁉　ライナー辺境伯の息子は化け物か‼）

ノリスは御前試合を見て肝を冷やしていた。レイシスは決して剣士として弱いわけではない。大人顔負けの剣術の腕前を持っている。それを、あの子供は苦戦もせず、まるで大人が子供、いや赤ん坊をあやす様に扱って見せた。圧倒的な実力差があるから出来ることだ。

そして、レイシスより辺境伯の息子は年下だったはず。それなのにあれだけの実力を持っている。あれが、化け物ではなくて何だと言うのか？　念のために準備した、罅の入った木刀が奴に渡っていれば……いや、それでも結果は変わらなかっただろう。

それにしても、それとは関係なく忌々しいメイドだった。思い出すだけでも腹が立つ。わざわざノリス自ら、兵士と共に木刀を持っていき、奴に渡すようにメイドに伝えて渡したのだ。すると、メイドは受け取った木刀の剣先から持ち手を掌で摩ると険しい顔をした。

「……これは、なんでしょうか？　我が主に対して無礼を働くおつもりですか？」

「なんのことですかな？　いきなりそのようなことを仰いますのが無礼と存じますが？」

メイドの言葉にノリスはとぼけてみせたが、呆れ顔をしたメイドは木刀の両端を左右それぞれの手で握ると、力を入れ始める。すると、木刀の中心がだんだんと上に反りあがっていく。メイドのする所業にノリスと兵士は呆気にとられた。そして、罅の入っていた木刀は中央の反りに耐えきれず真ん中から弾けて折れた。

「な……!?」

折れた木刀にノリスは思わず驚愕の声をあげる。メイドは折れた木刀を兵士に押し付けると、ギロリと怒気を込めて、ノリスと兵士を睨みつけた。

「私のような……か弱いメイドの細腕の力で折れてしまいました。このような、罅の入った木刀を我が主に渡すおつもりでしょうか？　その所業のどこが無礼でないと？」

メイドの言葉にノリスの顔は険しくなるが、平静を装い答える。

「……申し訳ない。どうやら手違いがあったようだ。すぐ別の物を用意しよう」

「いえ、それには及びません。僭越ながら、我が主が使う木刀を選別させていただいてもよろしいでしょうか？」

何という生意気なメイドだ。辺境伯の屋敷ではメイドの教育すらままならんのか!!　ノリスは内心では憤慨していたが、さすがにそれを表情には出さずに苦々しく答えた。

「……承知致しました」

その後、ノリスは兵士にメイドを案内するように指示をする。そして、数ある木刀の中からメイドが手にしたのは一番良い木刀だったと、メイドに付き添った兵士から聞いた。もはや、木刀の良し悪しで試合結果が変わるとはノリスも思っていない。しかし、ノリスの中でこの一件はバルディア家に対しての嫌悪感を高めるには十分な出来事だった。

「ぐあ!!」

メイドの件を思い出していると、外から王子が投げ飛ばされたであろう声がまた聞こえた。そうだ、メイドの事などどうでもよい。それよりも、この状況を何とかしなければならん。

ノリスは思案した。本来であればレイシスが奴にレナルーテに対する嫌悪感やトラウマを与えて婚姻交渉を阻害するはずだった。だが、その手はもう使えない。次の手を考えた時にふと、『影』

のことを思い出した。

あいつらなら何とか出来るかもしれん。そう思ったノリスは、試合に夢中になっている華族の一団の中から、人知れず姿を消した。そして、人気のないところで彼は手で合図をする。

「おい!! いるのだろう、出てこい!!」

合図と声に反応するように、ノリスの影に目と口が浮かび、不気味な人相が現れる。その影は、ギロリとノリスを睨むと低い声で呟いた。

「……このような、人気の多い場所で呼ぶとは何事だ?」

「ゆ、許せ。事態は急を要するのだ」

ノリスは影に状況を説明して、何か良い案はないかと尋ねた。すると、影の人相は目を据えて、明らかに呆れた雰囲気を醸し出す。

「ふぅ……この程度の問題を解決できないとは。どうやら、貴殿を買いかぶり過ぎていたようだな」

「そ、それは違う!! 計画は順調だった……あの辺境伯の息子が化け物なのだ!!」

ノリスは必死に自己弁護をした。確かに、辺境伯の息子が常識外れの実力者だったのは彼にとっては誤算だっただろう。その様子を見つめていた影は、ゆっくり口を開いた。

「なるほど……ならば、辺境伯の息子がいま王子にしていることを問題にして、華族内に広げるのだな……」

「……どういうことだ?」

影の人相がノリスの質問に目が険しくなり、少し口調が強くなった。

「何事も見方をかえれば良くも、悪くもなる。レイシス王子の性格は思い込みが強く、反骨心が強いところがある。貴殿の影響も考えれば、負けを認めることはないだろう」

影の言葉を聞いたノリスは、思慮深い顔をしてからハッとした。

「そして、エリアス王も止める様子はないのであろう？　ならば、レイシス王子は長時間、辺境伯の息子に痛めつけられるということだ。後は貴殿の得意な吹聴を使うのだな……」

影の人相は言い終えると、スーッと消えていく。残されたノリスはニヤリと笑みを浮かべ、華族達が集まっているところに戻っていった。そうだ、何故気付かなかったのか。化け物の意図は不明だが恐らくレイシスを気絶させるつもりはないようだ。そして王も止める気配がない。ということは、化け物が一方的にレナルーテの王子を甚振ったという見方が可能だ。

辺境伯の息子は嗜虐的で残酷。極悪非道の気質があると国内に吹聴すればよいのだ。試合の様子が見える縁側に戻ると、早速ノリスは派閥の有力者をひそかに集めた。そして、辺境伯の息子は圧倒的な実力差でレイシス王子を痛めつけ楽しんでおり、嗜虐的で残酷かつ極悪非道の気質の持ち主である。いま目の前で行われている試合が、論より証拠になると伝える。

「今回の婚姻の件で、中立の立場にいるものを中心に声をかけろ。ただし、王や王妃には悟られるな」

彼の派閥に属する者達は指示に対してニヤリと笑い、散り散りになった。今回の顔合わせには国の有力華族がほぼ集まっている。辺境伯の息子が王女に相応しい人物かどうかを見極めるためだ。しかし、国内の華族達は婚姻に賛成、中立（賛成）、反対の三勢力に分かれている。

中立は基本賛成の立場だが、辺境伯の息子を見てから決めたいと思っている華族達だ。彼らも、どのような理由があっても自国の王子が痛めつけられて、良い気持ちがするわけがない。

人は誰しも見たいものを見て、信じたいものを信じる。二人の試合内容と結果の真実がどうであろうと関係ない。自国の王子と他国の辺境伯の息子。どちらを信じるかとなれば皆、王子を信じるということだ。その場に残ったノリスは意地の悪い笑みを浮かべていた。

◇

ファラ王女と護衛のアスナは御前試合に釘付けになっていた。

「兄上が手も足も出ないなんて……信じられない」

レイシスの実力はファラも知っている。大人顔負けの剣術を扱い、同年代に勝てる相手は、この国には恐らくいない。その兄を手玉に取っている彼の実力は、相当のものだろう。彼女は自身の護衛をしているアスナに尋ねた。

「アスナ、剣士としてリッド様の強さを……その、どう見ていますか？」

「……一言で表現するなら常識では測れない『型破り』や『化け物』と言ったところでしょうね。どのような鍛錬をすれば、あの年齢であそこまで強くなれるのか……是非お伺いしたいほどです」

王女の護衛をしている少女のアスナは、今より幼い時からレナルーテ国内では天才剣士として有名だった。彼女をして『型破り』や『化け物』と言わしめるのであれば、彼の実力はまさに言葉通りなのだろう。その言葉を聞いたファラは、兄がボロボロになっていく様子に心苦しくなり、悲しげに呟いた。

「リッド様は、何故あのようなことを兄上に強いるのでしょうか？　これほどの実力差であれば、試合をすぐ終わらせることも可能だと思うのですが……」

二人の試合は、武術の素人でもあるファラにも異常な様子に見えた。兄が必死に立ち向かい、そして彼が軽くいなす。そして、幾度となく兄の急所に木刀の剣先を突きつける。それは、見ている者に圧倒的な実力差を見せつけているようだった。彼女の疑問に答えるようにアスナが口を開いた。

「恐らく、リッド様は勝利も敗北も考えていないのだと思います」

「……どういうことでしょうか？」

彼女の言葉の意図がわからず、ファラはきょとんとした表情を見せる。

「見てわかる通り、二人の実力差は火を見るよりも明らかです。ですが、御前試合でリッド様は自らの実力を見せる為に、下手に負けるわけにはいかないのでしょう」

ファラは彼女の言葉を聞いて思案する。そして、御前試合が始まった理由を思い返す。そう、この試合は彼の実力がどの程度のものか知る為に開催されたはずだ。確かに、開催の意図を考えれば、下手に負けることは出来ないだろう。アスナは王女が考え込んでいる様子を見て、説明を続けた。

「しかし、レイシス王子を無下に扱い勝つこともできません。それであれば、圧倒的な実力差をレイシス王子と周りに見せつけて負けを認めさせる。もしくは、王の判断を待つしかありません。リッド様の本当の意図はわかりませんが、中らずと雖も遠からずだと思います」

彼女の説明を聞いたファラは、少し安堵した様子を見せた。

「良かった……リッド様が兄上に悪意を持って行っているわけではないのですね？」

「はい。リッド様の動きに悪意のようなものはありません。むしろ、何かを教えるような、諭そうとしている印象があります。真意はわかりかねますが……」

「そう……」

アスナの説明を聞いた王女は納得したようだが、心配そうな目で二人の試合を見ている。対して、彼女は彼の動きを観察して内心驚愕していた。

(あの年齢ですでに身体強化を使いこなしているなんて……)

アスナは、自身の実力や才能をひけらかすようなことはしない。しかし、人より優れているという認識はあった。そんな彼女でも、彼の年齢の時にあのような動きはできていない。それはつまり、彼女以上の才能を持っている剣士に出会えたことを意味している。レイシス王子も確かに才能はあった。でも、彼女には到底及ばない。

アスナは剣術の鍛錬を欠かしたことはなく、その優れた才能の故に誰かと高め合ったことは無かった。でも、彼となら高め合うことが出来るかもしれない。いや、絶対に出来る。それは『天才』と称された剣士の直感というものでもあった。

元々、ファラの相手となる彼の『人となりと実力』を彼女なりに見定めたいという思いもある。何とか、彼と手合わせできないだろうか? と、考えたところで王女に彼女は呼びかけられた。

「ねぇ、アスナ。何故、兄上はあれだけ実力差がありながら負けを認めないのでしょうか?」

言われてみれば確かに妙だ。ここまでの実力差があれば普通は敗北を認める。だが、レイシスはそれをしなかった。

「それは、残念ながら私にもわかりかねます。恐らくレイシス王子にも意図があるとは思いますが……」

しかし、それから時間が経過してもレイシスは負けを認めなかった。そしてエリアスも止めない。

その結果、彼はレイシスを前に挙手をして「皆さん、僕の……負けです」と高らかに声を上げた。

その時、彼の大胆な行動にファラとアスナの二人は目を丸くして驚愕するのだった。

王女と護衛の活躍

御前試合が思わぬ結果で終わると、エリアス、リーゼル、ライナー、そして当事者の二人は奥の部屋で試合内容の審議に入った。

ファラとアスナは審議が終わるまで別室で休むように言われ、観覧席から別室に移動した。最初はエルティアも一緒に移動していたが、物腰が柔らかい感じの華族の男性にエルティアだけ呼び止められる。彼女から先に部屋に行くように言われたので、別室にて二人は休んでいた。その中、ファラが心配そうな面持ちで呟く。

「兄上とリッド様は大丈夫でしょうか……」

「怪我などはしていませんでしたから、それは大丈夫だと思います。それよりも……」

「……？　それよりも？」

アスナはファラの質問に答えると、少し意地の悪そうな顔をして尋ねた。

「姫様はレイシス王子とリッド様のどちらを応援していたのですか？　やはり、レイシス王子ですか？」

予想外の質問に驚いて、ファラは少し顔を赤くして答える。

「それは……お二人ともです。お二人とも大切なお方ですから……」

「レイシス様はわかりますが、そうですか。すでにリッド様も姫様にとっては、大切なお方なのですね？」

「へ……あっ⁉　ち、違います、そういう意味ではありません‼」

彼女はファラの赤くなった表情をみて楽しげに笑っている。対してファラは、顔を赤らめて怒りながら否定していた。だが、会話の中でファラの耳が上下に動いているのを見て、アスナは確信する。ファラは彼に少なからず好意を抱いていると。

ダークエルフの耳は感情の高ぶりによって、動くことがある。ただし、個人差があるので誰もが動くわけではない。だが、ファラはダークエルフの中でも感情が耳に出やすいタイプだった。もちろん、本人が意識すれば耳の動きを抑制することは出来るが、逆に言えば意識していないと動いてしまうのだ。そして、上下に耳が動く場合は「喜び、嬉しさ、好意、愛」などのことを意味している。

これが一般人のダークエルフであれば『可愛い』と評判になるだろう。しかし、彼女は王族であり、今後は政治の陰謀渦巻く伏魔殿で生きていく存在である。感情が伝わりやすいことは、弱点になってしまう。

だからこそ、エルティアは彼女に異常とも言える厳しい教育をしているのかもしれない。彼女は、顔を赤らめる王女をからかい、笑みを浮かべながらそんなことを考えていた。一方、からかわれているファラは、頬を膨らませてご機嫌斜めになっている。

その時、襖がスーッと開けられエルティアが部屋に入って来た。部屋にいた二人はすぐにエルティアに向かい一礼をする。二人の様子を見たエルティアは、いつも通り冷たく言い放つ。

「エリアス陛下に、いつまで審議をしているのか聞いてきてください。何か言われれば私から指示を受けたと言いなさい。よいですね？」

「はい。承知致しました」

エルティアの言葉に頷くと、二人は立ち上がり部屋を後にする。その時、ファラの背中に向かってエルティアが声をかけた。

「ファラ。もし、あなたからエリアス陛下に物申したいことがあれば、しっかりと伝えなさい。良いですね」

「……？　承知致しました」

どうしたのだろう？　と、ファラはエルティアの言葉の意図が分からず首を傾げたが、「早く行きなさい」と続けざまに言われたので、一礼をしてその場を去った。

その後、二人でエリアスがいる部屋に向かう途中で、どこからともなく話し声が聞こえてくる。するとアスナが突然ファラをかばう様に前に出た。

「ファラ様、真意は不明ですがこちらに殺気が向けられています……」

「……⁉　わかりました」

彼女はファラを庇いながら、声の聞こえる方角の様子を窺う。そこには先程、エルティアを呼び止めたダークエルフの男性がこちらを見ていた。さらに、彼とは別に、華族と思われる男性もいて二人は何か話しているようだ。

「どうしたのだ？」

「……いや、気のせいだったようだ」

殺気を送っていたのは、二人の居る方角を見つめていた男性のようだ。アスナは彼らの様子を窺いながら聞き耳を立てることにした。王女にもそのことを目配せで伝える。ファラはその目配せに首を縦に振るのであった。

◇

「それで、貴殿はどちらに付くおつもりか？　ノリス様か、エリアス陛下か」

どうやら二人の男は今回の婚姻における派閥争いの話をしているようだ。一人の『男』は少し年齢を感じさせ、もう一人は『細身の男』だ。すると、細身の男が興味なさげに呟く。

「ふむ。まだ、何とも言えないな。どちらにしても我が国の姫が帝国に嫁ぐことは変わらないのだ。皇族でも辺境伯でも、正直どちらでもよいと思っている」

「ふむ。浅はかだな」

細身の男は、『浅はか』と言われ苛立ちを見せる。

「……なんだと？」

「今回の御前試合を見たであろう。辺境伯の息子、リッドといったか。圧倒的な実力差がありながら、我が国の王子を痛めつけ、自分の力をこれみよがしに我らに見せつけたとは思わんか？」

『男』から言われた言葉に、どこか説得力を感じた細身の男は思案してから呟いた。

「……見方を変えれば、そうかもしれんな」

「それだけではない。辺境伯の息子は嗜虐的で残酷。極悪非道の気質があるということだ」

『細身の男』はさらに思慮深い表情を浮かべる。確かに辺境伯の息子が行った行為はある意味、圧倒的な実力差をみせつける残酷なものでもあった。しかし……。

「それは……さすがに言い過ぎではないか？」

『細身の男』の言葉を聞くと『男』は力強く自信の溢れる声で説明をした。

「そんなことはない。論より証拠が先ほどの試合ではないか。もし、彼が、ファラ王女と結婚、我らの国境と隣接する辺境伯の跡を継いだらどうなる？　姫が人質となり我らは彼のいいなりになる可能性も否定できん。得体のしれない気質をもった辺境伯の息子よりも皇族のほうがましではないか？」

細身の男は彼の言葉にも賛同できる部分があると感じ呟いた。

「ふむ。……一理あるかもしれんな」

「そうであろう？　ノリス様が皇族との婚姻を進めようとしているのは、将来のことを危惧しているからだ。決して権力欲などではない。是非、力を貸していただきたい」

「わかった。一度、ノリス様の話を伺おう」

「それは、ノリス様も喜びます。では、こちらに……」

そうして、二人はその場を去っていった。

◇

「……もう、行ったようですね。姫様、申し訳ありませんでした」

「いえ、私は大丈夫です……それよりも、リッド様があのように言われていたのは、とても残念でした……」

ファラは体を震わせながら耳を下げ、悲しげに返事をした。彼女は自身の立場を理解している。ただ、偶然とは言え、いきなり自身の婚姻について第三者に『どちらでもよい』と言われたのは少し悲しくて胸が痛くなった。彼女は胸に手を当て、ゆっくりと深呼吸して気持ちを落ち着かせる。

そして、気持ちが落ち着いてくると、彼らの会話が鮮明に思い出された。

「ノリス様は、兄上とリッド様を利用して私を皇族と婚姻させようとしているのでしょうか……」

ファラは無意識に思ったことを口に出してしまう。心配な面持ちで王女を見ていたアスナも、ハッとして先程の男達の会話を思い返して答えた。

「そのようですね。ノリス様は以前より姫様は皇族と婚姻すべきと申しておりました。先程の会話の内容から察するに、『リッド様がレイシス王子を痛めつけた』ということを吹聴しているようですね……」

アスナは剣士としてノリスのしていることに嫌悪感を抱く。確かにレイシス王子はすぐに負けを認めなかった。しかし、自身より格上の相手に挑み続ける行為にどれだけの勇気がいると思っているのか？　彼らのしていることは、間接的にレイシス王子も貶めているのだ。

ノリスが行っている行為は、彼女から見れば利己的な悪意の塊でしかない。アスナが険しい顔をしていると、ファラが小さく呟いた。

「兄上とリッド様の名誉の為にも何か出来ないかしら……」

「そうですね……」

二人は男達の会話を思い出しながら、アスナは状況を整理して説明する。

「まず、リッド様がレイシス王子を痛めつけた。というのがノリス様達の主張です。これを崩す必要がありますね」

ファラは彼女の言葉に頷き、問いかけた。

「それは、兄上がきちんと説明をすればどうでしょうか。そうすれば、問題解決のような気もするのですが……」

アスナは思案すると、王女の言葉に首を横に振ってから答えた。

「恐らく、それだけでは弱いと思います。吹聴される前ならそれでも良いと思います。ですが、話が広まってしまった以上、リッド様の武術には悪印象が残ります。それに、レイシス王子が言わされているだけで、他国に気を使っているだけとノリス様に言われる可能性もあります」

「つまり、兄上の証言に加えて、リッド様の悪印象を取り除く必要があるのですね……」

王女の言葉に、アスナは頷く。どうすべきだろうか？　と思い悩んだその時、ファラにひとつの閃きが生まれた。

「……アスナ、あなたリッド様と本気で御前試合が出来るかしら？」

「は……？」

ファラの言葉に呆気にとられたアスナだったが、その理由をファラから聞くと思わず笑ってしまった。彼女の考えた作戦は驚きのものだった。まず、兄であるレイシスから御前試合の勝敗について華族全員に対して説明してもらう。そのうえで、リッドの真の実力を確認する為にアスナと本気で御前試合をしてもらい、印象を払拭するというのだ。

アスナと本気でぶつかりあえば、レイシスを痛めつけたわけではない。圧倒的な実力差によって起きた試合内容だったことが、改めて証明される。そして、アスナと全力で試合をすれば真の実力も周知されて、評判も上がるというものだ。

内心ではアスナも本気で試合をしたいと思った相手なので、これは願ったり叶ったりだ。彼女は王女の提案に不敵な笑みを浮かべる。

「ふふ、いいですね。それで行きましょう」

「決まりね。後は父上と兄上。そしてリッド様を説得するだけだわ!!」

彼女たちはノリスの計画を破る作戦をまとめると、エリアスのいる部屋に向かった。その時、ふとアスナは先ほどの男の一人の殺気について思い出す。

（あの殺気の出し方はまるで、そこで黙って聞いていろという感じだった……まさかね？）

王女の名案

「リッド様、どうか私の護衛である『アスナ・ランマーク』と試合していただけないでしょうか⁉」

「へ……？」

先程終わった御前試合の審議が終わり、エリアス達と部屋の外に出るとファラ王女と護衛の少女が出待ちをしており、僕達に衝撃の一言を発した。

御前試合を護衛の少女としてほしいとは、どういうことだろうか？　すると、僕と同様のことを思ったのだろう。エリアスが怪訝な顔をしてファラ王女に問いかける。

「ファラ、何を言っているのかわかっているのか？　御前試合は王女の遊びで行うようなものではないぞ」

「はい。仰る通りです。ですが、聞いてください。今、この御前試合に悪意に満ちた、吹聴が蔓延しております。それを、取り除く為に必要なことなのです」

ファラは毅然とした態度で父親に物申す。その姿はとても凛々しく可憐だ。そして、同時に彼女の言葉を聞いた面々は、全員怪訝な表情となる。その中で、彼女の父親でもあるエリアスが、確認するように悠々と聞き返す。

「悪意に満ちた吹聴だと？　……詳しく申してみよ」

「はい。では、恐れ入りますが今この場にいる皆様で、再度お部屋によろしいでしょうか？」

「うむ。よかろう」

終わった、と思われた審議は予想外の訪問者で再開されることになる。エリアスはすぐさま兵士を呼び、もう少しだけ時間がかかることを華族とバルディア家の面々に伝えるように言づける。兵士は一礼してすぐその場を去っていった。

その後、エリアスは兵士が完全に去ったことを確認すると、王として鋭い眼光を彼女に向け威圧する。

「では、聞かせてもらおうか？　悪意に満ちた吹聴とやらを……」

「承知致しました」

ファラは一礼をすると説明を始める。母親のエルティアの指示でエリアスに会いに向かっていた途中、華族のダークエルフと男がしていた密談を意図せず耳にした事、そしてその内容を伝えた。

そして、ノリスが中心となっている反対派の派閥が、先ほどの御前試合の見方を悪意に満ちた内容にしていること。それにより、御前試合を行った二人の名誉を貶めており、このまま御前試合が終われば、彼らの思うツボであると伝えた。

エリアスはファラの話を聞くと思慮深い面持ちをしながらも、どこか嬉しそうである。対して、王妃とレイシスの二人は、苦虫を嚙み潰したように険しい顔をしていた。王妃はノリスと血の繋がりがあるので、今のノリスは彼女にとって身内の恥ともいうべき存在だ。

さらに、王妃の子供すら利用している点で、彼女がノリスに嫌悪感を抱くことは想像に難くない。レイシスは心酔していたノリスの言動に救われた面もあるので、どこかに彼に対する希望もあったのだろう。

彼は、御前試合において必死に挑戦をした。その挑戦は、間違った方向で結果も伴わなかったかもしれない。だが、悪意に満ちた吹聴で間接的でも貶められる理由にはならない。レイシスは、改めて自身がノリスの駒であったことを自覚したようだ。二人の面持ちを見ても、ファラは凛とした表情を崩さずに説明を続ける。

「リーゼル王妃と兄上においては辛い立場と存じます。ですが、このままではノリスの思うつぼになってしまうでしょう」

「ふむ。そこまで言うのであれば、何かしらの策があるのだろう。それが、アスナとリッド殿で試合を行うことにどう繋がるのだ？」

ファラは父親の言葉にニコリと微笑む。そして、物怖じせずに説明を始めた。

最初に、兄のレイシスから先程の御前試合の内容について、何故長引いたのかを説明してもらうことで吹聴の根本を否定する。それだけでは納得しない者もいるだろう。そこで、天才剣士として名高いアスナと彼が本気で試合を行うことで、彼の実力が本物であり、兄の言葉に嘘や誇張が無いことを華族達に証明して知らしめる。それにより、二人の名誉は守られる……ということだった。

説明を聞き終えたエリアスは、表情こそ崩さなかったが、娘の見せた予想外の才覚に内心驚愕しているようだ。エリアスはアスナにも鋭い視線を向ける。視線に気づいたアスナは、一礼するのみだ。

恐らく、華族から聞いた話を二人で整理して対策を考えたのだろう。短時間で効果的な対策と物怖じせず、王である父にハッキリと告げる胆力。そして、ファラが提案した内容は片方だけではなく、両者の立場と名誉を考えた案であり、今できることで考えれば上出来である。ファラの表情は凛としており、ある人物を彼に彷彿とさせて小さな呟きを引き出した。

「その身に秘めたる才覚は母親似か……惜しいな」

「……父上？」

呟きがうまく聞き取れず、ファラは怪訝な表情を浮かべる。エリアスはニヤリと不敵な笑みを見せると、ファラを含めこの場にいる全員に対して声を轟かせた。

「よかろう。ファラ、お前の策に乗ろう。レイシス、アスナ。そしてリッド殿、よろしいか？」

レイシスとアスナは二人そろってエリアスに「はい。承知致しました!!」と返事をする。僕も「承知しました」と言ってから一礼をした。エリアスは、僕を含めた三人の返事を聞くと力強く頷く。

「うむ。では会場に戻り早速、華族達に説明を行うぞ」

◇

その後、御前試合を行った場所に全員で移動するとエリアスは華族達を集めて、先程の試合内容について説明を行った。さらに、レイシス自身からも圧倒的な実力差があることがわかっても、すぐに負けを認められなかったことが恥ずかしい。試合の時間が長くなったのは自身のせいであり、僕には非はないと説明する。

しかし、話を聞いて納得した様子の華族は少ない。ここまではノリスが描いた通りだろう。レイシスの説明が終わると、王であるエリアスが華族達に向けて威厳のある声を響かせる。

「皆が納得いかないのは承知している。そこで、これも急遽ではあるが、ファラの専属護衛であるアスナ・ランマークとリッド殿による第二試合を行う事に決めた。これにより、リッド殿の真の実力を改めて見ることができるだろう」

その場にいた華族達はどよめいた。王女の専属護衛となるまで、レナルーテの天才剣士と名を馳せていた少女を辺境伯の息子と試合させる。華族達は皆、エリアス陛下は正気だろうか？　と疑った。

一時期、天才剣士として有名だった為、彼女の酔狂で奇傑な性格は華族達の中でも知れ渡っている。普段は普通の可憐な少女だが、試合などの剣術に関わる事においては目の色が変わり、情け容赦もない無慈悲で豪快な様子に変貌していく。

彼女の才能目当てに、将来を見据え婚約を申し込んだ男達に『弱い男に興味はありません』と、自身との試合を強要。そして、婚約話ごと擦り寄ってきた男達を悉く葬り去った話は、あまりにも有名である。

アスナ・ランマークが帝国に嫁ぐ王女の専属護衛となったのは、この事件がもとで兄弟や親の怒りを買ったせいとも噂されていた。そんな、彼女を辺境伯の息子と試合をさせようというのか？　下手をすると、国際問題にでもなるのではないか？　華族達には違う意味で動揺が広がっていた。

その中で、意地の悪い笑みを浮かべている初老のダークエルフが一人いる、ノリスだ。

御前試合の第二試合と言われ、レイシスの発言を聞いた時にはどうなるかと思ったが、アスナが奴を叩きのめせば、当初の計画通りトラウマを与えることが出来る。アスナが勝った時には、レイシスの仇を取ったと吹聴できるだろう。奴の実力がどの程度かわからない。だが今度こそ、何がどう転んでも奴は負ける。そして、その結果はノリスにとっては都合が良いものになる可能性が高い。

その時、エリアスが華族達に向けて声を発した。

「では、アスナ、リッド殿。準備が出来次第、御前試合を開始する」

エリアスに一礼すると、僕は父親の所に状況を説明しに向かう。ただ、父上は御前試合の二試合目を行うと聞いて、厳格ながらも引きつった表情をしながら僕の説明を聞いている。新たな僕の対戦相手であるアスナは、ファラに声をかけてから屋敷の中に入っていくのが見えた。

そして、ノリスもアスナの様子を見るとそっとその場からいなくなるのだった。

アスナとノリス

アスナは本丸御殿の中にある木刀を取りにきている。辺境伯の息子である彼を姫様の相手として、剣士として見定めたいという思いがあった。それがこんなにも早く叶うとは思わず、彼女は自然と笑みを溢している。彼女は、真剣な面持ちで必要な木刀を二本選別した。

一本は普通の長さ。

もう一本は少し短い脇差程度の長さ。

その二本を腰に差した時、後ろに人の気配を感じてアスナは振り返る。すると、そこには初老のダークエルフが静かに佇んでいた……ノリスである。アスナはすでにノリスがどんな人物か知っており、当然良い感情を持つはずがない。少し険しい顔を見せる彼女だが、それを知ってか知らずか、ノリスは彼女に微笑んだ。

「アスナ・ランマーク殿。私は……」

「存じております。ノリス様とお見受けいたしますが、どのようなご用件でしょうか？」

ノリスの言葉に被せるようにアスナは言葉を発する。失礼な行為にあたるが、それでも彼女はノリスと会話をしたくない。早く切り上げたいという意思表示でもある。だが、ノリスは怯まずに言葉を続ける。

「私の事をご存じとは光栄ですな……貴殿は王女の婚姻をどうとらえていますかな？」

「……私は姫様の専属護衛に過ぎません。そのような質問にお答えできる身分ではありません」

アスナはノリスの一言で水を差されたような、嫌な気分になった。彼の一言で、アスナはすべて察する。彼がここに来たのは、反対派に誘う為だろう。レイシス王子のことがあり、まだ幾ばくも経っていないというのに、面の皮がかなり厚い人のようだ。

彼女はさっさと去ろうと、彼の横を通り過ぎようとしたその時、ノリスは言った。

「私は貴殿の兄とかなり親しくさせていただいていてね。貴殿の話はよく聞いているよ」

「!!」

予想外の言葉に思わずノリスに振り返り、彼の顔をアスナは鋭い眼光で睨みつける。だがノリスは不敵な笑みを浮かべている。

「私が貴殿と兄の仲を取り持ってやろう。さらに、君が王女専属護衛の任務からも解放されるように私が手を回そう。そうすれば、大手を振ってランマーク家に戻れる。そして、王女の専属護衛として帝国に一緒に行かなくても済む。どうだね？　君にとっては悪い話ではないだろう？」


「……何がお望みなのですか？」

アスナは険しい顔でノリスを睨み続けている。だが、ノリスは悠々と答えた。

「なに、レナルーテの将来の為に、王女には帝国の皇族と婚姻していただきたいのです。辺境伯の息子などに王女というカードは、勿体無いと思いませんか？」

ノリスは説明をしながら、ゆっくり歩いてアスナの背後に回る。そして、彼女の右肩に手をのせると、アスナの耳元で囁く。

「国の将来を考えれば、より強い権力を得るためにも帝国の中枢。皇族と婚姻させるべきなのです。そして、いつか王女と皇族の間に子供が出来れば、手にする権力はより一層強くなります。それに、我らダークエルフには人族より長き寿命があります。最初は小さな権力でも時間を置けば帝国に嫁いだ王女の権力は強くなりましょう。その時、我が国は帝国を手中に出来るのです」

「……なるほど。それで私に何をしろというのです？」

アスナは険しい顔を少し緩めて、ノリスに尋ねる。その言葉で彼は、『釣れた』とほくそ笑み、大げさに両手を広げながらアスナに語り掛けた。

「あなたには簡単なことですよ。辺境伯の息子を痛めつけ、トラウマを与えてください。そして、レナルーテの王女との婚姻を辞退するよう、こっそりと約束させてほしいのです。そうすれば、あとはこちらで動きます。それさえしていただければ、最初に話した件をすべて私で手を回しましょう。協力していただけますね？」

アスナは思慮深い顔をして俯いてから、おもむろに呟いた。

「……一つ聞きたい。レイシス王子の言動はあなたの影響ですか？」

思いがけない彼女の言葉にノリスは、呆気にとられるがすぐにほくそ笑んだ。

「……そうですね。影響はあったかもしれませんが、最終的にはすべて王子自身で決めたことです」

彼の言葉を聞いたアスナは納得したような表情を見せて小さく頷いた。その様子を見たノリスは『落ちた』と踏み、微笑んだ。

「ありがとうございます。では、今後とも……」

「勘違いしないでほしい」

「は……？」

アスナは彼の言葉を遮り、鳩が豆鉄砲を食ったような表情を浮かべる彼を、ギロリと睨んだ。

「私が聞いたのはあなたの『望み』と『私にしてほしいこと』そして『レイシス王子に対しての影響力』の三つです。一言も、協力するとは言っておりません」

「な……なんだと!?」

予想外の答えに激高したノリスは、アスナを激しく罵った。

「ふざけるなよ……こちらが下手に出てみればなんという言い草だ。貴様はランマーク家にも、この国にも戻れずに王女なぞに付き従って一生を棒に振って良いと言うのか⁉」

ノリスの答えにアスナの雰囲気が変わる。彼女は腰に差した脇差の木刀をぬいて、剣先をノリスの首元に突き付ける。その淀みない動作は一瞬で、ノリスはなすすべもなく狼狽えた。

「黙れ……我が主君はレナルーテ国の王女である。今の言葉は撤回しろ。王女並びに私に対する侮辱とみなす。私は姫様の専属護衛であり、姫様の庇護下にある。権力が好きなその頭でこの意味をよく考えてみろ……!!」

アスナに言われた言葉にノリスはハッとした。確かに王族の専属護衛であれば、王族を守ると同時に、王族の庇護下にも入る。突き詰めた見方では、ノリスよりも彼女のほうが強い立場だ。彼女の言った言葉の意味を理解したノリスは、険しい顔をして言葉を紡ぐ。

「も、申し訳ない。先ほどの言葉は……撤回致します」

ノリスの言葉を聞いてもアスナの眼光は鋭いままだ。そして、木刀の剣先を彼の喉元に突きつけたまま、威圧的な声で言葉を紡ぐ。

「そもそも、貴様は勘違いをしている。私はランマーク家に未練は一切ない。兄上のことなどむしろこちらから願い下げだ。私は王女の専属護衛となったことに誇りを持っている。その意味がわかるなら、二度と私に話しかけるな!!」

「ぐっ……しょ、承知致しました」

ノリスの答えを聞くと、アスナは彼の喉元に突きつけていた木刀を腰に戻す。その瞬間、ノリスは腰を抜かしたようにその場でへたり込んでしまう。その姿にアスナは眼光鋭いままで侮蔑の眼差しをおくる。

「この場の話は聞かなかったことにする……どの道、貴様には遅かれ早かれ罰が下るだろう。せいぜい、醜く足掻くがいい」

彼女は吐き捨てると、その場を後にする。残されたノリスは、専属護衛とはいえ少女にしてやられたことを思い出し、怒りに震えていた。しかし、それでも彼は、ほくそ笑む。どちらにしても、彼女が奴と戦うことには変わらない。それであれば、辺境伯の息子にトラウマは与えられるだろう。

彼はアスナが去った方角を見て、ニヤリと笑みを浮かべていた。

◇

アスナは水を差された気分だったが、結果としては良い情報を本人から直接聞けたのは収穫だった。ただ、あの場に、アスナ達二人しかいなかったのが悔やまれる。もし、第三者がいればあの場でノリスを断罪出来ただろう。二人しかいないのであれば、言った、言わないで水掛け論になる。

それに、彼が王女と彼女に対する侮辱の言葉を軽率にも出したおかげで、最後は強く出ることが出来た。通常であれば、さすがにあそこまで姫様の権力を出すことは出来ない。先ほどのやりとりを思い出したアスナは、ため息を吐いた。

「はぁ……少し疲れたわね」

しかし、彼女の足取りは軽い。何故なら、辺境伯の息子、リッド・バルディアの実力を直接見定められるのだから。

「リッド様……こんなにワクワクする相手は久しぶりだわ」

彼女の目は期待で輝いていた。

御前試合　第二試合

「説明はちゃんと出来るのだろうな……リッド？」

御前試合の二試合目を開催することになり、アスナの準備が整うまでの間、僕は父上に事の次第を説明しにきた。しかし、父上の表情はとても険しく眉間に皺を寄せ、こめかみをピクピク、口元を引きつらせている。つまり……とてつもなく怒っていた。

僕は、父上の怒りに気づかないふりをして説明を始める。ちなみに、レイシスが母上とバルディア領の悪口を言ったことについては伏せた。すると、父上の怒りは呆れに変わったようで、ため息をついた。

「はぁ……だから、いつも爪を隠せと言っているだろうが、この馬鹿者……」

「僕には隠すほどの爪がないと思うのですが……」

父上は僕の答えに、何故か唖然としてしまう。控えていたディアナとルーベンスが噴き出して笑いを堪えながら、両肩を上下させている。失礼だな、君たちは。すると、父上は僕を見据えて少し怒りの籠った声で言った。

「折角の試合だ、お前の力を思う存分見せてやれ」

「はい。父上」

さすがの父上も、僕の悪評を吹聴されたことに関してはかなり怒っているみたいだ。後ろに控える二人も、その点については怒っているようで僕の本気を出すようにと言われる。そのまま少し雑談をしていると、後ろから声をかけられた。

「リッド様、少しよろしいでしょうか？」

振り返るとそこにはファラが立っていた。アスナはまだ戻っていない様子で、彼女が一人でいるのは珍しい。

「はい。どうされましたか？」

「えーと……」

「？」

ファラは少し挙動不審な感じだが、どうしたのだろう？　少しの間を置いて彼女は意を決した表情を見せる。

「リッド様であれば問題ないと思うのですが、試合中のアスナの言動を私に免じてすべてお許しになると約束していただけませんか……!?」

「へ……？」

試合中の言動……急に何を言い出すのだろうか？　そんなもの気にするつもりはないけど……で

も、ファラの表情から必死さが伝わってくる。彼女は、必死の形相で僕を上目遣いで見つめてくる。そして、耳が少し下がっていた。う〜ん、可愛いなぁ……じゃなくて、僕はファラの言葉に頷く。

「わかりました。アスナ殿の言動については、一切気にしません。ご安心頂くようにお伝えください」

僕の答えを聞いたファラは必死な顔から、満面の笑みになって耳を上下させている……可愛い。

……そういえば、耳が動くダークエルフは彼女しか見ていない。気になったので、ファラに聞いてみることにした。

「ファラ王女、失礼でなければそのみ……」

「ゴホン!! リッド様、ダークエルフの女性に耳の動きを聞くことはマナー違反です。お控えください」

その時、ディアナが僕の聞こうとしたことを察したようで、被せて咳払いをして割り込んできた。通常であれば失礼な行為だが、僕のマナー違反を事前に防いでくれたなら話は別だ。それに、彼女の言葉を聞いたファラは顔を赤くしながら両方の耳を手で押さえてオドオドしている。なんだか、すごく悪いことをしてしまったみたいで、僕は咄嗟に謝った。

「ファラ王女、大変失礼いたしました。僕の勉強不足で申し訳ございません」

僕はファラに謝罪した後に頭を下げる。すると、彼女は慌てたように答えた。

「い、いえ、良いのです。大丈夫……です。あ、それよりも、頭を上げてください」

彼女の答えで僕は頭を上げる。ファラに視線を移すと、まだ少しオドオドしている。しかし、咳払いを軽くすると、彼女は照れながらもにこりと微笑んだ。

「リッド様、先程のお言葉ありがとうございます。アスナは試合というか、剣を持つと少し気が荒くなるところがあって誤解されやすいのです。それ故、事前にリッド様にお許しをいただければと思っておりました」

「さようでしたか。しかし、私も武術の稽古をする時は少し口調が荒くなります。気にされないで大丈夫ですよ」

僕の答えを聞くと、ファラはパァっと表情がより明るくなった。そして、耳が上下に動いている。どうしよう、すごく触りたい衝動にかられる。

「リッド様、お許しいただきありがとうございました。アスナも喜ぶと思います。では、私は失礼致します」

彼女は嬉しそうに答えると、一礼してから観覧席に戻っていった。僕はどうしても気になったので、ディアナに疑問を尋ねる。

「……ねぇ、ディアナ。ダークエルフの耳が動く理由ってなんなの？」

「どのような理由があっても女性の秘密を暴こうとしてはなりません。そうですよね？　ライナー様、ルーベンス？」

ディアナに話を振られた二人の表情を見る限り知っているのか、知らないのかは良くわからない。けど、ディアナの『オォォ』というオーラに気圧されてルーベンスは首を縦に振る。父上も気圧されているようで終始無言だ。ディアナって実は凄いのかも……。その様子を見て、僕は呆れ顔を浮かべて呟いた。

「はぁ……わかったよ。この件はもう質問しない。これでいい？」

「はい。素敵です、リッド様」

彼女は僕の答えを聞くと満面の笑みを浮かべた。結局、ファラの耳の動きにはどんな意味があったのかな？　まぁ、機会があれば知ることもあるだろう。と、僕は深く考えないようにした。

その後、僕は試合会場の真ん中に移動して、準備運動をしながらアスナが来るのを待っている。

それから間もなく、彼女が本丸御殿の中から姿を現して、僕に向かって真っすぐ歩いて来る。その足取りは、緊張も無いようでとても軽い。彼女は僕の前に来ると立ち止まり、一礼すると嬉しそうに微笑む。

「リッド様、改めて、ファラ・レナルーテ王女の専属護衛を任されております。アスナ・ランマークと申します。以後、お見知りおきをお願いいたします」

「うん。僕も改めてライナー辺境伯の息子、リッド・バルディアです。こちらこそ、宜しくお願いします」

僕は、彼女の挨拶に答えて会釈する。そして、間近で見る彼女の姿に、思わず見入ってしまった。

明治初期でみるような黒を基調とする軍服。それを身に纏う女性のダークエルフは、見渡す限り彼女だけだ。

上は黒色の紳士服を彷彿とさせ、首元にはネクタイをしている。下は黒いズボンと膝下ぐらいまである軍靴と言えば良いだろうか？　さらに、頭には軍帽を被っている。そして、アスナの赤みの混ざったピンクの長い髪は、後ろで三つ編みにされている。僕の視線に気付いた彼女は、怪訝な表情を浮かべ緑色の瞳でこちらを見つめる。

「……どうかされましたか？」

「いや、女性でその服装をしている人はアスナ以外見なかったから、少し見入っていた」

「そうでしたか。確かに、女性でこの服を纏っているのは少ないですからね」

彼女は自身の服装を確かめるように呟き、視線を僕に戻して言葉を続けた。

「姫様から伺いました。リッド様は私の言動を試合中は気にしないとのこと。お気遣いいただきありがとうございます」

「いや、そんなに気にしなくて大丈夫だよ。僕だって、訓練中や試合中は口が悪くなることもあるしね」

彼女は、僕の答えを聞くとニコリと微笑み「そうですか」とクスクスと少し笑った。

「しかし、リッド様は素晴らしい才能をお持ちですね。レイシス王子との試合はお見事でした。その年齢で『身体強化』を使いこなせるなんて、素晴らしいです」

「あ……ばれていたかな？」

レイシス王子を身体強化で圧倒したことが反則ではないか、と負けを宣言したあとに気付いたのだが大丈夫だろうか？　僕が少し不安な面持ちを浮かべると、アスナは楽しそうな笑みを見せる。

「フフ、そう心配されなくても、一部の者しか気付いておりません。それに、ルール違反でもありません。リッド様の身体強化に気付けない、レイシス王子が未熟なだけです。気にされなくて大丈夫ですよ」

「そう？　なら良かったけど」

彼女の答えに僕は胸を撫でおろす。また、反則とか揚げ足を取られると思うと、今から疲れてしまう。その時、先ほどまで笑みを溢していたアスナが一転、真剣な面持ちを見せる。

「……リッド様の実力。身体強化を含めたすべての本気を見せていただきたい……!!」

発言とともに彼女の雰囲気がガラッと変わった。そして、全身に感じたことのある緊張感が走る。

その瞬間に『これは殺気だ』と理解した。父上と比べればたいしたことはない。だが、それでも他国の辺境伯の息子に対して、殺気を出すとは思わなかった。これが、ファラの言っていた剣を持つと『気が荒くなる』ということだろうか。

先程までの彼女からは想像できないほど『豪気』な性格をしているようだ。ならばと、僕も少し険しい顔を浮かべ、木刀を両手で持つと彼女に向かい真っすぐ正眼に構えた。アスナは、僕の雰囲気が少し変わった事に嬉しそうな不敵な笑みを浮かべている。

「ふふふ、あはは……素晴らしいです。リッド様は素晴らしい……!!」

僕が放たれる殺気に臆せず、木刀を構えた姿に何故か感動しているようだ。そして、彼女は悠然と腰に差してある二本の木刀を、それぞれの手に持つと静かに抜いた。

左手に脇差の木刀。

右手に普通の木刀。

見る限り無駄な力を一切入れず、彼女は静かに佇んでいる。僕は構えを崩さずに、その姿に呆れ顔で答えた。

「……いきなり、二刀流はやり過ぎじゃないですか？」

「ふふ……お許しください。姫様から、リッド様を本気で迎えうてと言われております故……」

絶対うそだ……。さすがの僕でもファラの性格上、アスナにそんなことを言うはずがないとわかる。その時、僕たちの様子を見ていたエリアスが高らかに声を響かせた。

「二人とも準備はよいようだな。では、これより御前試合、第二試合を開始する!!」

木刀二刀を構えて不敵な笑みを浮かべるアスナ。そんな彼女に対して、木刀一刀で対峙する僕。とても御前試合とは思えない両者の雰囲気に息を呑む、観客。こうして、御前試合の第二試合の火蓋が切られた。

アスナは左手に脇差の木刀、右手に普通の木刀を持って、無駄な力を入れずに静かに佇んでいる。その顔には、どことなく笑みが浮かんでいる。対して僕は、アスナの様子を窺うように木刀を両手で持ち正眼に構えて見据えている。そして、最初に動いたのはアスナだった。

「……アスナ・ランマーク参る!!」

彼女は名乗りをあげると、両腕を胸の前で交差させ、木刀を背負う様に構えた。その動作に僕が身構えた瞬間、地面を蹴るような音が辺りに響く。だが、音と同時に一瞬で僕の視界からアスナが消えた。

「え!?」と思った瞬間、今度は地面が擦れる音がわずかに左から聞こえた。

音に気付いた僕が左を一瞥すると、そこにはアスナが先ほどの構えのまま、体をこちらに向けていた。彼女は今の一瞬で僕の死角に跳んだのだ。

「やばい!!」

僕は一瞬で危機を感じ、急いで回避行動に集中する。アスナはその構えのまま、予想通り僕の側面に突進してきた。そして、肩に背負っていた刀をアスナ自身の前で交差させるように斬り抜ける。だけど、僕は回避に集中したことで何とか躱すことが出来た。アスナは、躱されたことで僕に背を見せる格好になっており、ここぞとばかりに僕は襲い掛かる。

「もらったぁ!!」

しかし、アスナはニヤリと笑みを浮かべると、その場で高く跳躍しながら体を翻して、僕の後方、背中側に着地してみせた。

「な……!?」

思いもよらないその動作に言葉を失う。僕は彼女の緩急の激しい動きに驚愕していた。対するアスナは、とても楽しそうな笑みを浮かべて僕を見ている。今の動きで彼女の軍帽が脱げて地面に静かにおちた。

「……ムーンサルトなんて初めてみたよ」

「ふふふ、あはは……!! リッド様は最高だ。今の動きに対応できる奴は中々おらん」

アスナの言葉遣いに明らかな変化が生まれている。その瞬間、僕はファラの言葉を思い出して、

『これか!!』と少し目を丸くした。その様子に気付いたアスナは、不敵な笑みを浮かべている。

「何を、驚いている？　私の言葉遣いは一切気にしないのだろう？」

「うん。さすがに変わり様には驚いたけどね。そんなに気にはならないよ」

「ふふ、感謝しますぞ、リッド様」
僕とアスナは、今の動きでお互いに少し距離が出来て見合っている状態だ。

◇

彼らが一瞬で見せた一連の動きにより、観客達はあいた口が塞がらなくなっていた。アスナの動きもそうだが、それに食らいつく彼の姿を見て驚愕したのだ。

レイシスの言った言葉は本当だった。最初の試合はレイシスとの実力が違い過ぎただけだと嫌でも納得させられる。いま、目の前で試合をしている二人は、年齢不相応の実力を持った剣士同士であると観客は理解した。

そして、畏敬と畏怖がこもった眼差しを二人に送っている。二人がこれほど激しい動きが出来るのは当然、魔力による身体強化を発動しているからだ。発動といえば簡単なように聞こえるが、これを行う為には魔力と武術を両方一定以上の修練が必要になる。つまり、二人はそれだけの修練を積んだ強者ということになるのだ。

◇

僕とアスナは互いに構えながら、見合っている。その中で最初に動いたのは、僕だった。彼女を見据えながら右回りに歩き始める。その動きを見ていたアスナはニヤリと笑い、同様に右回りに歩き始めた。僕達は見合いながら歩いているが、段々とその歩く速度が上がっていき、やがて走り始める。僕達が身体強化を使って円を描くように走ることで、その場で砂が舞い上がり始めた。

僕は砂が舞い上がると、視界の悪さを攻めの起点にしてアスナに襲い掛かる。しかし、彼女は不敵な笑みを浮かべて僕が来るのを待ち受けていた。その瞬間、僕達の木刀がぶつかりあい重い音が何度も連続であたりに鳴り響く。

だが、舞い上がった砂で観客はその様子を見ることができないだろう。やがて、音が聞こえなくなり、舞い上がっていた砂が無くなっていく。そして、視界が晴れるとアスナと僕は円を描いていた中央で鍔迫り合いを行っていた。その様子を確認した観客たちのどよめく声があたりに広がる。

僕の木刀による斬撃を、彼女は二刀の木刀を交差させて受け止めている。その鍔迫り合いの最中、頬に冷や汗が流れるのを感じながら、僕は呆れ顔を見せた。

「……少しは手加減してくれてもいいんじゃない？」

「……それは、姫様の命令に背くのでな……フフ」

アスナは楽しげに笑っている。だが、段々と眼の光が無くなり据わってきているようだ。恐らく試合にどんどん集中していっているのだろう。僕は彼女のスイッチが入ったら、絶対に勝てそうにないなと感じた。経験、実力、柔軟性など、どれをとっても彼女が上だ。でも、『勝ちたい』と思う僕がいる。

「……アスナは強い。僕より強い。でも、僕だって簡単には負けたくない……!!」

「素晴らしい!! リッド様は本当に面白い!! では……これならどうだ!!」

アスナは声を轟かすと、鍔迫り合いの力を緩め後ろに倒れ込んでいく。彼女の予想外の動作で、バランスを崩した僕は、前に倒れ込みそうになる。

「なっ⁉」

その時、彼女が後ろに倒れると同時に下から僕の顔に向かって、迫り上がってくるものがある、アスナの蹴りだ。

「グッ……‼」

咄嗟に木刀でアスナの蹴りを受け止め、その勢いのままに後ろにバク宙をしながら飛びのいた。対して、アスナの立ち位置は変わらず、バク宙で飛びのいた僕を見ながら不敵な笑みを浮かべている。正眼に木刀を構えながら僕にしては珍しく、険しい面持ちと鋭い目で彼女を見据えた。

「……ムーンサルトにサマーソルトか。随分と身軽だね。それに、蹴りはやりすぎじゃない？」

「リッド様なら躱せると思っていたぞ」

「アスナはやっぱり強い。だから……僕も出来ることは全部やろう」

「まだ何かあるのか？　楽しませてくれる……‼」

彼女は僕の言葉に体が震えているようだが、でもそれは武者震いと言うべきだろう。それにしても、蹴りが来るとは思わなかった。彼女の強さに舌を巻きつつ、ルーベンスや父上との訓練には感じない高揚感に僕は包まれていた。

楽しい、僕より強いけど、ルーベンスや父上ほどの圧倒的な差はまだ感じない。手が届きそうで届かない……そんな、気持ちにさせる試合だ。だからこそ、やれることはやる。

（魔力測定）

魔力数値
リッド：五四八〇
アスナ：二二〇〇
僕は心の中で唱えて、彼女と僕の魔力数値を測った。思った通り、魔力数値自体は僕のほうが大きい。これは普段からの魔力修練のおかげだろう。対してアスナは僕のより少ない。恐らく彼女は、剣術の修練と身体強化だけでここまでの魔力数値まで鍛えたのだろう。それだけでも、驚異的だ。
懸念材料はあるが、この数値差から勝つ方法を考えるのであれば、持久戦で彼女の魔力数値が無くなるのを待つしかない。でもそれは、彼女の剣術を長時間浴び続けることを意味する。僕がレイシスにしたことが、まるで自らに返ってくる感じだ。
僕は彼女に向かって木刀を立てて頭の右手側に寄せ、左足を前に出して八双の形に構える。
「……因果応報か」
彼女が初手で見せた突進力の速度から考えれば、距離を作るのは悪手だと判断した僕は彼女に向かい、地面を蹴り突進した。僕が自ら懐に飛び込んでくる姿に、アスナは笑みを浮かべ喜んでいる。
「次は接近戦か!!　その覚悟!!　最高だ!!」
僕は間合いに入り八双の構えから斬撃を繰り出すが、彼女は斬撃を左手の木刀で受け止め、逆に右手の木刀で斬撃を浴びせて来る。僕はそれを躱して、少し距離を取ってから再度、打ち込む。そして、僕達の木刀が激しくぶつかり合う音が、絶え間なく連続で辺りに鳴り響き、轟いた。

◇

二人の激しい試合の様子は、もはや見る者に感動を与える演武となっていた。観客は二人の試合に気付けば釘付けになり、一瞬たりとも目を離せない。そんな中、ファラが小声で言った。

「が、頑張ってください……!! 二人とも頑張ってください!!」

その声に気付いた周りの華族達は、目の前で繰り広げられている光景を最初、どう見ていたのか思い返し恥ずかしくなっていた。二人は剣士であり、純粋な気持ちで試合をしている。

時に覚悟と人の思いを背負った試合は心を震わせ、人を感動させる。それが、いまこの御前試合で起きていた。王女の声を聞いた、華族の一人が声を震わせながら叫んだ。

「か……勝ってくれ!! アスナ殿、レナルーテの誇りをマグノリアにみせてやれ!!」

その言葉は華族として、この場では正しくなかったかもしれないが、それを注意するものはいない。むしろその言葉と感情は伝染して大きな声援となり、二人に届けられた。

「アスナ殿!! レナルーテの剣技を帝国にみせてやれ!!」

「二人とも、その調子だ!!」

「素晴らしい剣術です!! アスナ殿、あなたは最高の剣士だ!!」

気付けば、御前試合は凄まじい熱気に包まれている。先ほどまで、流布されていた悪評を信じる華族は、この場にはもういなかった。

ライナーは御前試合の雰囲気が変わったことで、厳格な顔が少し緩んだ。すると、ルーベンスが畏まった様子で声を掛けた。

「ライナー様、私もリッド様を応援してよいでしょうか？」

「構わん」

「はい。ですが、ライナー様も応援されては？」

「……私には立場がある」

彼の言葉を聞いた、ディアナとルーベンスは苦笑した後、リッドに向かい応援の言葉を送った。

「リッド様、日ごろの訓練の成果を見せる時でございます!!　私やライナー様との訓練を思い出してください!!」

「リッド様、バルディア家のお力を存分にお示しください!!」

二人が大声で応援する中、ライナーは誰にも聞こえないように小さく呟いた。

「……勝て、私の息子が負けるわけがない」

レイシスは二人の試合を見て、自分が最初に行った試合がいかに情けなく、みじめな事をしたのかと思い知らされていた。そして、あの場に立ちたかったと悔しがって瞳から涙を溢す。その様子を見て気持ちを察したリーゼルは、レイシスに優しく語り掛けた。

「悔しい気持ちはわかります。ですが、あなたのその気持ちを言葉に出してアスナを応援しなさい。彼女はあなたの気持ちにきっと応えてくれます」

「母上……」

レイシスは涙を服の袖で拭うと声を張り上げてアスナの応援を始めた。

「アスナ殿、勝ってくれ!!　僕らの為に勝ってくれ!!」

帝国とレナルーテは密約があるが同盟国だ。だが、密約を知らない者でもレナルーテは帝国に敵わないと、どこか鬱屈した気持ちを抱えていた。その部分がノリス達の付け入る隙でもあったのだろう。今はその気持ちが華族達をよりアスナに感情移入させていた。

アスナ本人はそんなこと気にもしていないだろうが。

エリアスは、御前試合の雰囲気が変わったことを察しているが、あえて黙って二人の試合を熱い眼差しで見つめるのであった。

◇

御前試合を見ていた華族達が僕達に声援を送っている。その声にアスナが苦笑しながら呟いた。

「ふふ、何やら、騒がしくなってきたな」

「クッ!!」

斬撃の応酬のなか、アスナは微笑みながら悠然と話す余裕があるようだが僕にはない。

何故なら、アスナの二刀流が凶悪過ぎるからだ。彼女の左右の木刀から繰り出される斬撃は、身体強化と剣術による複合技とも言っていい。その剣術は柔軟かつ剛堅。流れる水の如く、二刀はそれぞれに違う動きをして鋭く、重く、激しく襲い掛かってくる。

アスナの二刀流ばかりにも注意していられない。彼女は剣術に加えて体術と足技まで行使してくるからだ。その様はまさに変幻自在。攻める糸口が見つからず、僕は防戦一方で厳しい状況が続いている。その激しい斬撃の応酬のなか、彼女が集中するように僕もひたすらに集中していた。

どうすれば……どうすれば彼女に追いつける!? 考えろ、考えながら動くんだ。

アスナの動きについていく方法……それは、普段行う訓練以上に無駄な動きを無くすしかない。

僕は彼女の二刀流から繰り出される斬撃を、紙一重で躱し続け一瞬の隙を狙い打ち込む。それを、ひたすらに繰り返している。やがて、アスナが驚いたような表情を浮かべて距離を取ると、今度は楽しそうにニヤリと不敵な笑みを浮かべた。

「ふふ、全く驚愕驚嘆だな。私の二刀を恐れず、紙一重で躱すその胆力に加え、並外れた実戦的な剣術。失礼だが、レイシス王子ではリッド様の相手に力不足だな」

「……アスナも、王女の専属護衛は伊達じゃない実力だね。お褒めに預かり光栄だよ。でも、僕は『君より強い人達』を知っている。その人達に教えてもらっているのに、負けるわけにはいかない!!」

彼女は強い。でも、父上やルーベンスと立ち合った時ほどの実力差は、まだ感じてない。僕は、観覧席の父上達を一瞥してから息を整え、彼女に向かい正眼の構えを取る。それと同時にアスナは、僕が一瞥した観覧席を見てハッとする。そして、何故か納得したような表情を見せ、急に笑い出した。

「ふふ。そうか、そういうことか。しかし、『私より強い者に教えを受けている』とはな。リッド様が、そこまでの実力者からご教授を受けているとは思わなかった。良いだろう。ならば、私も少し本気を出そう」

アスナは言い終えると同時に、さらなる威圧感を溢れさせ不敵に笑う。どうやら、彼女はまだまだ本気ではないらしい。こっちは必死の覚悟で挑んでいると言うのに。僕は、彼女を鋭く睨むと自身を鼓舞するように声を荒げた。

「来ないのならこっちからいくよ!!」

「あはは、これだけの威圧感でも動じないとはな。さすがは『帝国の剣』のご子息、リッド様だ。受けて立とう」

そして、僕はまたアスナが繰り出す斬撃の狂飆《きょうひょう》に意を決して飛び込んだ。

僕は、自分の実力を初めてアスナによって知ることが出来ている。だけど、アスナに防戦一方となっている中で、僕は痛感していた。

先ほど、彼女にスイッチが入れば勝てないと思ったが、それ以前の問題だった。彼女に僕が剣術で勝つのは現時点で不可能に近いだろう。

一般的に、二刀が一刀に勝てないと言われるのは両手持ちの剣に対して、片手の剣では押さえることが出来ないからだ。それは攻めにおいても同じ事が言える。だが、彼女は片手でも身体強化によって、僕の両手持ちと変わらない威力を誇っている。さらに、体術、足技まであるのだ。つまり、手数が圧倒的に足りない。

僕が木刀で一回攻撃すれば、左右で計二回、場合によっては足技で一回。計二~三回の反撃をアスナはやってくる。有名なゲーム、竜物語のラスボスを彷彿とさせる攻撃回数だ。

さらに、もう一つの懸念が的中してしまった。その時、ひと際激しく木刀同士がぶつかる音が、あたりに響き、轟いた。そして、僕とアスナは互いに少し距離を取って構えている。

「ハァハァ……くそ……」

「どうした、リッド様？　もう終わりか？」

僕が抱いていた懸念、それは身体強化で使用する魔力だ。

（魔力測定）

リッド：一六四〇
アスナ：一九〇〇
最初、魔力数値は僕が勝っていたが、すでに逆転していた。そう、身体強化の消費魔力量は使っている当人の状態や練度によって増減する。もしくは熟練度とも言うべきだろうか。これは、父上達との訓練でも感じていたことだった。

同じ身体強化と言っても、彼女と僕では使い続けた年数が違う。そして、経験という強みもアスナにはあった。対して僕は、身体強化を覚えてまだ間もない。加えて今日が訓練以外で初めての対人戦だ。その結果、身体強化で思った以上に魔力を消費してしまった。

もはや、持久戦でも勝てない状況だ。なら、次にするべきことは決まっている。僕は深呼吸をして息を整えると、アスナに対して上段に剣を構えた。

「次の一撃にすべてをかけます……受けてくれますね？　アスナ」

「……いいだろう。リッド様の一撃見せてもらおうか……!!」

御前試合を見ていた観客たちも、二人の雰囲気が変わったことに気付いた。次の一撃ですべてが決まると直感して息を呑み、声援が止まり静寂が訪れる。

「……行きます!!」

僕は木刀を上段に構えたまま地面を蹴り、彼女に突進した。そのまま真っすぐ、彼女に木刀を鋭く振り下ろす。アスナは僕の斬撃に対し、両手に握られた左右の木刀を交差させて斬撃を繰り出した。僕とアスナの木刀がぶつかった瞬間、あたりに重く鈍い音が鳴り響く。そして、同時に僕の木刀が弾けて折れた。

「終わりだな。リッドさ……」

アスナは勝ち誇り、笑みを浮かべる。

「まだだ!!」

僕はこの瞬間を待っていた。勝利を確信した瞬間に気が緩む、この一瞬の隙に勝機をかける。持っていた折れた木刀を捨て、アスナの懐に飛び込み投げ技を繰り出す。

「リッド様はやはり素晴らしいな……」

彼女の言葉がきこえた瞬間、投げ技を出したはずの僕の視界が回り、最後は背中を地面に優しく叩きつけられた。

「グッ!!」

「今度こそ、終わりだな。リッド様？」

「……そう……みたいだね」

残念ながら捨て身の投げ技は、いとも簡単に返されてしまったらしい。ふと、周りをみると彼女が握っていたと思われる木刀が二本転がっている。僕が懐に飛び込んで、投げ技を繰り出そうとした時にすぐ手放したのだろう。

「アスナって強すぎ!!」と僕が声を漏らすと同時に、エリアスの声が高らかに轟いた。

「御前試合の勝者、アスナ・ランマーク!!」

その言葉に、レナルーテの華族達は歓喜に震えた歓声を上げていた。

休憩

「御前試合の勝者、アスナ・ランマーク!!」

エリアスが高らかに声を上げると、華族達から一斉に両者を称える声が響く。僕が地面に大の字で寝転んでいると、アスナが起きるのを助けてくれる。すると、また大きな歓声が轟いた。その熱気溢れる様子に、僕は少し照れたような表情を浮かべる。

「なんか、凄いね。恥ずかしいや」

「こんなに、清々しい試合は久しぶりでした。リッド様、本当にありがとうございます」

アスナは僕に答えると一礼する。彼女が見せる丁寧な姿は、試合中の雰囲気が嘘のようだ。そんな彼女に僕はニコリと微笑む。

「そうそう、言葉遣いの件だけど、試合や訓練をする機会がまたあると思う。その時も、気にしなくていいからね?」

「……またの機会ですか。是非、お願いいたします」

彼女は少し目を丸くして驚いたようだが、その表情はとても嬉しそうだ。ふと、観客達の声に耳を傾けると、アスナだけではなく僕を称える声も非常に多い事に少し驚いた。

「リッド様、アスナ殿、とても素晴らしい演武でした!!」

「この御前試合はレナルーテの歴史として語り継がれますぞ!!」

他にも様々な声が聞こえる。というか、立ち合っているこっちは必死だったけど、見ている人には演武に見えたのか。その時、兵士が僕達のいる場所に走ってやってきた。

「リッド様、アスナ殿。エリアス陛下がお呼びです」

「わかりました。すぐに伺います」

僕達は兵士の言葉に頷くとすぐにエリアスの元に向かう。ちなみに、この時使っていた木刀は会場に忘れて置いていってしまった。

◇

エリアスが椅子に座っている縁側の観覧席に行くと、ファラが小走りで近づいてきた。

「アスナ、リッド様、すごく迫力があって面白かったです!! リッド様は、その、負けてしまいましたが、でもアスナにあそこまで食らいつくなんて、とてもかっこよかったです」

少し興奮した様子のファラは、耳を上下させながら話してくれる。やっぱり、耳に触りたくなるなぁ。僕はその衝動を抑えながら一礼して答える。

「ありがとうございます。ファラ様、楽しんでいただけて光栄です。それにしても、アスナ殿は強すぎますね。しかし、僕もいつまでも負けてはいられません。次は勝てるようになってみせます……!!」

僕は最初にファラを見ながら話して、最後はアスナに視線を移す。アスナは、僕の視線に気付くと、嬉しそうに微笑んだ。

「はい。リッド様の挑戦をお待ちしております。ですが、私も易々と負けるつもりはありません」

アスナと少し見つめ合った後、何故かおかしくなって僕達はお互いに笑い始めた。どんな感情かと言えばよくわからない。でも、なにか楽しくて自然と笑いがこみ上げてくる。そんな僕達の様子にファラはきょとんとして、首を傾げていた。

その後、エリアスの前に着いた僕達は、片膝をついて頭を垂れている。彼は僕達を見てから、皆に聞こえるように声を轟かせた。

「リッド殿、アスナ、二人とも実に素晴らしい演武であった。これほど心に響く御前試合はここにいる者達は皆初めてだっただろう。この試合内容とリッド殿の実力に不満があるものは、今ここで名乗りでよ!!」

彼の言葉に名乗り出る者はいない。満足そうなエリアスであったが、彼の近くに険しい顔で控えていたノリスに意地の悪い顔をしてあえて話を振った。

「ノリスも文句はあるまい。リッド殿の実力を認めるな?」

「……はい」

ノリスはエリアスの声に、重く低い声で答えた。その顔は何とも言えない悔しさのようなものがにじみ出ている。その様子を見たエリアスは何やら嬉しそうだ。普段、ノリスに対してエリアスが何を思っているのかわかりそうな絵である。しかし、ノリスもすんなり終わらない。

「……エリアス陛下、リッド殿は素晴らしい才能をお持ちのようです。こうなれば、魔法の才も見せていただくべきです」

彼の言葉を聞いたエリアスの表情が険しくなる。険悪な雰囲気を察知した僕は、おずおずと失礼ながら手を挙げた。

「エリアス陛下、よろしいでしょうか？」

「……ん？　どうしたのだ、リッド殿」

僕はエリアスの言葉を聞いてから顔をあげた。

「……ノリス殿の仰った魔法をお見せするのは構いませんが、少し休憩の時間を頂いてもよろしいでしょうか？　さすがにアスナ殿との試合で少し疲れてしまいました」

この二人に話を任せたら、今すぐ魔法を見せろとなりそうで怖い。さすがに、魔力が無いとは言わないが、本当に疲れた。少し休みたいと思って僕としては先手を打ったつもりだ。

「ふむ。わかった。リッド殿がそういうなら、良かろう。では、しばし休憩をしてから、リッド殿の魔法を披露してもらうことにする。それでよいな？」

「……はい。承知致しました」

僕達のやりとりを聞いていたノリスは、少し苦い顔をしながら頷いた。

「よし、では一旦休憩としよう」

エリアスはそういうと座っていた椅子から立ち上がり、屋敷の中に入っていく。僕は、父上達のところに試合結果の報告をする為に移動した。

ノリスは王達がその場から居なくなると、人気のない場所に足早に向かい始める。そんな彼の姿を、目で追っている人物がいたことに誰も気づかなかった。

◇

ノリスは人気のないところで『影』を呼び出して焦っていた。

何故、こんなにもすることが裏目に出るのか？

レイシスを捨て駒として使ったのが悪かったのか？

そもそも、御前試合などを画策したのがいけなかったのか？

しかし、ノリスにとって致命的だったのは二回目の御前試合である。開始前に散々、奴の悪評を吹聴したがそのイメージは先ほどの試合で払拭されてしまった。さらに、吹聴の代償は呪詛返しのようにノリスに向けられたのだ。

人を痛めつけて喜ぶような人間が、あのように勇敢かつ正々堂々と強者に立ち向かえるわけがない。もし本当にそんな気質の相手なら、アスナ・ランマークがそれこそ試合にかこつけて天誅を加えたはずだ。

彼とレイシスの言い分、どちらが正しかったのか、悪意のある見方をしているのはどちらなのか。火を見るよりも明らかであり、吹聴を聞かされた華族達はノリスの悪意ある見方に嫌悪感を抱いた。

結果、彼の求心力は自身の派閥以外では、ほぼないような状態になってしまったのだ。

「……人を呪わば穴二つとはよく言ったものだな」

「ふざけたことを申すな!! そもそも、お前たちの助言を受けて行ったことだ。私の終わりはお前たちの終わりでもあるのだぞ!!」

ノリスは呼び出した影の答えに激高していた。声の大きさを抑えながらも、その声色には怒気が交ざっている。彼の様子に、影に浮かんでいる目が据わり、あきれ果てたように言葉を吐き捨てた。

「貴殿は何か勘違いをしているようだ」

「なんだと!?」

「我々が貴殿に力を貸すと言ったのは、その影響力と反対派をまとめる力があってこそ。いまの貴殿はその一つを失っている。そもそも、助言をしたのは確かだが、今の状況に関してはすべて貴殿の言動が原因ではないか。我々の事を甘く見ているのか」

影に浮かんだ人相は、答えると同時に影から手を出してノリスの首元を掴んで絞め上げた。予想外の出来事にノリスは目を丸くして苦悶の表情を浮かべる。

「グァ!? ……な、なにを……」

「もう一度、言ってやろう。貴殿は勘違いをしている。お前が我々を利用しているのではない。我々がお前を利用しているのだ。我々の捨て駒にならぬようせいぜい頑張るのだな」

影に浮かんだ人相は目が据わったまま、無感情な声で言い放った。そして、彼が苦しむ様子をじっと観察するように見ている。いよいよ彼が気絶する寸前というところで、影が手を離した。ノリスはその場にへたり込み、せき込みながら空気を貪った。

「ガハッ!!　ゴホッゴホゴホ!!」

空気を貪る彼を見下ろす影は、彼に聞こえない程度の小声で呟いた。

「貴殿はここで潮時でも良いかもしれんな……」

言い終えると同時に、影より手が伸び始めて咳込むノリスにゆっくり向かっていく。しかし、彼は空気を貪ることに夢中でそのことに気付いていない。その時、影から伸びる手の動きが止まる。人の気配を影が感じたからだ。

「ふん……悪運の強いやつだ。よいか忘れるな。我々がお前を利用しているということを……」

「グッ!!」

言葉を吐き捨てた影の人相が静かに消えていく。ノリスは利用していたはずが、利用されていただけだったと気付かされ、言葉に出来ない屈辱を感じていた。

「くそ!!　影の分際で……」

影に事実を突きつけられた彼に、今できることは悪態をつくことだけだ。その時、どこからともなく、ノリスに声がかけられた。

「随分と困っている様子ですね、ノリス。力を貸してあげましょうか？」

彼は驚きながら、急いで立ち上がる。そして、声の主を見つけると、ほくそ笑んだ。

（私はまだ終わっていない。天はまだ私にすべきことがあると言っている……!!）

思いがけず現れた協力者に、ノリスは自身の命運はまだ尽きていないと確信するのであった。

激怒のリッド

アスナとの試合が終わった後、僕は父上達の所に移動する。護衛のルーベンスとディアナは、「素晴らしい試合でした」と褒めてくれた。僕は二人の言葉が嬉しくて思わず微笑んだ。父上は相変わらず厳格な表情を崩さない。だけど、優しく言葉を掛けてくれた。

「あの剣士に、あそこまで食らいついたのは見事だ。さすが私の息子だな」

「ありがとうございます」

父上は言い終えると、僕の頭に手を置いて「わしわし」と手を動かす。少し恥ずかしかったけど、僕はとても嬉しかった。

その後、少し休憩となったので、サンドラからもらっていた魔力回復薬の錠剤を何個か口に放り入れる。薬は錠剤だけど、気分的に不味く感じるので、クリスからもらった飴玉を舐めて緩和させていた。すると、その様子を見ていた父上から声をかけられる。

「……次は魔法と言っていたが、あまりやり過ぎるなよ？　お前の実力はもう十分に見せている。普通に撃って終わらせるぐらいにしておけ」

「はい。魔法をあまり見せるのは好きではないので、そのつもりです」

父上の言葉に同意して、僕は頷いた。サンドラからは「出すぎた杭は打たれない」と言われたけど、これ以上は目立ってもいいことはなさそうだしね。そんなことを思っていると、こちらに向かってくるダークエルフの少女達に気付いた。ファラとアスナだ。どうしたのだろう？

彼女達は僕に近寄って来ると、ファラが少し気恥ずかしそうな表情を浮かべていた。

「リッド様。その、よければこちらを飲んでみませんか？」

「うん？　これは？」

「レナルーテでは一般的なお茶なのですが、お口に合えばと思いまして……」

彼女が差し出したお茶は緑色をしており、香りは嗅いだことのある物だ。僕は、その事に気付くと無意識に呟いた。

「……緑茶かな？」

「リッド様、緑茶もご存じなのですか？」

「え？　ああ、うん。こちらに来る前に習ったからね。ありがとう頂くね」

ニコリと笑みを浮かべて答えると、僕は緑茶をもらって飲んだ。少しの苦みとお茶独特の香りで癒される。そして、顔をほころばしてついつい「はぁ～」と声を漏らした。すると、周りの皆から可愛いと微笑される。

その後、皆で談笑していると、エリアスから声がかかった。

「リッド殿、そろそろ始めようと思うがよろしいかな？」

「はい。わかりました」

僕は答えてから、先程アスナと試合をした場所の中央に移動する。そして辺りを見回すと、さっきは無かった魔法を当てる為の的が置いてある事に気付いた。あれに命中させればいいのか。と、思ったその時、意外な人物が僕の前にやってきた。ノリスだ。

本丸御殿、レイシス王子、アスナとの試合、そして魔法と本当に懲りない。ここまで来ると逆に感心してしまいそうになる。だが、レイシス王子に母上の陰口を言わせた件を、まだ許したわけではない。魔法で返せるというなら、それはそれで良いかもしれない。そう思い、僕は彼を見据える。その表情は、散々邪魔したであろう僕が目の前にいることで怒りに震えているようだ。しかしノリスは、見え隠れしていた感情をスッと秘めて笑みを見せる。

「今回、私が言い出したことなのでエリアス陛下にお願いいたしまして、間近でリッド様の魔法を拝見させていただく許可をもらいました。よろしいですかな？」

「……わかりました。では、魔法をあの的に撃てばよいですか？」

「そうですな。私が合図をしましたら、ファイアーボールでも撃っていただければよろしいかと」

ノリスは何か企んでいそうだが、まだ何も言って来ない。もう諦めたのだろうか？　その時、彼は僕の顔を嫌悪が交ざった目で見るとため息を吐いた。

「……どうみても小さい子供だというのに、何故あれほどの実力があるのか理解できん。君のような子供に悉く邪魔をされたと思うと、我ながら情けない限りだよ」

「……どういう意味でしょうか？」

僕の答えに、彼はやれやれといった感じで首を小さく横に振っている。僕達が今いる場所は、観覧席の縁側からは離れている。恐らく声が皆に聞こえないから言っているのだろうけど、あまりに迂闊ではないだろうか。僕は思わず怪訝な表情を見せるが、彼は問いかけには答えずに言葉を続けた。

「単刀直入に言おう。ファラ王女との婚姻を辞退してくれないかな？　王女はレナルーテが飛躍するための切札なのだ。君のような辺境伯の息子ごときではダメなのだ。まぁ、君にはわからないだろうがね」

「……確かに、仰っている意味がわかりかねますから、辞退などできませんね」

僕は少しのやり取りで、彼に対して強い嫌悪感と怒りを抱き始めている。ファラが切札？　彼女はお前の政争の道具じゃない!!　声に出したい気持ちを抑えながら僕は返事をしていた。すると、彼は呆れ顔を浮かべて、聞きもしていない説明を勝手に始める。

「ふむ。では君のような子供でもわかるように説明してあげよう。我がレナルーテと帝国は数年前に起きたバルスト事変がきっかけで同盟を結んでいる。だが、詳細は言えぬがこれは決して対等な同盟ではないのだ。その不平等を解決できる唯一の方法が王女を帝国の皇族と婚姻させることだ」

「……皇族と王女を婚姻させたところで何も変わらないと思いますが？　帝国の貴族は強かです。恐れながらファラ王女の性格では、彼らと渡り合うのは難しいでしょう」

ノリスは帝国とレナルーテとの関係、密約について知っているのだろう。だから、皇族と王女を婚姻させて自国の立場を少しでも復活させようとしている……そんなところだろうか。僕の答えに、険しい顔を見せたノリスは吐き捨てるように言った。

「ふん。そんなことは承知している。必要なのは皇族の皇后となった実績と時間だ」

「ファラ王女を皇太后として帝国の中枢において、ダークエルフの長寿により、内側から支配を考えているのですか？」

「……ほう。君のような勘の良い子供は嫌いではないぞ？」

僕の質問に、彼はとても嫌な笑みを浮かべ、瞳の中には悪意が満ちている。その瞬間、僕は理解して全身に嫌悪感から来る寒気が走った。

こいつは、ノリスは国の為と言いながら、自分の国が属国にされたという事実により、自尊心を傷つけられたことで憤慨している。その意趣返しを、ファラを使って行おうとしているエゴの悪意の塊だ。

「……本当にそのような目的の為だけに、王女を救いのない修羅の伏魔殿に行かせるのですか？」

「そのような、甘い戯言を申すとはやはり勘は良くても子供か。王女は王族だ。国の為に尽くすべき存在だ。ならば我が国と帝国との不平等な同盟を改善するために命をかけるのは当然だ。それに、うまくいけば皇太后として帝国の中枢に君臨できる。子供が出来ればなおさらだ。そのような機会、国として見過ごせるわけがない」

こいつはわかっていない。すべて頭の中だけで完結している。帝国が仮にダークエルフを皇后として迎えた時、その問題を考えないはずがない。冷静に考えれば、ファラを帝国に送り込んだところで何も解決しないのは明らかだ。ただ、彼女が修羅の伏魔殿に送られて、より過酷な運命が待ち受けているだけである。僕は、怒りに堪え切れずに吐き捨てるように言った。

「彼女は……ファラ王女はお前の政争の道具じゃない……!!　未来をつくるのはお前のような老人ではなく子供だ。その子供を消耗品のように扱う、お前が国の未来など……レナルーテの未来をつくれるものか!!」

「だから、子供だというのだ。辞退をする気がないようならこちらにも考えがあるのだぞ?」

彼は僕の怒りの雰囲気を感じ取り、辞退をする気がないと察したようだ。当たりまえだ。誰がこんなやつの言うことを聞くものか。僕は自分の中に、こんなにも人に対して嫌悪感を抱き、怒りが湧き上がると思っていなかった。僕は、初めて憤怒の感情を人に向けているかもしれない。しかし、彼はニヤリと悪意ある笑みを僕に浮かべている。

「私の後ろにはこの国の暗部もついている。この意味がわかるかな?」

「……僕を暗殺するとでもいうのですか?」

「それもありだが、君やライナー殿は苦戦しそうだからね。でも、君の家族はどうかな?」

「は……?」

彼の言葉に絶句した。僕や父上ではなく、家族。メルや母上を狙うと言うのか? 僕の戸惑いに満足したノリスはさらに続ける。

「ふふ、わかってくれたようだね。君は妹と病弱な母をとても大切にしているようだ。そして、屋敷の者とも仲良くしていると聞いている。私の一言でその平穏は一瞬で崩すことが出来るのだよ? わかってくれたかな?」

「……わかりました」

僕は自分に言い聞かせるように頷く。わかった。ノリス、やっぱり君は敵だ。絶対に許してはいけない、僕の敵だ。この時、僕はノリスを討つと心に決めた。そんな僕の決意にノリスは全く気付いていない。それどころか、満足そうな笑みを浮かべていた。

「では、リッド様、あちらの的に向かって魔法、ファイアーボールを撃ってください」

「……わかった」

ノリスは、僕が頷くとニヤリとほくそ笑んだ。大方、僕が彼の脅しに屈したとでも思っているのだろう。僕は、魔法を発動する為に魔力を手に込める。そして、的に向かって両手を差し出す素振りをしてから、胸の前で悠然と両手を組んだ。一連の動作を見ていたノリスは、意図がわからずに怪訝な表情を浮かべている。

僕が、何をしているのか、彼には理解できるはずがない。何故なら、僕がしているのはこの世界にまだ知られていない『圧縮魔法』なのだ。ノリス……こいつ、こいつだけは許せない。こいつの悪意がすべて僕に来るだけなら良かった。僕が何とかすればいい。だけど、こいつは僕をどうにか出来ないとわかるとその悪意をメルや母上、屋敷の皆に向けるとハッキリと言った。自分のエゴと悪意を満足させるために。

僕は、より魔法を圧縮できるように両手に力を込めて、以前行った「火槍」とは比べ物にならない程の魔力を注ぎ込む。そして、僕の手の中に滞留する魔法核の反発が押さえきれないと感じたその時、怪訝な顔をしているノリスを睨みつけ、言葉を吐き捨てた。

「……もう一度、言ってみろ」

「な、なんだと？」

「僕の家族をどうするか……もう一度言ってみろと、言ったんだぁあああ!!」

僕は、叫ぶと同時に組んだ手を天に向かって差し出して魔法を解放した。その瞬間、魔法核が魔力と周囲の空気を取り込み始め、あたりに暴風が吹き荒れ吸い込まれていく。さらに、暴風と共に凄まじい轟音があたりに鳴り響く。

会場にいた観客達は突然の暴風と轟音に驚愕するが、その次に目に映った光景に戦慄した。試合会場の上空に凄まじい大きさの火球が出来ており、留まることを知らずにどんどん大きくなっている。

あれが、放たれたら城や会場、本丸御殿はただでは済まず、とんでもないことになるだろう。しかし、その魔法を生み出した少年の視線の先にあるのは的ではなく、ノリスだった。会場が戦慄に包まれた瞬間、ライナーと護衛の二人、そしてエリアスがすぐに動いた。

一方、見たことの無い巨大な火球の標的とされたノリスは、その場で腰を抜かしへたり込んで、許しを求めていた。

「い、言い過ぎた!! 私が悪かった!! ゆ、許してくれ!!」

「……許さない、絶対にお前だけは許さない!!」

僕は怒り狂った目でノリスを睨みつけ、圧縮から解放され巨大となった魔法が完成されるのを待っている。その時、後ろから声が聞こえてきた。

「リッド!! なんだ、その魔法は!!」

「リッド殿、早まってはならん!!」

父上とエリアスが僕に向かって駆け寄ってきている。二人に気を取られた瞬間、ノリスがその場から逃げようとした。だけどノリスは、いち早く駆けつけたディアナとルーベンスに取り押さえら

れる。同時に二人は、ノリスに声を荒げた。

「お前‼　リッド様に何をした‼」

「そうです‼　リッド様が怒り狂うなど、何をしたのです‼」

「はなせ‼　私は、私は何もしていない‼　この化け物が勝手に……‼」

ノリスの言葉を聞いた瞬間に僕の中でまた何かが切れて、さらに怒りが爆発する。

「おまえぇぇえええ‼」

僕の怒りに呼応するように頭上の大火球は暴風と轟音を鳴り響かせ、さらに大きくなり始める。ノリスと僕のやりとりに父上とエリアスは何かあったのだと察して、僕達の間に入り込んだ。そして、落ち着かせるために必死に説得を始めた。

「リッド、お前がそこまで怒るのであれば必ず理由があるはずだ。まず、話すのだ‼」

「そうだ、リッド殿。ノリスが何を言ったのかわからぬがそこまでの怒り、ノリスの行いによほどの無礼があったのだろう。ノリス、貴様はリッド殿に何をいったのだ‼」

父上は僕に優しくハッキリ言った。エリアスは僕に最初は優しく語り掛け、近くで捕らえられているノリスに怒気を込めて言った。その様子にノリスは諦め悪く、怯えた顔で言い訳を行う。

「し、知りません‼　その化け物が、的に魔法を撃てと言ったら途端にそのような……」

「痴れ者が、この状況でまだ白を切るつもりか‼」

「お前が言わないなら、僕が言ってやる‼　お前は、僕の家族。母上とメル。そしてバルディア家の皆に手を出すと言った‼　お前だけは……お前だけは許すものかぁぁぁあああ‼」

怒り狂って叫んだ瞬間、僕の中にある魔力が感情に呼応するように轟音と共に放出される。

「なっ!!」

いきなり放出された僕の魔力による衝撃波で父上とエリアスはその場から吹っ飛んだ。そして、僕はノリスを押さえている二人に声を荒げた。

「二人とも、そこをどいて、どいてよ!!」

ディアナとルーベンスは、二人で頷きあうと覚悟の表情で言葉を紡いだ。

「なりません!! たとえどのような理由があろうとも、怒りに身を任せて人を殺めるなど絶対にあってはなりません!!」

「リッド様、ご自分を取り戻してください!!」

「……!!」

その時、後ろから僕と同じぐらいの少女が抱きついてきた、ファラだ。彼女の後からレイシスもやってきている。

「リッド様、なりません。このような方法でノリスを断罪してはなりません!!」

「そうだ!! 君が直接手を下して罰する必要はない!!」

ファラ達に気を取られている間に、僕とノリスとの間に入って来た新たな人影があった。アスナだ。彼女を見た瞬間ノリスが安堵したような顔で叫んだ。

「ア、アスナ殿!! その腰にある刀であの化け物を切ってくれ!!」

アスナはノリスの言う通り、腰に刀を帯刀している。だが、彼女はノリスの言葉に嫌悪感に満ちた顔を浮かべて吐き捨てた。

「黙れ、下郎!! 貴様の為では断じてない。貴様のような小悪党をリッド様に殺させない為だ!!」

ノリスに対して言い終えると、アスナは優しく僕に微笑んだ。

「リッド様が手を下すまでもありません。私が彼に引導を渡しましょう……!!」

そういうと、アスナはノリスに振り返り、腰にある刀を力なく握り構える。それから、彼を押さえている二人に離れるよう依頼する。二人がアスナの言葉に従い離れると、ノリスとアスナの間には誰もいなくなった。

「な、なにをするつもりだ⁉」

「いったはずだ……リッド様に成り代わり、貴様に引導を渡すと!!」

その瞬間、彼女はノリスに向かって、目にも留まらぬ速さで刀を抜いた。居合だ。

「ヒィ!!」

ノリスの情けない声が響くが、彼に外傷はない。だが、彼の髪の毛の上部が「はらはら」と落ちていく。アスナは彼の髪の毛だけを居合で切ったのだ。今のノリスの姿は、河童のような滑稽な姿になっている。アスナは鋭い目でさらに睨みつける。

「次は両腕。次は両足。最後に首だ。さぁ、覚悟は良いか」

アスナの目は完全に光が無くなっていた。それは彼女が集中しきったことの証明でもあるが、声には激しい怒気が含まれている。

この異様な状況にレナルーテの兵士達は、僕達を中心に取り囲んでいる。

ノリスは大混乱している。

「何故だ!! 何故、助けが来ないのだ⁉ 私はあの方の言われた通りにリッドを怒らせたというのに!!」

しかし、この場で彼を助けに来る者は誰もおらず、時間もない。彼は、決してやってはならない、逆鱗に触れ、虎の尾を踏む行為に及んだ。最後通告というように、アスナは彼に吐き捨てるように言いながら再度、刀を握る。

「……両腕はいらないようだな」

「ま、まて!! 私が悪かった!! リッド殿の言うことはすべて……ほ、本当だ……」

彼は言いながら意気消沈となっていく。その言葉を待っていたと言わんばかりに、父上とエリアスが後ろから現れた。

「ノリス、貴様にはあとでたっぷり話がある……リッド殿、申し訳なかった。娘の婚姻相手となる者の家族に手を出そうとする家臣がいようとは……申し訳ない」

エリアスは僕に頭を下げて謝罪する。エリアスの様子を見たレイシスも、僕の前に出てきて頭を下げて謝罪した。

「申し訳ない。リッド殿、私が言える立場ではないがどうか怒りを収めてほしい!!」

「リッド、罪人を裁くために法がある。気持ちはわかるが……これは最早、お前の個人の感情だけの問題ではない。怒りを収めるのだ」

「父上……」

父上は、僕を諭すように優しく言葉をかけてくれた。そして、僕に後ろから抱き着いているファラも、優しく僕を宥めてくれる。

「リッド様、我が国の家臣が大変失礼なことをいたしました。ですが、どうか、どうか私に免じて、怒りを鎮め許していただけないでしょうか」

ファラと皆の言葉で、僕の中にある怒りの感情が冷めていくのを感じて呟いた。

「……わかった。ありがとう……騒がしくしてごめんね……」

僕は言い終えると同時に、頭上に浮いている巨大な火球を空に向かって解き放つ。その瞬間、あたりに凄まじい暴風と轟音が鳴り響き、轟いた。そして、火球が空高くに飛んでいくに従い、やがて音は止んだ。巨大な火球が空の彼方に飛んでいくと、その場にいた誰もが胸を撫でおろし安堵する。その中、父上は呆れ顔を浮かべて僕に問い掛けた。

「あのような大規模魔法を習得しているとは聞いていないぞ……」

父上の言葉には誤りがあったので、僕は指摘した。

「父上、あれは大規模魔法ではありません。ただのファイアーボールです」

その言葉に周りにいた面々は驚愕して絶句した。ただ、その後のことを、あまり覚えていない。

何故なら父上に指摘したあと、魔力を使い果たした僕は気を失ったからだ。

塩

「……何故だ。何故このようなことに……」

ノリスは絶望に染まった顔を手で覆い隠して、椅子に腰かけながら一人項垂れて呟いている。

魔法披露の場でノリスは奴を怒らせた。だが、それは決して触れてはいけない逆鱗に触れ、虎の尾を踏む行為だったのだ。まさか、あれほどの魔法の使い手とは思っていなかった。

そもそも、手助けをするから奴を怒らすようにと指示を出してきた『あの方』は結局、何もしてくれなかったのだ。そして、エリアスの命令により、兵士達に捕らえられて今は『城』の中にある軟禁部屋に入れられた。

平民などが入る牢などとは違い、華族以上の罪人が入れられる部屋である。大きさもある程度あり、ソファーやベッドなどもあった。しかし、この部屋には華族達の間で有名な異名がある。その異名は『幽明の部屋』入ったら最後、待っているのは暗殺と謀殺。どちらにしても近い将来、死が訪れると言われている部屋だ。

そして、その異名が事実に近いことであることをノリスは知っている。彼はここに来た時に、絶句して絶望した。あれだけのことがあったとはいえ、まだ生き残れる。『あの方』もいると思っていたからだ。しかし、連れてこられたのは『幽明の部屋』だった。

「私は……私はまだ死ぬわけにはいかない。私にはまだなすべきことがある……!!」

そう呟いた時だった。ドアの外から兵士の声が聞こえてくる。

「エリアス陛下がお入りになられます」

部屋のドアはノックもされずに開かれて、エリアスが入室する。他にも、フードを被った人物がエリアスの後ろから部屋に入って来た。ノリスはエリアスを見ると、即座に彼の前に出て土下座して謝罪を行う。

「エリアス陛下、この度は大変申し訳ありませんでした!! ですが、これも国の為に行ったことでございます。それに、私は『あの方』より指示を受けたに過ぎません。どうか、命ばかりはお助け願います!!」

土下座しているノリスの今の姿は、アスナの切った髪の部分が丸見えだ。河童スタイルの髪型が誇張されるようで、彼の滑稽さを際立たせている。すると、部屋に入ったフードの男が静かにノリスに近づいた。そして、土下座している彼の横にしゃがみ込むと、ノリスの喉元を片手で絞めて立ち上がりながら、彼を持ち上げた。

「ぐぅ!! な……にを……?」

絞め上げられながらフードを被った男の顔を見たノリスに戦慄が走った。

「ザッ…ク……リバー…トン!?」

ノリスが呟いた瞬間、ザックは彼を壁に向かって投げつけた。

「ぐぁあ!!」

壁に人がぶつかり、重く低い音が部屋に響いた。

「……ザック、あまり手荒なことはするな」

「すみません。出入口の前で土下座されては邪魔だったもので……」

エリアスが宥めるとザックはフードを脱いだ。彼は普段と同じで物腰は柔らかそうだが、その目は冷たい印象しかなく、普段とは違う不気味さを生んでいる。ノリスは咳込みながら、何が何だかわからないと言う顔をしていた。

エリアスがここに来るのはわかる。しかし、ザック・リバートンは、極一部の者にしか知られていないが暗部の最高権力者だ。そんな人物がここまで来る理由がわからない。混乱しているノリスの表情を見たエリアスは、首を横に振ると冷淡に言い放った。

「貴様も一応この国に長く貢献してくれた家臣だ。最期に説明ぐらいしてやろうということだ」

「せ……説明だと?」

ノリスは壁に叩きつけられた衝撃でまだ起き上がれないが、怪訝な表情を浮かべてエリアスを見ている。彼の様子にニヤリと笑ったエリアスはザックに向かって言った。

「説明してやれ、ザック」

「はぁ……エリアス陛下も人が悪い」

ため息を吐き、やれやれと言った様子のザックはノリスに向かってある説明を始める。それは、バルスト事変後の帝国と同盟を結んだ時まで遡ることになった。当時、帝国から表向きは同盟だが密約で属国の内容の通告を受け取る。その時、ノリスを含めた一部の華族達が非常に反発をした。

エリアスはそれを宥めつつ、国として生き残るために属国を受け入れた。しかし、帝国と密約を結んだ後、国内政治は不安定となる。それは、帝国との同盟を受け入れられない一部の華族が原因だった。そこで、エリアスは一計を案じたのだ。

帝国との同盟に不満を持つ者達であえて派閥をつくらせて、時が来たらまとめて処分するという内容だ。そして、そのトップとして担ぎ出されたのがノリスだった。その為、他の者では通らない主張がノリスであれば通りやすかったのだ。さらに、派閥のトップに君臨出来るようにエリアスやザックが裏から手も回していた。だからこそ、エリアスはノリスの意見をないがしろに出来ないジレンマが出来て頭を抱える結果になっていたのだ。

ザックの話を聞いたノリスの顔は段々と青ざめていき、今は真っ青になっている。そして、立ち上がると声を震わせながらエリアスに向かって声を荒げた。

「ば、馬鹿な!! そんな馬鹿なことがあるわけがない!!」

「誰かに言われたはずだ、『我々がお前を利用しているのだ』と、ノリス、お前のおかげでこの国に巣くう面倒な輩達の詳細がわかった。礼を言う」

ノリスはエリアスに言われてハッとした、そして苦々し気に問い掛ける。

「……あの、近づいてきた『影』も元からそちら側だったのか……!!」

その言葉を聞いたザックがおもむろに手で合図をすると、ノリスの影からヌッと黒装束に身を包んだ人物が現れる。ノリスはその様子に呆気にとられてしまう。ザックは何事もなかったように黒装束に身を包んでいる人物に声をかけた。

「カペラ、長年ご苦労でしたね。君とノリス殿のおかげで、必要な反対派の華族達の情報はすべて集めることができました。あとは粛清するのみです」

「……!? 粛清だと!! そのようなことが出来るはずがない!! それこそ、この国の重要な要人がいなくなってしまうのだぞ!!」

ノリスは自身達がいなければ国は回らないと考えており、粛清など起きれば国として成り立たないと言いたいのだろう。だが、その言葉にエリアスは呆れたように答えた。

「それこそ、驕りというものだ。我々、ダークエルフは長寿ゆえに国の重要な要人の世代交代が遅くなりやすいという部分がある。貴様たちの派閥はまさにその集まりだ。お前たちはもはや老獪ではない。この国にとってはもう老害となっているのだ」

「な、なんだと!!」

今度は怒りで顔が赤くなっていくノリスに対して、エリアスは言葉を続ける。

「まだわからぬか？ リッド殿にも言われたはずだ、未来をつくるのは老人ではない。となな」

「……!? な、何故それを知っている!?」

何故、あの時の会話の内容をエリアスが知っているのか？ と、ノリスは驚愕したがその瞬間、カペラと呼ばれた影に目が行った。

その時、ふとした疑問が頭をよぎる。カペラと呼ばれた者は、一体いつから自身の影に潜んでいたのだろうか？ その瞬間、ザックが先程言った言葉、『長年ご苦労だった』という言葉を思い出して、全身に悪寒が走った。その様子にエリアスは満足そうに答える。

「そうだ。貴様の行動はすべて監視されていたのだよ。ノリス」

「……‼」

エリアスの言葉でノリスは下唇を噛みしめた。自分は踊らされていたのか？　いや、そんなはずはない。そうであればレイシスの件はどうなるのだ？　本当にすべてが監視されていたなら、王子を手駒に出来るはずがない。そう考えたノリスは声を荒げる。

「……虚言だ‼　もし私を監視していたというならレイシス王子のことはどう説明するつもりだ‼」

「レイシスか。確かに貴様にあそこまで心酔したのは予想外だったが、貴様にとっては行動を起こす起爆剤。良い目くらましになったであろう？」

「な……なんだと？　王子すら囮に使ったというのか‼」

レイシスを囮に使ったと聞き、驚きを隠せないノリスに対して、エリアスは言葉を続ける。

「それが王たるものだ。国を守り、民を守るとはこういうことだ。貴様程度に踊らされ、妄信するようではどの道、王にはなれん。まぁ、リッド殿に改心させられた今のレイシスなら少しは見込みがありそうだがな」

「グッ……最後に一つ聞きたい。あの方、エルティア様もそちら側なのか」

手を貸すと言った『あの方』、エルティアが味方であればまだ何とかなる。ノリスはすがるような思いで言葉を紡いだ。だが、エリアスは即答する。

「無論だ。貴様だけ何も知らなかったのだよ。ノリス」

ノリスは、王の言葉に絶望してその場にへたり込むと力なく呟いた。

「私は……本当に泳がされ、掌の上で踊らされていただけだったのか……!?」

その場にいた、ノリス以外の三人はその様子に溜飲を下げた様子をしていた。そして、王は冷たく言い放つ。

「貴様のしたことは国家反逆罪相当のものだ、どの道助からん。そして、貴様には二つの死に方がある」

エリアスの言葉をノリスは項垂れて、力なく聞いている。

「一つは、明日の朝この部屋で暗殺される。二つ目は、この薬で自害することだ。お勧めは二つ目だな。この薬は眠る様にあの世に行けるらしいぞ。そうだな、ザック?」

話を振られたザックは静かに頷いた。そして、エリアスはノリスの近くにその薬を置くと、吐き捨てるように言った。

「貴様に残された時間はわずかだ。せいぜい、自分の愚かさを呪うが良い」

言い終えると、エリアスはノリスに背を向けて、部屋のドアに向かい歩き始めた。

◇

ノリスは絶望と怒りで混乱していた。

(ふざけるな、エリアス、貴様など王ではない。王であるはずがない!! そうだ、レイシスを王にして、私が摂政となり国を導けば良いのだ!! その為にもエリアス、貴様は……邪魔だ!!)

最早、ノリスの中にあるのはエリアスへの憎悪だけだった。エリアスが部屋を出ようとした瞬間、ノリスは怒気を含んだ大声で叫んだ。

「エリアァァアアアス!!」

その言葉にエリアスは怪訝な顔で振り返った。すると、ノリスが怒り狂った表情で魔法を発動する構えを取っている。ザックとカペラが庇おうとするが、エリアスはそれを制止した。そして、ノリスが再度、怒り狂ったまま大声で叫んだ。

「貴様は、私に殺されるべきなんだぁぁああああああ!!」

「……!! 痴れ者がぁぁあああ!!」

ノリスが魔法を発動しようとした時、エリアスは腰の刀を力なく握った。同時に、身体強化で瞬時に彼の懐に入り込むと、その勢いのまま居合で横一線に薙ぎ払った。

「ば……か…な……」

ノリスが小さく、苦しそうに呟く。これが彼の最期の言葉になった。

エリアスは刀身に付いた血のりを振り払ってから刀を鞘に納める。同時に、ノリスの体は上半身と下半身の二つに分かれて崩れ落ちた。そして、その場には大きな血だまりが出来上がっている。

「お見事です」

一連の動きを見ていたザックが、エリアスに賞賛するように声をかける。エリアスの動きは一瞬だった。その為、ノリスは魔法を発動することは出来なかったのだ。

「茶化すな……まさか、ここまで愚かとはな」

エリアスはザックに答えると、彼らに指示を出した。

「この死体を片付けろ。ノリスの死を公表するのは、今回のバルディア家の訪問が終わってからだ。それまでは……腐らぬように死体を塩漬けにでもしておけ!!」

「……承知致しました」

ザックとカペラの二人は、エリアスの指示に返事をして一礼する。そして、エリアスは部屋を出ていくのであった。

帝国の属国になることに不満を抱き、エゴと悪意で活動し続けた男の最期は皮肉にも、属国の原因となった物に漬け込まれる、塩漬けだった。

リッドの目覚め

「……ここどこ?」

目を覚ますとまず、見慣れない天井が目に入った。とりあえず僕の家ではないらしい。ベッドから起きて周りを見渡す。見たことがない家具ばかりである。と思ったその時、僕は呟いた。

「……そういえば前にも、こんなことがあった気がする」

ベッドから上半身を起こして首を傾げていると、部屋のドアがノックされる。しかし、返事をする前にドアが開かれて、メイドが入って来た。ディアナだ。そして、僕をみると口を両手で押さえながら、涙を浮かべて大きな声を出した。

「リッド様、目を覚まされたのですね!! すぐ、皆様にお知らせしてきます!!」

僕を見るなり、ディアナは慌てた様子ですぐに部屋を出て行ってしまう。その時、僕は怒り狂って魔力を使い切ったことを思い出した。そして、先程の流れを思い返して誰に言うわけでもなく、天を仰いで小さく呟いた。

「これ転生を自覚した日と同じ流れじゃない?」

◇

その後、父上、ディアナ、ルーベンス、ザックと皆が集まった。そして、いま医者が僕を診察している。これも覚えがあった。違うのは医者の種族がダークエルフという点かな。

「ふむ、体に異常はないですね」

僕の目の動き、腕、足など体全体の動きを細かくチェックしてから医者は呟く。それから、医者は荷物をまとめながら、「何かあればまた連絡をください」と言って部屋から出ていった。

それから間もなく、父上が僕と二人で話がしたいと言い出して、皆に部屋から出るよう指示をする。ディアナとルーベンスは僕の元気な様子を見て安堵したようで微笑みながら部屋を出て行く。ザックは僕と父上の話す内容が気になる様子を見せたが、そのまま二人と同様に部屋を退室する。

全員が部屋を出ると、少し静寂の時間が流れる。そして、父上が僕を見ておもむろに尋ねた。

「……体はどうだ? 何かおかしい所はないか?」

「はい。大丈夫です。ご心配をおかけして申し訳ありません」

「魔力はどうだ。何か、違和感はないか？」

父上の目は普段の厳格な様子とは違い何か怯えが見えている。なぜだろう？　僕は疑問を感じつつも自身の魔力を確認した。うん。問題ない。ちゃんと回復もしている。

「大丈夫です!!　魔力も回復していますから、またいつでも魔法をお見せすることも出来ますよ!!」

僕は父上を安心させようと少し胸を張る様に言った。だけど、父上の顔は逆に険しくなり、瞳に怒りを宿らせ、僕に対して厳しい言葉を投げかけた。

「馬鹿者!!　昨日の魔法がいつでも見せられるだと……ふざけるな!!　あの魔法は二度と使うな!!」

「ち、父上？」

「お前は自分のしたことでどれだけの人々に心配を与えたかわかるか!!　護衛の二人は自分達が至らなかったと自分を責めている。レナルーテの関係者はお前がいつ起きるかと心配して、昨日は夜遅くまで付き添っていた!!」

僕は父上の怒りに驚くと共に、自分がどれだけ周りに迷惑をかけたのかを父上が諭してくれていることに気付いた。そして、父上は言葉を続ける。

「ノリスという奴の話は聞いた。だが、お前が怒り狂ったのはお前自身の問題だ!!　怒りで魔力を使い果たすなど言語道断だ!!」

父上の言葉に、僕は俯いて答えた。

「父上の仰る通りです。僕が浅はかでした……申し訳ありません」

「……わかれば良い。それから、私が良いというまで目を瞑れ」

「え？　目ですか？」

「そうだ‼　早く瞑れ」

「は、はい‼」

僕は父上に言われるままに目を瞑った。ひょっとして、殴られたりするのかな？　不安でドキドキしていると、父上は僕を自分の胸に優しく、そして力強く抱きしめてくれた。いきなりの事に、僕はきょとんとしてしまう。だけどその時、父上が声を発した。

「……馬鹿者……無理をするな。お前に何かあればナナリーとメルディに何と言えば良い？　それに、お前の母親が魔力枯渇症を発症している限り、お前にも魔力枯渇症が起きる可能性もあるのだぞ。その中で魔力を切らして気絶するなど……お前が無事で本当に良かった」

父上の声は震えていて、泣いているような感じがした。そして、僕は自分のしたことがいかに愚かなことだったのか、どれだけ、周りの人に心配をかけてしまったのかを考えさせられ、とても胸が苦しくなった。

「父上……心配かけて申し訳ありませんでした」

「全くだ、馬鹿者。だが、お前が無事ならそれで良い……」

それからしばらく、父上は僕を抱きしめて離さない。その間、僕は目をずっと瞑っていた。

◇

「本当に、魔力は大丈夫なのだな？」

先程まで抱きしめられていたが、父上も落ち着くと解放してくれた。目を開けても良いと言われ父上の顔を見ると、目が赤くなっている気がする。だが、顔はすでに厳格な顔付きに戻っていた。僕は父上らしいと心の中で失笑してから、僕は明るく元気に答える。

「はい。本当に大丈夫です。ご心配をおかけして申し訳ありませんでした」

言い終えると僕は、その場で一礼する。父上は今度こそ安心してくれたようだ。それから、咳払いをすると、これからが本題と言った感じで父上はおもむろに話を始めた。

「わかった。では、少し話を聞きたい。まず、あの魔法はなんだ。大規模魔法ではなく、ただのファイアーボールとはどういうことだ」

魔法の事を問われた瞬間、僕は真っ青になった。しまった、怒りのあまりにあの場で使ってしまったのだ。やばい、サンドラから真剣に門外不出と言われていたのに。僕は頭を抱えた。

その時、ふと何か嫌な感じがした。誰かが聞き耳を立てている、そんな気配だ。でもこれは、人と言うより『魔法の気配』という感じがする。僕は思慮深い顔をしてから、父上に言った。

「父上、その話はバルディア家でサンドラも交えて話しましょう。ここでは壁に耳ありのような気がします」

僕の言葉で父上は「ハッ」としてから、悔しそうに呟いた。

「……私としたことが迂闊だったな。そうしよう。この屋敷は薄暗いところが多いからな」

父上は誰かに向けるように言ったが、返事はない。そして、父上は僕に視線を戻した。

「ふむ。体調が良いのなら、ファラ王女にでも会ってこい。お前のことをかなり心配していたからな。

護衛にはディアナを連れていくと良い」

そういえば、僕が気絶したあの場にはファラやアスナ、あとレイシスもいたはず。そう考えると、本当にいろんな人に迷惑をかけてしまったと自覚する。

「わかりました。ファラ王女に連絡を取って可能であれば今日にでも会いに行こうと思います」

「わかった。手配は私がしておこう」

父上と話す中、僕はどうしても一つ気になることがあった。そう、彼のことだ。僕は思い切って尋ねた。

「……父上、ノリスは……彼はどうなるのでしょうか？」

父上は僕の問いかけに少し険しい顔を見せるが、答えてくれた。

「奴の事は気にするな。バルディア家を狙うと言った発言は許されるものではない。それ相応の報いは与えるようにエリアス陛下には伝えてある。それにこの後、私はエリアス陛下と会談するからな。お前は安心してファラ王女と親交を深めてこい」

「はい。わかりました」

ノリスの事が気にならないわけじゃない。でも、父上がここまで言うのであれば、僕はこの件に関して、後は父上に任せるべきと判断した。それに、レナルーテでしないといけないことは沢山ある。ファラとも色々話したいことがあるし、休んでばかりもいられない。すると、父上が珍しく、少し気恥ずかしそうに咳払いしてから話し始めた。

「……時にリッド、お前はファラ王女とうまくやっていけそうか？」

「へっ⁉　は、はい、大丈夫だと思います……ですが何故、急に？」

父上らしからぬ質問に驚きながら、僕は少し顔を赤らめる。その様子に父上が微笑んだ。

「お前が寝込んでいる時に、ファラ王女が時間の許す限り傍におったのでな。中々にお前の事を好いてくれているようだ」

「な⁉」

僕は父上から、この手の話題が続くことに驚き、今度は完全に顔が赤くなった。そんな僕の表情の変化に、嬉しそうな顔をしている父上は話を続ける。

「ふふ。国同士が決めたことでも幸せを築けるかは当人同士の問題だ。今、お前とファラ王女がお互いに持っている気持ちを大切にすれば、良い方向に進むだろう。お前は、今の気持ちとそれ以上にファラ王女を大切にするのだぞ？」

「……はい、わかりました」

父上から助言を受けた僕は、いい加減気恥ずかしさで一杯になった。そんな僕を見た父上は、微笑して部屋を出ていこうとする。しかし、ふと足を止めると僕に向かって言った。

「お前は昨日、魔法披露から今まで寝ていたのだ。今日、ファラ王女に会いにいくなら、身嗜みは整えておけよ？　ナナリー曰く、清潔感はかなり重要らしいぞ」

「……わかりました」

父上は僕に言った後、顔をニヤニヤさせながら部屋を出て行く。そんなに汗臭いだろうか？　そう思い確認すると、服が寝汗でびっしょりだ。

「これは……さすがに温泉か、お風呂か、湯浴みしないとダメだね」

しかし、考えてみると今の父上の言葉は、母上に父上が過去に清潔感で注意されたということではないだろうか？　僕は今度、母上にこっそり話を聞いてみようと悪戯心が騒いだことは父上には内緒だ。

その後、ディアナを呼んだ僕はお風呂の準備をお願いするのであった。

ライナーの事後処理

ライナーは息子が起きて体調が良いことを確認すると、迎賓館の二階に用意された自室に戻った。そして、机の椅子に座ると手を組み思慮深い顔を浮かべている。この後の来客と何をどう話すべきか、眉間に皺を寄せ考えながら、同時にレナルーテ到着時にザックと行った会話を思い返していた。

「では、そろそろ本題です」

「うむ」

ザックの言葉にライナーは頷いた。ライナーは帝都に対して、バルディア家とレナルーテの関係強化も今回の訪問の目的にあると説明している。当然、事前にレナルーテ側にも連絡を取ったわけだが、そこで思いもよらぬ提案を受けた。

それは、レナルーテの婚姻反対派を一掃するために力を貸してほしい、ということだった。レナルーテが表向き同盟となり帝国の属国になってから、約六年が経過している。しかし、予定より様々な遅れが発生しており、帝都の貴族内ではイラつきが生まれていた。

実際、皇帝であるアーウィンからもこの件に関して、訪問許可の連絡をした際に可能ならば、解決の糸口を探すように言われていたのである。まさに渡りに船、嘘から出たまことだった。

一掃についての提案を持ってきたのはザックだ。そして、王であるエリアスも了承済みだという。彼らは属国となった時から、帝国との同盟に不満を持つ華族を調査してきたらしい。相談内容は、必要な情報が集まったので、後は粛清の大義名分が欲しいということだった。

そこで、相談をされたのが婚姻候補者であるライナーの息子を囮に使うという事だ。当然、最初ライナーは険しい顔をした。しかし、属国の立場とはいえ王のエリアスからの打診である。無下にする事は出来ない。ライナーは、王の代理で来ているザックに険しい顔で問いかけた。

「概ね理解はしているが、息子をどう囮にするつもりなのだ？　さすがに我が子の命を危険に晒す事は出来んぞ」

「はい。その点には十分に注意しております。流石に、彼らも帝国との関係性を考えて暗殺のような馬鹿げたまねはしないはずです」

彼はライナーの問いかけに対して丁寧に答えると、反対派の動きをライナーに説明した。

御前試合、魔法披露、そして彼らの最終目的についても。その内容を聞いて、ライナーは眉間に皺を寄せてため息を吐いた。

「……その反対派とやらは何を考えているのだ？　仮にリッドが嫌だと言ったところで国同士の動

きだぞ？　何も変わるはずがない。それに私が皇帝に辞退を申し出るなど、出来るはずもない。妄信に取りつかれているようだな」

「……はい。我々がそのように仕立てました」

ザックの言葉に、ライナーは少し呆気にとられた。ザックが言いたいことは、恐らく反対派に多数の諜報員が潜り込んでいて思考を誘導しているということだ。内部抗争を他国にしかけるのによく使う手だが、身内に使うとは容赦がない。しかし、それだけ煮詰まっているのだろう。ライナーは穏やかな雰囲気を纏いながらも、冷徹な目をしているザックを見据えた。

「……よかろう。その提案に乗ろう。息子のリッドを囮にする件は了承しよう」

「ライナー様のご配慮に感謝いたしま……」

「ただし……条件がある」

「……どのような条件でしょうか？」

ライナーは彼の言葉にあえて被せて言った。その様子にザックは怪訝な顔を浮かべている。

「まず大前提としてリッドの安全を保証しろ。貴殿たちの影でも何でも使うと約束しろ」

「……それは当然でございます」

「もし、リッドに何かあれば、貴殿であれ容赦はせんぞ……」

言い放つと同時に、ライナーは出せる限りの殺意をザックに向ける。その殺意は、暗部としてトップに立っているザックでさえ、戦慄を覚えるほどのものである。普段、まず出すことの無い脂汗が出ているのをザックは感じていた。その様子を察したライナーは、満足したように殺意を収める。

「さすがはザック殿だ。あれでも、動じないか」

「……いえ、あれほどの殺意を向けられたのは久しぶりでございます……」

答えるとザックは、胸ポケットから出したハンカチで額の汗を拭いた。ライナーは厳格な面持ちのままに言葉を続ける。

「条件の一つは商流の緩和だ。今後のことも考えれば、これは呑んでもらう。後の条件はリッドの活躍次第にしておこう。でなければ、こちらが損をしそうだからな」

「は……？　それは、どういう意味でしょうか」

ザックは珍しく意味が理解できずに、思考が止まったような表情を見せる。この時、ライナーの息子が、常識外れで型破りな実力を持っていることなど、ザックは思いもしなかったからだ。

「明日になれば、その意味はわかるとだけ言っておこう。エリアス陛下に我が息子を囮として使う為の条件は、商流の緩和と、あとは出来高制で要求を追加すると伝えておいてくれ」

「ライナー様、失礼ですがご子息様の活躍による出来高制というのは理解しかねます。いくら、リッド様が優秀とはいえ、まだ子供でございましょう？」

「そうだな、その通りだ。だが、ともかくそのようにエリアス陛下に伝えてくれ。リッドの活躍に応じて、我が息子を囮に使った代償の要求を追加するとな」

さすがのザックもこのようなことを言われたのは初めてだった。だが、活躍次第と言われても具体的な提示も無い以上、逃げ道はあるかとザックは首を縦に振り頷いた。そう、彼は首を縦に振ってしまったのだ。

「わかりました。では、そのようにエリアス陛下にお伝えいたします」

ライナーは実に満足そうな顔をしていたが、ザックはその意図がわからず怪訝な顔を浮かべている。そして、ライナーと他の細かい部分も含めた必要な打ち合わせは大体終了し、おもむろに呟いた。

「こんな、ところですな」

「わかった。明日、起こることに関して私は目を瞑ろう」

「ありがとうございます。では、私はこれで失礼致します」

ザックはライナーとの話し合いが終わると席を立ちあがり、部屋を後にした。

◇

ライナーは思慮深い顔をしながら、つい先日のことを思い返して、ニヤリと笑みを浮かべている。最後に息子が気絶した時は肝を冷やしたが、今日は体調が良い様子だった。あの調子であれば、ひとまず安心だろう。

しかし、ライナーは息子を囮に使いたいと相談してきたエリアスとザックに関して、個人的には怒り心頭に発していた。国同士の繋がりとしてするべきことはした。相談内容も理解している。だが、今からすることは、レナルーテ対バルディア家の交渉なのだ。

どうやって彼らの骨までしゃぶろうか、とライナーは思案しながら手ぐすねを引いていたのである。その時、部屋がノックされ返事をすると、エリアスとザックが暗く重い雰囲気を纏いながら部屋に入って来た。ライナーから見れば、今の彼らは鴨葱である。

ライナーは机から立ち上がり、満面の笑みで近くのソファーに促すと、机を挟んで対面に座った。先程まで、一人で浮かべていた思案顔が嘘のようである。すると、エリアスが険しい表情のまま、口を重々しく開いた。

「……この度は協力、感謝致しますぞ。ライナー殿」

「お力になれて幸いです。……ちなみにノリスと言う奴はどうなりましたか？」

「貴殿らが帰国した後に死亡する予定だ」

「なるほど……」

ライナーは今の言葉ですでにノリスがこの世にいないことを察し、本題に話を移す。

「では、息子のリッドを囮に使った代償の要求を追加させていただきましょうか。リッドの活躍は十分……いえ、十分過ぎる程でしたな。そちらの期待以上に見合うものだったと存じますが、エリアス陛下？」

「……出来るだけ穏便に済ませてほしいものだ」

ザックとエリアスは互いに険しい顔をしていた。それもこれも、リッドの活躍次第でライナーからの代償の追加要求を認めてしまっていたことにある。ちなみにこの件を、約束した当時のザックと承認したエリアスも忘れていた。

ライナーの息子が気絶して寝ている時に、彼からの指摘で思い出して真っ青になったのだ。彼の息子が行ったことは、結果として現レナルーテが抱えていた問題をほぼ解決に導く糸口をつくった。その功績は、とても大きい。大きすぎるほどだ。

この事実を思い出した時のザックは、子供だからと実力を見誤ったことを恐らく一生忘れないと感じていた。そんな、二人を見ながら、ライナーはニコリと優しい笑みを浮かべた。しかし、それはあからさまな営業スマイルである。

「まず、バルディア領でファラ王女を迎えるにあたり建造している屋敷の建設費用を出していただきたい。帝都にも予算申請はしているがそれだけでは心もとないのです。予算で足りない分を満額お願いしたいのですが……よろしいですかな？」

ライナーの言葉を聞いたエリアスは思案してから、丁寧に答えた。

「……わかった。娘が住む家でもある。帝国の予算で足りない分はわが国から出す様にしよう」

「ご配慮、感謝致します」

ライナーは一礼をしながら本心では、ほくそ笑んでいた。何故なら、彼らは知らないのだ。屋敷の設計に息子が絡んでいることを。絶対にとんでもない金額になると、父親として直感していた。しかし、今回は囮になったご褒美に好きにさせてやるのも良いだろう。そして、その件はいまエリアスから言質を取った。これは、ライナーなりの、父親としての婚姻祝いというつもりだった。そして、頭を上げたライナーは満面の笑みで、彼らがさらに引きつる言葉を続ける。

「陛下の御前でノリスを論破。御前試合では両国の関係強化に大きく貢献して、王子の改心まで行った。そして、反対派の中核とも言うべきノリスの粛清に大義名分をも、リッドはエリアス陛下に与えました」

「う、うむ」

「では、本題ですがお二人は、今回の息子の活躍についてどのような報酬が良いとお思いですかな。私としてはバルディア家と繋がっている商流全般において、交通税などの税制上の優遇処置などが最低でも妥当だと思いますが……いかがでしょうかねぇ」

ライナーとの会談が終わったあとのエリアスとザックはとても疲れた表情をしていた。しかし、この件にはまだ続きがあった。

この一件をエリアスが忘れた頃、バルディア家の屋敷の建造費用を負担する、と言う内容に直筆サインをした書類と請求書が送られてきた。そして、その金額にエリアスは驚愕するのだが、それはまた別のお話。

ファラ・レナルーテ

父上が部屋を出ていくと、僕はディアナを呼んでお風呂の準備のお願いをする。そして、出来た待ち時間の間に僕は、メモリーを呼び出した。

「やぁ、リッド。お疲れ様だったね」

「うん。さすがに今回は疲れたよ」

メモリーは楽しそうに、でも優しく労いの言葉をくれる。僕はお礼を言いながら、呼び出した目的を告げた。

「石鹸の作り方とか代用品はわかった?」

「自然界で手に入る代用品は『ムクロジの実』だね。実の皮が泡立って石鹸になるみたいだよ。あとは、『油脂、水、灰汁』があれば作れるみたいだね」

ムクロジの実? 聞いたことが無いけど、何かの本に載っていたのかな。

「ムクロジって雑草とか? それとも木?」

「木だね、ちょっと瞼にイメージ送るね」

そう言われて瞼の裏に浮かんだのはどんぐりみたいな実だった。僕はいつこんなのを意識的に見たのだろうか? と疑問を抱きつつも次の質問を投げかける。

「わかった。ありがとう。ちなみに、『油脂』ってなんでもいいのかな?」

「うん。牛脂とか豚脂が良いみたいだけど、植物油でも大丈夫みたいだよ」

「なるほどね。ありがとう、じゃあまた何かあればお願いね」

「ちょっと待って、リッド」

話が終わると、珍しくメモリーからストップがかかった。どうしたのだろう? すると、メモリーは強い言葉で答えた。

「無理しちゃダメだからね!? 僕も君の中で心配していたんだからね……言いたいことはそれだけ。じゃあね」

メモリーは言いたいことだけ言って、通信が終わってしまう。僕は誰にいうわけでもなく、その場で呟いた。

「うん。ありがとう、メモリー」

メモリーとの会話が終わると丁度、ディアナが部屋に戻って来た。温泉の準備が出来たそうだ。一応、抵抗はしたけどディアナは温泉に一緒に入ると言って聞かなかった……。

◇

ところ変わって本丸御殿の中にあるファラの一室では、アスナが呆れ顔でため息を吐いていた。

「……姫様、そんなに慌てなくてもリッド様はすぐ来られます。少しは落ち着いてください」

「へ……!? あ、その、い、いえ、私は冷静です」

今朝、ライナーからファラ宛に連絡が来たのである。内容は息子が無事に意識を取り戻した。そして、心配をかけたお詫びに息子がそちらに伺いたいという内容だ。

ファラはとても喜び、すぐに返事をした……したのだが、その後に急に何とも言えない恥ずかしさに襲われた。そして、なんだか居ても立っても居られない感じになってしまい、部屋の中をずっとうろうろしているのだ。その様子をずっと朝から見ているアスナは呆れ顔をずっと浮かべている。

「……それに、ファラ様。失礼ながら耳が動いていますよ？」

「へ？　あ!?」

ファラはハッとすると、慌てて耳を両手で押さえながら近くにある椅子に腰を下ろす。彼女は好意的な感情が高まると耳が上下に動いてしまう体質だ。ダークエルフの中でもこの体質を持っているのは少数と言われている。意識すれば動かないのだが、気を抜くとすぐ感情に合わせて耳が動いてしまう。アスナの指摘に彼女は顔を少し赤くさせ、気持ちを落ち着かせるように深呼吸をする。

そして、リッドに出会った時から、今までの出来事を思い出していた。

◇

リッド・バルディア。彼が父親であるエリアスに挨拶をする時、ファラも立ち会った。その時、初めて見た彼の顔に彼女は、内心で驚愕する。

(バルディア領にいた男の子……⁉)

彼は、窺う限りだと気づいていない。しかし、ファラはしっかりとその時の事を覚えており、思いがけない再会は衝撃的だった。

ファラはエルティアから課された勉学などで忙しく、特定の相手としかほとんど接点がない。それ故に、バルディア領で迷子になった時に助けてくれた男の子がとても印象に残っていた。そして、彼がエリアスに対して行った立派な自己紹介にも驚いたが、ファラは別の事で頭が一杯だったのである。

(間違いない絶対に彼だ……)

彼の顔を何度も一瞥して、心で何度も呟いた。そして、気持ちが確信に近付くにつれ心がとてもドキドキしたことを覚えている。その時、エリアスが彼にファラとの婚姻について質問した。

彼女の心に少し小さな痛みが走った。ファラが帝国に嫁ぐ話を誰もが、可哀想と言って来る。しかし、彼女は王族だ。エルティアの言葉を聞いたり色んなことを勉強するうちに国同士の繋がりや、王女の役割をある程度、彼女なりに理解していた。ファラは彼女なりに覚悟してこの婚姻に臨んでいる。だが、ファラを見る周囲の目は、同情や憐みもしくは王女としての利用価値だった。

そして、婚姻の話になると、当たり障りのない言葉だけで、誰も祝辞や応援をしてくれることは一度もない。きっと、彼も角の立たない無難なことを言うのだろう。そう彼女は思っていた。だが、彼は違った。

「今回のレナルーテとバルディア領との婚姻は必ず、するべきと考えております」

彼の言葉に、ファラは目を丸くして呆気にとられてしまう。初めて、それも婚姻候補者である帝国貴族である彼から、『婚姻は必ず、するべき』と言われるとは夢にも思わなかったからだ。

ファラが目を丸くしていると、彼が気づいたのかニコリと笑顔を見せてくれる。その時、ファラの胸がとてもドキリとした。同時に、彼の言葉が段々と心に響いてきて、ドキドキはさらに大きくなった。

彼は国同士の繋がりであったとしても、婚姻したいと言ってくれた。国や親の取り決めではなく、彼自身の口から婚姻すべきと言ってくれたのである。とても嬉しかった。皆が後ろ向きの婚姻に、彼は自ら進んで婚姻したいと言う。彼の姿は、自信に溢れてとても心強かった。エルティアは心を許すなと言っていたが彼女はこの時、心を許してしまったのだと思う。

その後も、彼はエリアスとノリス相手に一歩も引かずに弁論を繰り広げる。やがて、ノリスを言い負かし、王のエリアスすら納得させてしまう。彼は、とても頼もしくて、眩しくて、カッコよかった。そして、彼に自己紹介をする順番が回ってきて、ドキドキする気持ちを抑えて平静を装いながら挨拶を行う。すると母上から指摘を受けてしまった。

「耳が動いていいます。はしたないですよ」

その言葉にハッとしたファラは、深呼吸をして気持ちを落ち着かせた。でも、その時同時に気付いて、自覚してしまった。

（私はリッド様に惹かれている……）

彼の快進撃はその後も続いた。レイシスを赤子のように扱い、アスナの剣術に最後まで諦めずに挑戦を続ける。その姿を見ていた、ファラの胸の高鳴りはどんどん大きくなっていった。

そして、魔法披露で事件は起きた。詳しくはわからないがノリスの酷い挑発に彼が激怒して、凄い魔法を発動させたらしい。あまりの大規模な魔法に誰もが恐れ戦いた。でも、驚いたのは彼の視線の先にあるのは的ではなく、ノリスだったことだ。その瞬間、彼の意図をすぐに理解したファラは、気付けば彼の元に駆け出していたのである。

彼が何かを叫ぶと、先に駆け付けていたエリアスとライナーが衝撃波か何かで吹き飛ばされた。その光景にファラは少し怯えた表情を浮かべるが、彼を止めたい一心で走り抜ける。気付けば、レイシスもファラの隣に来ていた。二人で目を見合わせると頷いて、彼に抱き着いて必死に説得を試みる。アスナも駆けつけてくれた。

やがて、必死の説得に彼は頷いて、魔法を空高くに解き放つ。その瞬間、あたりに凄い轟音が鳴り響いてとても怖かった。でも、彼はそんなファラを守る様に優しく抱きしめていた。さすがの彼も、あれほどの魔法を放つにはかなりの魔力を消費したらしい。その後、すぐに気絶してしまった。

エリアスとライナーはその場にいる面々に、彼が発動させた魔法について箝口令を敷くと、急いで彼を迎賓館の部屋まで運んだ。ファラも同行させてもらい、時間の許す限り彼の側に寄り添った。

夜も遅くなってくると、彼の部屋にはファラとアスナ、そして彼の護衛のディアナだけになる。その時、部屋がノックされて、ライナーが入室する。ファラが話を聞くと、息子である彼の様子を見に来たらしい。

ライナーは息子の部屋にいる面々を見回し、意外そうな表情を浮かべる。そして、王女であるファラと二人きりで話をしたいと持ち掛けた。ファラが了承の返事をすると、アスナとディアナは一礼をして部屋を退室する。彼女達が出て行き、ドアが閉まる音が静寂の部屋に響くと、ライナーが優しくファラに話しかけた。

「私の息子が心配をかけて申し訳ありません」

「あ、いえ、むしろこちらが謝罪すべきです。申し訳ありませんでした」

ファラは彼が寝ているベッドの横にある椅子に座っていたが、突然の謝罪に驚きの表情を浮かべる。そして、急いで椅子から立ち上がると丁寧に返事をした。彼女の答えを聞いたライナーは、厳格な顔を少し崩して、優しい面持ちを見せる。そして、ファラに丁寧に尋ねた。

「失礼ながら、ファラ王女はリッドのことをどう思っているでしょうか？」

「へ……!? あの、その、とても素敵な方だと思い……ます」

彼女は突然の質問に驚いて、必死に平静を装いながら答える。本人は気づいていなかったが、この時ファラの耳は激しく上下していた。彼女の答えを聞いたライナーは、優しく言葉を続ける。

「そうでしたか、安心致しました。リッドはもし王女と婚姻することになれば精一杯、幸せに出来るようにすると息巻いておりました。ファラ王女が、リッドに少しでも好意を持ってくださればと思っておりましたが、親のお節介でございました。このことは、リッドには秘密にしていただきたい」

「は……はい」

ファラは返事をすると俯いた。彼がそんなことを言ってくれていたことを知って、顔が真っ赤になっているようだ。すると、彼女は嬉しそうに涙を溢し始める。

両親も誰も彼女を見てくれない。婚姻の相手も、ファラを政略結婚の相手としか見ないだろう。彼女はずっとそう思っていた。彼のことは素敵だと思ったし、実際に心はときめいていたと思う。だけど、どこかで彼女は、彼も他の人と同じじゃないかと不安を抱いていた。でも、違ったのである。彼は本当にファラの事を最初から見てくれていた。それがわかった時、彼女の目から涙が自然と溢れ出ていたのである。

ライナーは彼女の異変に気付いていたようだが、ずっと黙っていた。ファラは気持ちを落ち着かせる為に深呼吸をして、涙を拭うとライナーに微笑んだ。

「……まだ、どうなるかわかりません。ですが、婚姻することになれば私も精一杯、リッド様を幸せに出来るように頑張りたいと思います」

彼女の言葉を聞いたライナーは嬉しそうな顔で微笑んだ。しかし、答えた後にファラはエルティアのことを思い出し、少し不安を覚える。ファラの心情の変化を察したのか、ライナーが心配そうな面持ちで尋ねた。

「……どうかされましたか？　少し不安そうな顔をされておりますが？」

「あ、すみません」

話して良いのだろうか？　彼女は少し悩んでから、意を決するとライナーに心情を吐露する。

「……実は、母上は私に帝国の皇族が結婚相手であると日頃から申しております。仮にリッド様とのご縁を頂けても母上は納得してくれないのではないかと……」

「そうでしたか。ですが、今回の婚姻は国同士の決まりです。そこに、失礼ながらエルティア様の意思は関係ありません。そこまで深く考える必要はないでしょう」

ライナーの言葉はもっともだった。しかし、ファラはエルティアに婚姻を祝福してほしいという願いがあった。彼女はライナーに返事をせずに俯いてしまう。ライナーは彼女の様子に少し思案してから言葉を続けた。

「ふむ……これは親としての言葉ですが、一度お気持ちをエルティア様に言葉で伝えてみてはどうでしょう」

「……どういうことでしょうか？」

彼女はライナーの言う意図がよくわからずに聞き返した。

「愛の反対は無関心という言葉があります。ファラ王女はエルティア様からの厳しい教育を受けていると伺っております。ですが、何故そこまで厳しくするのでしょう」

「……それは、政略結婚のためでは？」

ファラの言葉にライナーは小さく首を横に振った。

「確かに政略結婚の為に教養は必要です。ですが、伺っているファラ王女の教育内容は度を越しております。そこまでの教育を施すということは、何かしらのエルティア様の意図があると存じます」

「……それはつまり、あえて私に厳しい教育をしていたということですか？　しかし、そのようなことをする理由がわかりません」

エルティアの言動すべてになにかしらの意図があったのだろうか。彼女はいくら考えてもわからなかった。困った表情でライナーを見ると咳払いをして彼は言葉を紡ぐ。

「親の愛というのは何も優しくすることだけではありません。時には厳しく、心を鬼にしなければならない時があるものです。縦え、子供に嫌われようとも、親は子を大切に思うものです。それが『親の愛』だと私は思っております」

「それは……」

ライナーは目を細めながら優しい目で、静かに寝ている彼を見つめていた。ファラは、ライナーと話したことで、今までエルティアに思っていたことに対して疑念が生まれる。彼女は今まで、両親に認められたいと思ったことは当然ある。しかし、二人の立場でものを考えたことはあまりなかった。ファラが思案顔をしていると、ライナーが優しく声を掛ける。

「今日はもう夜が更けました。リッドも医者の話では遅くとも明日には目を覚ますそうです。目が覚めましたら、ファラ王女の所に訪問するように言っておきますので、本日はこれにてお引き取りください」

「……はい。わかりました」

ファラはライナーに促されるまま、迎賓館をアスナと後にした。そして、本丸御殿に戻ってくると、母親のエルティアが呼んでいると兵士に言われ、すぐに彼女の部屋に向かう。その途中、ライナーと話した内容が蘇り、ファラは不思議な気持ちになっていた。

◇

「……来ましたか。アスナ、あなたは席を外しなさい」

「……承知致しました」

ファラとアスナが部屋に入ると、エルティアは早々にアスナに退室を命じる。彼女は一礼すると、ファラに心配そうな視線を送り、そのまま退室した。部屋にはファラとエルティアの二人だけとなり、どことなく重い、緊張感がある雰囲気になっている。すると、彼女はいつも通り冷たい口調で言った。

「こんな夜更けまで、どちらにいたのですか？」

「……寝込んだリッド様に、付き添っておりました」

返って来た答えに彼女は目を鋭くして吐き捨てるように言った。

「あなたは皇族と婚姻する身です。なのに、『常識外れの化け物』にこんな夜更けまで付き添いとは、立場を考えなさい」

この時初めて、彼女の言葉にファラは憤りを感じた。彼のことを『常識外れの化け物』扱いするなんて、相手が母親のエルティアでも許せなかった。

「母上、失礼ながらリッド様は仮にも私の婚姻候補者です。そのような、失礼な物言いはおやめください」

「……ファラ、あなたは私に意見出来る立場とお思いですか。子は黙って親の言うことを聞けばよいのです。あなたが婚姻すべきは帝国の皇族です。あのような『化け物』はあなたに釣り合いません。私から陛下に何とかしていただくようにお願いするつもりです」

ファラはライナーに言われた言葉を思い出しながら、心の中で呟いた。

（ライナー様……母上の言葉のどこに『親の愛』があるのでしょうか……私にはわかりません……）

この時、彼女の言葉に怒り、ファラは怒気のこもった声で叫んだ。

「母上!! その言い方はあまりにも酷すぎです。私はライナー様から伺いました。リッド様は、政略結婚でも私との婚姻が決まったら精一杯、幸せに出来るようにしたいと申していたと」

「……その言葉が本当だと思っているのですか？　帝国貴族は強かです。あなたの心を惑わす為の発言と考えないのですか？　浅はかですね、我が子ながら恥ずかしい」

彼女はファラの言葉に呆れ顔を浮かべて切り捨てる。それでも、ファラは怒気のこもった声で続けた。

「浅はかなのは母上です!!　国同士の繋がりに、母上が父上に申し立てたところで何も変わりません。先刻のノリスが良い例ではありませんか。私は、私は……」

「私は……なんですか？　言いたいことがあるなら、はっきりと言いなさい」

母親であるエルティアの言葉にファラは、涙を浮かべはっきりと告げた。

「私はリッド様をお慕いしております。もし、婚姻できるのであればこれほど嬉しいことはありません……ですから、先程の言葉は取り消してください‼」

「……愚かな、感情の赴くままに発言するなど王女としての資質が問われますよ」

ファラは、彼女の言葉と答えに怒り心頭に発していた。しかし、ファラも自身がこんなに感情を出せるとは知らずに困惑もある。それでも、ファラは彼女の発言は許せなかった。怒りの雰囲気がファラから消えない様子を悟ったのか、彼女は呆れた様子でため息を吐き、冷たく突き放す。

「……そこまで言うのであれば、好きにしなさい。ですが、私と親子の縁は今日で終わりです。私は金輪際、あなたには関わりません。ファラ王女、あなたも私の事を他人と思い、忘れなさい。いいですね？」

エルティアの言葉の意味を、ファラはすぐには理解できなかった。しかし、それほどまでに彼のことを認めたくないのか？　と思った時に、ファラの中でまだ彼女に期待しているのだと気付く。母親であるエルティアに「リッド様との婚姻話が進むといいですね」とファラは言ってほしかったのだ。

しかし、叶うことはないのだろう。彼と本当に婚姻できるかはまだわからない。それでも、好きになった人を貶される事をファラは許せなかった。

「……わかりました。エルティア様。私もあなたに金輪際、関わらないようにいたします」

「……それで良いのです。もう話は終わりです。出ていきなさい。ファラ王女」

「はい。失礼いたします」

ファラは、エルティアに一礼をしてから、部屋を出て行った。そして、外で待っていたアスナに抱き着いて大声で泣いた。ファラは悲しかった、とても悲しかった。その後、彼女はアスナの胸の中で泣き続け、そのまま泣き疲れて気付かぬうちに眠ってしまう。

◇

次の日の朝、起きると顔が酷いことになっていた。そして、起きると心配そうな顔をしたアスナがおずおずとファラに話しかけてきた。

「姫様、ご気分は大丈夫ですか？」

「ええ、ありがとう。アスナ」

ファラは心ここにあらずと言った面持ちで答える。しかし、アスナの次の言葉ですぐに正気を取り戻すことになった。

「ライナー様から連絡がありました。リッド様が起きられたそうで、訪問の連絡が来ておりますが、お断りいたしますか？」

「え……!?　訪問!?」

そうだ昨日、確かライナーがそんなことを言っていたことをファラは思い出す。そして、自身の状態を確かめると、慌ててアスナに叫んだ。

「い、急いで身だしなみを整えて準備します!!　アスナ手伝ってください!!」

「承知致しました」

少し元気をとり戻したファラに、アスナは微笑むのであった。

最高の屋敷建造を目指して

温泉で湯浴みを行い、身嗜みも整えた僕は護衛のディアナと共にファラの部屋を訪ねている。

「リッド・バルディアです。ファラ・レナルーテ王女にお目通り願いたいのですが、よろしいでしょうか」

「畏まりました。すぐに、確認をして参ります故、少々お待ちください」

部屋を警護している兵士に話すと、彼は一礼してから彼女に僕が来た事を伝えに行く。それから間もなく、兵士が戻ってきた。

「大変お待たせいたしました。ご案内させていただきます」

「ありがとうございます」

僕は、ファラがいる部屋に移動する間に深呼吸をしている。そして、兵士が彼女の部屋の襖の前に立つと、声を発した。

「リッド・バルディア様をご案内いたしました。よろしいでしょうか」

「は、はい。どうぞ」

可愛らしい返事が部屋の中から聞こえると、兵士が襖を丁寧に開けてくれる。僕は緊張した面持ちで「失礼致します」と入室する。すると、ファラが立って出迎えてくれた。

「……リッド様、いらっしゃいませ」

「……はい。よろしくお願いします」

緊張と合わせて、なにか照れくさくて僕は言葉がうまく出てこなかった。僕達が部屋に入ると、机とソファーがセットになっている場所へ、ファラに促されるままに腰を下ろす。一緒に来たディアナは僕が座ったソファーの後ろで控えている。その時、アスナが緑茶を僕とファラの前に用意してくれた。

「どうぞ、熱いのでお気を付けください」

「アスナ、ありがとう」

彼女は僕にニコリと微笑んでから、ディアナ同様にファラのソファーの後ろに控える。その後、机を挟み向かい合った僕とファラの間に、何とも言えない気恥ずかしい雰囲気が漂い始めた。そういえば、こうやって直接話すのは初めてかもしれないな。その中で、僕はおもむろに口を開いた。

「父上から伺いました。昨日は遅くまで付き添っていただきありがとうございました」

僕は座ったまま、ファラに向かって一礼をする。彼女は僕の動作に、困惑した様子で慌てて言葉を紡いだ。

「リッド様、頭を上げてください。家臣のノリスが原因ですから、お詫びしなければならないのはこちらです……」

彼女の言葉に答えるように、僕が顔をあげるとファラは申し訳なさそうな顔をしていた。うん、このままじゃ駄目だな。そう思った僕は話題を変えることにした。というか本題だけどね。僕はニコリと笑みを浮かべる。

「わかりました。では、彼の件はこれでお終いにいたしましょう。それよりも今日はファラ王女と話したいことがあって参りました」

「……話したいことですか？」

彼女は僕の答えにきょとんとした顔を見せている。そんな彼女に咳払いをしてから丁寧に尋ねた。

「えーと、ですね。『もしも』の話なのですが、バルディア領に来たらどんな屋敷にお住みになりたいでしょうか」

「え……!? あ、あの、そ、それはまた……大胆なご質問……ですね」

僕の一言で彼女は顔をあからめて、耳が上下に動き始める。彼女の後ろに立つアスナは、噴き出して笑いを堪えていた。どうしたのだろう？　ふと、後ろを見ると、ディアナも呆れ顔をしている。するとと、状況が良くわからずに怪訝な顔をしている僕に、ディアナはそっと耳打ちをした。

「令嬢、正確には王女ですがそのような方に『もしも』とはいえ今後、住む屋敷について聞くのは、結婚の申し込みと同義です」

「あ……!?」

確かに、言われてみれば令嬢や王女に基本的に『もしも』はない。それに、僕は彼女の婚姻候補者としてここに居るのだ。縦えそうであれば大変な無礼になってしまう。それでも『もしも』の話をするのであれば、それは決定事項であることが前提になる。つまり、結婚の意思表示に他ならない。

僕は自分の言った言葉の意味を理解して『ボン』と顔が赤くなった気がする。でも、考えてみれば、彼女や周りが決定事項である事を知らないだけだ。腹を括りいっそ開き直った僕は、顔を赤らめたままにはっきりとファラに告げた。

「えーと、はい。もうそう思ってもらって構いません‼　そのうえでどんな、お屋敷に住んでみたいか、ファラ王女のご希望をお聞かせ願います……‼」

「……⁉　えと、あの、その……は、はい……‼」

勢いで突き進んだ僕の様子に、アスナとディアナは口元を押さえて何かをこらえながら見ている。

一方のファラは、顔を真っ赤に赤らめて耳を上下させていた。こ、このままだと、話が進まない。僕は慌てて、屋敷についての説明を始めた。

「えーと、た、例えばですね‼　レナルーテと似た部屋が欲しいとか、庭をどうしたいとかないでしょうか？」

「え……⁉　そ、そうですね……あ、あの、畳の部屋とかもお願いして良いのですか？」

「はい。出来る、出来ないは考えずに色々叶えてほしいことをお伺いしたいと存じます」

僕は彼女の言葉を笑顔で受け取ると、ファラは少しずつ欲しい部屋を教えてくれる。和室、和洋折衷の部屋、縁側など基本的なレナルーテ文化の部屋が一通り欲しいようだ。襖に関して聞くと、出入口はドアで良いらしい。

話を聞いて驚いたが、ファラは和洋折衷の場所で過ごすことが多いらしい。帝国文化も一通り習得しているらしく、今すぐバルディア領に来ても、生活はまったく問題ないとのことだ。僕はレナ

ルーテの英才教育に少し目を丸くする。そんな僕の顔をみて、彼女はどことなく嬉しそうに微笑んでいた。

◇

その後、ファラはある程度、要望を出し切ると最後に思案してから呟いた。

「あと、難しいのは承知していますが、温泉があれば嬉しいです……」

「温泉……か、それは僕も欲しいな」

その時、後ろから何か期待に満ちた視線と気配を感じて恐る恐る振り返る。すると、ディアナが目をキラキラさせて嬉しそうな顔をしていた。

「リッド様、ファラ王女、直々のお願いです。ここで『やる』と言わなければ男が廃ります。どうぞ、ファラ王女に気持ち良いご返事をしてください」

僕はディアナの言葉に何とも言えない顔をした。それにしても、『男が廃る』とは随分と失礼な言い方だなぁ。まぁ、あまり気にならないけどね。僕はファラ王女に視線を戻すとニコリと微笑んだ。

「できるかどうか、わからないけど温泉も出来るように頑張ってみるね」

「無理を言いまして、すみません。決して無茶なことはなさらないでください」

ファラは申し訳なさそうな顔で僕を心配してくれている。かたや、ディアナは平静を保っているが、右手の拳にグッと力を入れているようだ。僕は呆れながらも、視線をアスナに移して彼女にも質問した。

「アスナも何か希望はない？　『もしも』だけど、ファラ王女が来たら君も住むことになるでしょ？」

　僕の言葉にアスナは目を丸くする。でも、ファラ王女が目配せをすると、アスナは咳払いをしてから要望を口にした。

「……私の部屋は和室、寝具の要望は特にありません。それよりも訓練場……いえ、道場を屋敷内に用意していただければと存じます」

「……ど、道場？」

　まさかの要望にさすがの僕も目が丸くなった。道場を僕は知っているがディアナは知らない。だから、確認も含めて怪訝な顔を浮かべてみた。すると、アスナが手短に説明を始める。

「そんな、難しいものではありません。鍛錬を行う為の、室内訓練場の建物です。道場があれば雨の日でも関係なく訓練が可能になります。是非、リッド様の甲斐性を姫様に見せていただきたく存じます」

　アスナの目がキラキラしている。ディアナとある意味、同類のような気がしないでもない。ふと、後ろを見るとディアナも道場には興味津々の様子だ。ファラは「ごめんなさい」という表情はしているが止める気はないらしい。僕は観念するようにため息を吐いた。

「承知しました。でも、出来るかどうかわかりません。ともかく全部、やれるだけのことはやってみます」

「さすがはリッド様、姫様が見込んだ殿方です」

　僕の答えに、アスナも嬉しそうな顔をしながら右手の拳にグッと力を入れている。その時、ディアナが思案顔を浮かべて僕に言った。

「リッド様、折角ですからバルディア家にいるダナエやガルン様の話も聞くべきです。屋敷を支えているのはメイドやガルン様のような家の者達です。必ず、いい案を出してくれると思います」

「そっか、それもそうだね。じゃあ、ここで聞いた話と屋敷の皆に聞いた話を全部まとめて考えてみるよ」

とりあえず大丈夫かなと思っていると、ファラがおもむろに言った。

「リッド様、部屋ではないのですがレナルーテにある『桜』を持っていくことは可能でしょうか？」

「へ……？　レナルーテって桜があるの？」

サクラがあるなんて知らなかった。ファラは僕の答えに頷くとそのまま言葉を続けた。

「はい、ご存じないのも無理はありません。桜はレナルーテにしかないと言われております。とても花が綺麗なので花が咲く時季は、花を見ながら食事をする花見なども行います。ですが、私はしたことがないので可能であればリッ……いえ、バルディア家の皆様としたいなと……」

ファラはそう言いながら、顔を赤くして耳を上下させていた。そして、途中で言い換えた言葉に気付かないほど、僕はにぶくない。うーん。これこそ、『やる』と言わないと甲斐性なしで男が廃る気がする。そう思った僕は、どうなるかわからないけど微笑んだ。

「わかりました。僕もファラ王女と花見をしたいと存じます。出来る限りの事をしてみようと思います」

「ありがとうございます!!」

ファラは僕の答えにとても嬉しそうな表情を浮かべてくれた。ここにいる面々の要望は聞いたから、あとは領地に戻って家の皆の意見を聞いてみよう。そして、全部まとめて父上に出すだけだしてみるかな。ダメなら残念だけど、何か削れば済むしね。そう思いながら僕は皆にお礼を言った。

「ありがとうございます。では出来るかどうかはわかりませんが、頑張ります」

「はい。ご無理はされないようにしてくださいね？」

ファラは心配そうな顔で僕をみている。しかし、アスナとディアナの二人が嬉しそうな顔をしていたのが印象的だった。さて、もう一つの相談をすることにしよう。

「はい。無理のない程度で頑張ります。それで、一つご相談なのですが、城下町に行きたいのですが、どうでしょうか？」

僕の一言でディアナの顔つきが変わった。

「リッド様、それはなりません。レナルーテではリッド様の恰好は目立ちすぎます。それに、ノリスのような輩がリッド様を狙わないとも限りません」

「わかっているけど、そこを何とかならないかな？」

折角、レナルーテに来たのにノリスのせいで城下町に出ることを父上が許してくれなかった。城内であれば監視の目があるが、城下町となると僕は目立ちすぎる上に狙われやすい立場でもある。当然、その分リスクがあがるのだ。だから、ファラ達に相談にきたのだけど、やっぱり難しいようだ。

何か別の方法を考えるしかないかと諦めかけた時、何やらファラが思案顔をしているのに気付いた。名案があるのだろうか？　そう思っていると彼女はゆっくりと呟く。

「ディアナ様、リッド様が『リッド様』とバレなければ大丈夫でしょうか？」

「まあ、それであればリスクは減るので大丈夫かもしれませんが……」

ディアナはファラの言葉をさすがに無下にすることは出来ず、弱めの言葉で答えた。同時に、ファラの顔がパッと明るくなり、名案と言わんばかりに張り切って言った。

「リッド様がメイドになれば良いと思います!!」

「へ……？」

僕とディアナは意味がわからず呆気にとられる。ファラの後ろにいる、アスナは大きなため息を吐いて呆れ顔を浮かべた。

ちなみにこの後、僕はファラに相談したことを後悔することになる。

書き下ろし番外編

ナナリーの憂慮

その日、ライナーとリッドの二人は、ナナリーの部屋を訪れていた。ライナーが部屋に常駐しているメイドに人払いを伝えると、メイドが一礼して部屋を出て行く。続いてライナーは、畏まった面持ちを浮かべながらも、優しい視線をナナリーに向ける。

「ナナリー、体調はどうだ。特に辛くなったりしていないか？」

「はい。頂いたお薬のおかげで、以前より大分楽になっています。本当にこのお薬は凄いですね」

ナナリーは二人に答えながら、ベッド横にあるサイドチェストから魔力回復薬を手に取り感慨深げに見つめている。

ライナーの妻、ナナリー・バルディアは『魔力枯渇症』を患っており、現在闘病中だ。魔力枯渇症は徐々に体内に宿る魔力、すなわち生命力が枯渇して死に至る病である。さらに、『治療薬』や『特効薬』などは見つかっておらず、不治の病として知られていた。

ナナリーが発病した時、夫であるライナーは必死に彼女を救おうとしたが方法が見つからず、一時は現実を直視できずにナナリーから遠ざかることもあった。だが、そんな折、彼らの息子であるリッド・バルディアが治療薬となる『魔力回復薬』の作製に成功したのである。一時は危ない時もあったナナリーだが、息子が開発した魔力回復薬と夫の機転などもあり何とか一命を取り留めた。

最近は毎日、必ず一定量の魔力回復薬を服薬することで、以前よりも体調は良くなってきている。

ナナリーは改めて、夫と息子に心から感謝していた。と、そこまで思った時、ハッとして二人に慌てて視線を戻す。

「ご、ごめんなさい。少し、考え事をしてしまいました。それで、今日は二人揃ってどうされたのですか？」

彼女の視線に、二人は顔を見合わせてから決まりの悪そうな顔を浮かべている。そして、気まずそうにライナーが咳払いをすると、重々しく口を開いた。

「……ナナリー、実はな、リッドの婚姻が決まった。今日は、その報告に来たのだ」

ナナリーは、彼の言葉の意味を即座に理解して、真剣な面持ちとなり頷いた。

「そうでしたか。しかし、リッドの年齢と順序を考えれば、『婚約』をしてから『婚姻』になるかと存じますが、いきなり『婚姻』となるのですか？」

「うむ。リッドの婚姻相手は、我がバルディア領と国境を構える『レナルーテ』の第一王女だ。皇帝の命でもあり、国同士の政に関わる為、断ることはできん。王女は我がバルディア領に嫁ぐことになる。闘病中に心配をかけるようですまん」

話を聞いたナナリーは、大体の事を即座に察した。国同士の政、皇帝の命、隣国の王女がバルディア領に嫁いでくる。そして、レナルーテの王女は皇族ではなく辺境伯。つまり、皇族の次位に属する貴族の子息と婚姻することになる。そこから導き出されるのは、何かしらの理由で王女は、実質人質として帝国に差し出されたのだろう。ナナリーは、真剣な面持ちを崩さずリッドに視線を向ける。

「リッド、あなたはレナルーテの王女を妻として迎える覚悟は出来ていますか。私達、バルディア領に王女が嫁ぐ理由を理解できていますか」

いつもの優しい母親とは違う、凛とした気品のある雰囲気にリッドは驚愕する。しかし、すぐに表情を引き締めた。

「はい。父上にも同様の事を言われました。理解も覚悟もできております」

「そうですか。その言葉を忘れてはいけませんよ。王女の立場を考え、あなたが守って差し上げなさい。私の為に、魔力回復薬を作ってくれたようにです。約束ですよ、いいですね」

ナナリーは、優しくも凛とした瞳でリッドを見つめている。詳細はわからないが、人質として帝国に嫁ぐ王女を妻とするリッドには、恐らく様々な困難が今後襲い来るだろう。年端もない子供に言うのは酷かもしれない。しかし、ナナリーは自分たちの子供であるリッドであれば大丈夫だろう、と思いながら、あえて息子を試すように問いかけたのであった。そして、リッドはその問い掛けにしっかりと答えてくれた。これであれば、問題無いだろう。とナナリーが表情を緩めたその時、リッドが悪戯っ子な笑みを浮かべた。

「はい、勿論です。それから……将来は父上と母上のようにお互いを支えあう、仲睦まじい家族になりたい所存です」

「あら……ふふ、言いましたね。でも、良い心がけです。ライナー、私達はリッド達のお手本になるようです。あまり、情けない姿は見せられませんね」

可愛らしい顔で、中々に気恥ずかしい事を言ってきた悪戯っ子のリッド。そんな息子に、ナナリーは顔を綻ばせて答えた後、視線を問い掛けるようにライナーに向ける。彼は、やれやれと言った様子でため息を吐くと呆れ顔を浮かべた。

「ナナリー、あまり茶化すな……それにリッド、お前はいつも一言余計だ」

「ええ!?　本当に思っている事なんですから、良いではありませんか」

「あらあら、うふふ」

二人の掛け合いに思わず微笑むナナリー。その様子に気付いた二人も、何やら可笑しくなったようで、三人はそのまま少し笑い合う。それから間もなく、少し落ち着きを取り戻したナナリーは二人に問い掛けた。

「はぁ……ふふ、久しぶりにこんなに笑えた気がします」

「ふふ、そうか。それなら良かった」

ナナリーの楽し気な表情に、珍しくライナーが顔を綻ばす。仲睦まじい光景だが、リッドがライナーに呆れ顔で声を掛けた。

「父上、大事な事を母上にお伝え忘れております」

「む、そうだったな」

ライナーは咳払いをしてから、畏まった面持ちを浮かべてナナリーに視線を向け直す。

「ナナリー、先程の婚姻の件に先立ち、私とリッドの二人は『レナルーテ』に近々訪問することになった。私達は、少し屋敷を不在にするが、執事のガルンやサンドラ。それに騎士団の者達に警備も含め申し伝えておくから安心してくれ」

「まぁ……それは……」

ライナーの言葉を聞いたナナリーは思案顔を浮かべて俯いた。その様子に、二人は心配な面持ちを浮かべる。間もなく、ナナリーが顔を上げると、リッドに問い掛けた。

「リッド、私の魔力回復薬はどの程度準備できますか」

「え？　えーと、そうですね。少なからず僕達がレナルーテに行っている間の在庫はすでに完成しており、問題ありません。予備も含めて準備は万全にしていますから、ご安心ください」

リッドは胸を張って答えた。だが、それを聞いたナナリーは再度、思案顔を浮かべて俯いてしまう。そして、小声で「それなら、何とかなりそうです」と呟いた。その様子を気にかけたライナーが、心配そうに声を掛ける。

「どうした、ナナリー。何か不安な事でもあるのか？」

「あ、いえ、大丈夫です。ただ、リッドの婚姻に伴う訪問となれば、それは両家の顔合わせとも言うべき場所になりましょう。その場に、母親である私が居ないわけには参りません。お薬があれば何とかなるでしょう。私もレナルーテに参ります」

ナナリーの思いがけない言葉に、ライナーとリッドの二人は鳩が豆鉄砲を食ったように茫然とした後、二人揃って顔を真っ赤にして声を荒立てた。

「駄目に決まっているだろう!!」

「駄目に決まっています!!」

二人の声に驚き、今度はナナリーが、鳩が豆鉄砲を食ったような面持ちを浮かべる。そして、鬼のような形相を浮かべる二人に、おそるおそる答えた。

「……!?　び、びっくりしました。でも、体調も少し良くなっていますし……二人揃って、拒否しなくてもよいでは……」

「駄目だ!!」

「駄目です!!」

その後、ナナリーは自身がレナルーテに行く必要性を訴える。しかし、二人揃って、「顔合わせより、命が大事だ!!」と言って聞かない。その結果、ナナリーはバルディア領の屋敷で彼らの帰りを待つことになった。二人に怒られる結果となったナナリーは、病とは関係なしにしばらく落ち込んでいたらしい。

◇

「では母上、レナルーテに行って参ります」

「リッド、行ってらっしゃい。あなた、リッドの事をよろしくお願いします」

明るく、にこやかな笑みを浮かべて話すリッドに、ナナリーは微笑みながら答える。その後、少し不安げな視線をライナーに向けた。

「うむ。私達の事は心配するな。ナナリー、君は自分の体を治すことだけを考えてくれ」

彼は、ナナリーに答えながらも彼女の身を案じ、顔には出さないが少し心配そうな雰囲気を漂わせている。この日は、ライナーとリッドの二人が、レナルーテに向けて出発する日である。ナナリーは、病の為にまだ部屋から出ることが出来ない。その為、二人は出発前にナナリーに会いに来たのであった。

三人で談笑していると、部屋のドアが軽く叩かれて可愛らしい声が聞こえて来る。

「にーちゃま、いる？　しゅっぱつまえに、えほんをよんでくれるやくそくでしょ」

「あ、そうか。もうそんな時間だね。では、母上、父上、私は先に失礼致します」

リッドは二人にそう言うと、ペコリと頭を下げてからドアに向かう。そして、部屋の外にいるメルディに謝りながら、別室に移動したようだ。そんな子供達の様子に、両親の二人は嬉しそうに微笑んでいる。

「リッドは、本当に変わりましたね……」

ナナリーは、リッド達を見送ると呟いた、その後、真剣な面持ちに切り替えライナーに、心配な視線を向ける。

「あなた、レナルーテの王女との婚姻には色々な事情があるとお察しいたします。ですが、どうか私の分まであの子を守ってあげてください。お願いします」

「わかっている。あの子は君の子であり、私の息子だ。必ず守ってみせる。だから、君は安心して私達の帰りを待っていてほしい」

二人は見つめ合い、自然と甘い雰囲気が部屋に立ち込め始める。そして、お互いに惹かれるままに顔を近づけていき……とその時、ドアが突然に開かれた。

「ちちうえ、ははうえも、えほんをいっしょによもう!!」

「メル!!　いきなりドアを開けちゃ駄目でしょ!?」

ライナーとナナリーは、いきなり開いたドアに驚き、甘い雰囲気で作った体勢のままで固まってしまう。リッドは、二人を見て何をしようとしていたか察して、申し訳なさそうに決まりの悪い顔を浮かべた。しかし、メルディはそんなことに気付かずに二人を見てきょとんとすると、見たままの光景を問い掛ける。

「ちちうえ、ははうえ。ひょっとして、ふたりで『きす』しようとしていたの？」

ライナーはメルディの問いかけに驚き、思わずせき込んだ。そして、どう答えるかと思った時、彼女が手に持っている絵本と先ほどの言葉を思い出して、瞬時言葉を紡ぐ。

「ごほごほ⁉　そ、それよりもメルディ、絵本だったな。たまには私が読んでやろう。こちらに来なさい」

「えぇぇ⁉　ちちうえがよんでくれるのやったぁ‼」

メルディは、ライナーが読んでくれるとは思わずにすぐさま駆け寄った。ナナリーも当初は顔を赤らめてはいたが、今は落ちついている。ライナーが、ナナリーが寝ているベッドに腰かけると、メルディが彼の膝に乗り「えへへ、とくとうせきだね」と可愛らしい笑みを浮かべた。思わず笑みを溢すライナーだったが、そんな彼の横にリッドが静かに腰掛ける。

「……何故、お前もここに座るんだ」

「いえ、父上に絵本を読んでもらえる機会なんてありませんから。僕も特等席で見たいなと、思いまして……いいですよね母上」

「うふふ、そうね。こういうのもたまには必要な時間ね」

ライナーは家族三人からの視線に、何とも言えない表情を浮かべる。そして、観念したように咳払いをすると、慣れない様子で子供達に絵本を読み始めるのであった。

絵本を数冊読み終えると、ライナーとリッドは出発の時間が近づいた為、ナナリーの部屋を後にした。メルディもお見送りをすると言って、二人と共に部屋を後にする。

部屋に一人残ったナナリーは、窓から外に見える馬車の一団が無事にレナルーテに着くように祈るのであった。

◇

ライナーとリッドの二人がレナルーテに出発してから数日後……。

その日、ナナリーの部屋では、彼女がメルディに絵本を読んでいる。魔力回復薬を常用する前は、絵本を読む事すらままならなかった。しかし、今では絵本を読む事も含め、少しずつ出来ることが増えてきている。そして、ナナリーが絵本を読み終わった時、メルディが珍しく難しい顔をしていることに気が付いて、優しく問いかけた。

「メル、そんなに難しい顔をしてどうしたの。絵本が分かりにくかった？」

「ううん。ははうえ、ひとつきいてもいい？」

「いいですよ、何かしら」

メルに笑みを浮かべて答えるナナリー。そんな彼女に、メルはずっと抱いていた疑問を投げかけた。

「……にーちゃまは、わたしっていういもうとがいるでしょ？　でも、なんでわたしには、おとうとや、いもうとがいないのかなって」

「え……」

思わぬメルの言葉でナナリーは呆気に取られてしまう。まさかメルが、弟妹が居ない事に疑問を感じているとは、露程も思っていなかったからだ。なんと答えたら良いものか。ナナリーは思案してから丁寧に答える。

「そう……ね。いま私が病気で体調を崩しているでしょ。そういう時には、子供達がお母さんを労わって来てくれないものなのよ」

「そっかぁ……じゃあ、ははうえがげんきになったら、わたしにも、いもうとや、おとうとがきてくれるんだね」

「え⁉ えーと。そ、そうね。来てくれるかも知れないわね」

メルはナナリーの答えを聞くと、明るい笑みを浮かべて喜んでいる。ただ、ナナリーは少し顔を赤らめて、何ともいえない表情を浮かべていた。その時、部屋のドアがノックされ、ダナエの声が響く。

「ナナリー様、サンドラ様がお薬と診察の件でおいでです。お通しをしてもよろしいでしょうか」

「はい、お願いします」

ナナリーは答えると、絵本を読んであげていた娘のメルに視線を向ける。

「メル、ごめんなさい。診察があるから、少し席を外してもらえるかしら」

「はーい。じゃあ、ははうえ、はやくげんきになってね。わたし、おとうとやいもうとをまってるからね‼」

「え、ええ、そうね」

メルはナナリーに一礼すると、ドアに駆け寄り部屋の外にいるダナエと共に部屋を後にした。そして、代わりにサンドラが入室する。彼女は、入れ替わりに部屋を出て行くメルディの背中を優しい目で追った後、視線をナナリーに向けた。

「先程、メルディ様が何やら嬉しそうに部屋を出て行きましたが、何か良い事でもあったのですか」

サンドラは、リッドと共に『魔力回復薬』を作製した、魔法に精通している人物だ。また、彼の魔法の師でもあり、ナナリーの『魔力枯渇症』に関しては、魔法の知識から主治医のような立場になっていた。その為、二人は何度も顔を合わせており、自然と気心を知る仲となっている。だが、さすがにこの時ばかりは、ナナリーは決まりの悪い顔を浮かべていた。

「ええ、そうね。少しずつ体調が良くなっていると伝えたら、とても喜んでくれました」

「そうでしたか。確かに以前より、大分魔力が増えてきていますからね。ですが、油断はできません。では、診察を始めますね」

「わかりました。よろしくお願いします」

それから、サンドラはナナリーの健康状態、魔力量などを細かく確認して、手製のカルテに記入していく。診察が大体終わった頃に、ナナリーがサンドラにおもむろに声を掛けた。

「サンドラ、この後、少し時間がありますか」

「……？　はい、大丈夫ですよ」

ナナリーはサンドラの答えを聞くと、部屋に常駐しているメイドに席を外すよう伝える。その後、部屋の中がナナリーとサンドラの二人だけになると、ナナリーはゆっくりと口を開いた。

「私は……私はこの病、『魔力枯渇症』が改めて憎くて……憎くて堪りません。何の前触れもなく、突然やってきて私に襲い掛かり、私自身だけではなく、夫と子供達にも深い哀しみを与えました」

「……はい。心中お察し致します」

サンドラはナナリーの言葉に畏まり、真剣な面持ちで頷く。ナナリーは、両手を力一杯握り拳にして震わせる。鼻を啜り、息を深く吐くと少しの間を置き、悔しそうに瞳を涙で潤ませ、押し殺して言葉を紡ぐ。

「……それに、息子の初めての晴れ舞台になる、婚姻の顔合わせに、辺境伯の妻として……リッドの母親として、参加することもままなりませんでした。妻と母親、その両方の責務を果たせず、悔しくて堪りません。サンドラ……教えてください。どうすれば、少しでも早くこの病を倒せるのですか……!?」

「それは……」

ナナリーの必死の剣幕に、サンドラは思わず言葉に詰まった。何故なら、現時点ではまだ『魔力枯渇症』に打ち勝つ方法は見つかっていない。魔力回復薬は言うなれば対症療法であり、完治療法ではないのだ。しかし、サンドラは知っている。ナナリーの息子であるリッドが、何故レナルーテに出発したのか。勿論、婚姻の為でもあったがそれだけではない。彼女はナナリーに言うべきか悩んだが、深呼吸をしてから丁寧に答えた。

「残念ながら、現時点ではまだ魔力枯渇症に打ち勝つ方法はありません。魔力回復薬も、症状を緩和するものに該当しますので、完治までには至らないでしょう」

「やっぱり……そう……なのね……」

以前にも、魔力回復薬では完治は難しいと聞かされていた。でも、もう一度聞かずにはいられなかったのだ。ナナリーはサンドラの言葉を聞いて、思わず俯いてしまう。だが、サンドラは力強く言葉を続けた。

「ですが、ご安心ください。ライナー様とリッド様がレナルーテに出発したのは、婚姻の顔合わせの為だけではありません。内密ですがリッド様は、レナルーテに魔力枯渇症の完治に繋がる薬の原料となる薬草があるかもしれない、と息巻いておりました。その為に、ライナー様を説得し、今回の訪問を強行したと伺っております」

サンドラの思いがけない言葉にナナリーは驚き、俯いている状態から顔を上げて答えた。

「……!? そ、そんな話は聞いておりません。何故、ライナーとリッドは私に言わなかったのですか」

「恐らく、確実な情報ではなかったからだと思います。あくまで在る可能性が高い、ということだったのでしょう。その状況で、ナナリー様にお伝えして淡い期待を抱かせたくなかったのだと思います」

「……」

確かに、言われれば人は期待してしまう。そして、その期待が打ち砕かれた時、人の絶望はより深くなるのだ。ナナリーは改めて、夫と息子の二人に大切に思われている事を自覚する。そして、気付けば最初に抱いていた悔しさは消え、愛されている事の嬉しさに涙していた。その様子を察したサンドラも、嬉しそうに微笑んだ。

「ナナリー様、色んな思いはあると存じます。しかし、あのお二人があれだけ必死になっているのです。必ずや、魔力枯渇症の完治に繋がる糸口を見つけてこられると、私は信じております。故に、私の独断で今お伝え致しました。その時に備える為にも、今は治療に少しでも集中致しましょう」

「……そうね。ありがとう、サンドラ。私のすべきことが見えました。もう、悔しくはありません。私は、愛する家族を信じて戦い続けましょう」

ナナリーはサンドラに答えながら、ふいに窓の外に視線を向け、心の中で呟いた。

(あなた、リッド、私もあなた達を愛しています。そして、二人を信じて待ちます。ただ、どうか無理だけはしないでください)

この時、家族の為に魔力枯渇症との闘いを、ナナリーは改めて決意したのであった。

◇

その後、診察も終わりサンドラとナナリーが談笑していると、突然ドアが開かれ、可愛らしい声がナナリーの部屋に響いた。

「ははうえ、おとうと、いもうとはいつくるの⁉」

「え……？」

メルディの言葉におもわずきょとんとする、ナナリーとサンドラ。

「メルディ様、いきなりドアを開けてはなりません‼」と、メルディを追いかけてきたダナエもその場に加わった。しかし、ダナエの言葉を意に介さず、メルディは可愛らしく微笑んで言葉を続ける。

「ねぇ、ははうえ。ちりょうがおわったんでしょ？　ははうえがげんきになったら、わたしのおとうと、いもうとがくるんだよね？」

「な……!?」

言葉にならない声を発したナナリーの顔は、一瞬で真っ赤に染まった。恐らく意味を理解せずに言葉を発したメルディと、意味を理解してなんとも言えない表情を浮かべるその場の面々。しかし、その中に置いて、メルディは可愛らしくきょとんと首を傾げているのであった。

書き下ろし番外編

魔の森の『魔物』2

レナルーテの魔の森で、不思議な組み合わせが見聞されるようになったのはここ最近である。群れることのない強力な魔物、『シャドウクーガー』と最弱の魔物『スライム』のペアが存在しているという。遠目から見てもその仲睦まじい様子は、番、夫婦ではないかと噂されるようになっていた。そして、物好きな冒険者達が一目見ようと、密かな人気者になり始める。

しかし、そんな物珍しい存在は『見世物』や『商品』として金になる。そんな強欲なことを考えるものが現れるのも世の常であった。

◇

シャドウクーガー（大猫）とスライムが一緒に過ごすようになってから、それなりの月日が経過している。当初は森の奥に住んでいた二匹だったが、大猫がスライムの身を案じた為、引っ越していた。彼らが今住んでいるのは、外敵が比較的弱いレナルーテ側であり森の浅い場所である。

大猫は当初、『不思議なスライム』程度の認識をもっていたのだが、過ごしていくうちに彼の認識は改められた。突然、スライムの魔法によって思念伝達による会話が可能になったのだ。この時から、大猫はスライムのことをより大切に扱うようになり、また特別なスライムなのだと思うようになる。それからの大猫とスライムは、会話を通じて仲睦まじくなっていく。

そんなある日、スライムと大猫は別のシャドウクーガーの番を見かける。その姿に触発されたのか、スライムはそれ以降『大猫』と同じ姿になりたいと強く願い、「はぁ……私も、大猫さんみたいな姿になりたいなぁ……」と、呟くようになっていた。

大猫は、さすがに無理だろうと思ったが、「そんなことが出来たらいいな。もし、可愛かったら俺の嫁にしてやるよ」と照れ笑いを浮かべ、冗談交じりに返事をする。

スライムと大猫が、思念伝達ができるだけでも凄い魔法なのだ。さらに、スライムが大猫と同じ姿になれる魔法など高望みが過ぎるだろう、と大猫は思っていた。しかし、スライムは大猫の言葉に歓喜して、嬉々とした声を響かせる。

「本当……本当に私が大猫さんと同じ姿になれたら、お嫁さんに……番になってくれるの？」

思った以上の食いつきに大猫は少したじろぐが、照れた様子でそっぽを向き咳払いをした。

「あ、ああ。俺に二言はないさ」

「わかった……約束だからね!!」

そんな約束や会話をして、しばらく経ったある日のこと。大猫が狩りから帰ってくると、スライムが歓喜しており、どうしても見せたいことがあるという。

「見ていてね……!!」

大猫は、スライムがやろうとしていることの意図がわからず、何をするつもりだろうか？　と首を傾げながら怪訝な面持ちを浮かべている。その時、スライムの身に異変が起きた。なんと、体の形が変わり始める。それは、まるで粘土でもこねて何かを作るかのようであった。やがて、形が決まってくると、色が付き、毛が生える。変化が終わると、スライムの姿は『真っ白なシャドウクーガー』となっていたのであった。

「ねぇ、私の姿どうかな？　大猫さんが黒だから、白にしてみたんだけど……」

スライムの表情は普段見ることが出来ない。しかし、いまのスライムは『白いシャドウクーガー』であり、表情豊かに顔を赤らめ、照れた様子を大猫に見せている。そんなスライムに、大猫は目を丸くして、ポカンとしながら茫然と声をひねり出す。

「……良い」

「え……？」

スライムは大猫の言葉を聞き取れず、きょとんとした顔を見せる。大猫はハッとして、慌てて言葉を続けた。

「あ、いやいや!? うん、とても……その……可愛いと思うぞ」

大猫の言葉を聞いたスライムは、今度は満面の笑みを浮かべる。

「本当!? じゃあ……この間、言っていた約束は覚えている……？」

「や、約束……」

スライムは顔を赤らめながら近寄ると、可愛らしく上目遣いで大猫を見つめている。思わずたじろぐ大猫だが、必死に記憶を辿っていた。そして、スライムが大猫と同じ姿になることが出来れば番、つまり嫁にすると言っていた事を思い出してハッとする。

「覚えてないの……？」

すぐに返事をしなかったせいか、スライムは哀しそうにシュンと俯いた。その様子に慌てた大猫は、急いで言葉を紡ぐ。

「いやいや、覚えているぞ!? お、お前が変身出来ればつ、番……嫁にすると言ったことだよな？」

「うん……でも、やっぱり駄目かな」

スライムは残念そうに俯いたままである。大猫は、改めて目の前にいるスライムをまじまじと見つめた。変身した姿とわかっていても、目の前にいる白い姿のシャドウクーガーはとても可憐であり美しい。何より、大猫のためにスライムがここまで頑張ってくれた気持ちに報いたい。

それに、大猫はもとからスライムを出来る限り、守り寄り添うつもりだった。しかし、種族も姿も違うために魔法による会話が出来ても『友人』止まりだと思い込んでいたのだ。改めて、大猫は自身の気持ちを振り返る。

(種族や姿がなんだというのだ。俺はこいつに心惹かれている。それだけで、答えは十分だろう)

心の中で大猫は呟くと、真面目な表情を浮かべスライムに視線を向けた。

「わかった。スライム……俺の番、嫁になってもらえるか?」

大猫の言葉にハッとして、顔を上げたスライムは泣きそうな表情を浮かべて聞き返す。

「いいの……? 私、自分で言ってなんだけどスライムだよ。大猫さんは本当にいいの」

「ああ、俺に二言はないさ。それに、もっと前から言うべきだったな。スライム……お前がどんな姿をしていても、これからはずっと俺の番だ。それでいいな?」

「……!! うん、うん!! 大猫さん、大好き」

こうして、大猫とスライムという不思議な番が魔の森にひっそりと生まれたのであった。

◇

大猫とスライムが番として過ごすようになってから、またしばらくの時間が経過した。二匹の生活はとても穏やかなものである。大猫が獲物を狩り、スライムが住処を掃除。時折二人で近くの森を散策してみたり、大猫がスライムに護身術を教えるなどをして過ごしていた。

しかし、大猫は近頃の森の中に嫌なものを感じていた。それは、大猫とスライムが住んでいる場所周辺に、ガラの悪そうな人族がやって来ることだ。魔の森で過ごす大猫にとって、人族はそこまで恐ろしい相手ではない。襲われたら返り討ちにするが、彼らは大猫の強さを知っているようで手を出してくることはほとんどないのだ。

だが、人族で注意すべきなのはその『知能』というやっかいな部分であることも、大猫は知っている。その為、警戒しているのだ。大猫たちにとって価値のないものでも、彼らにとっては『価値のあるもの』であったりすることもあり油断はできない。人族は、魔物達からすれば理解できない程の強欲の持ち主だからだ。だからこそ、スライムに逃げ方や戦い方を少し教えたりもしていた。

そんなある日の事、いつも通り大猫は狩りに出かける。

「じゃあ、行ってくる。くれぐれも人族に気を付けろよ」

「うん。わかっているよ」

スライムは基本的に、白いシャドウクーガーの姿をしていた。これは、森の浅い場所と言っても他の魔物も多数存在しており、スライムの姿のままでは襲われやすい。その為、スライムはいつも変身しているのであった。

大猫とスライムは顔を近づけ、互いの頬を擦りつける。そして、大猫は住処から出ると、体を大きくして臨戦態勢をとり森の奥に駆けてゆく。残されたスライムは、巣の中の掃除を始めるのであった。

◇

スライムが掃除を始めてから少しすると、巣の外から足音が聞こえる。大猫が帰って来たのだろうか？　しかし、声は聞こえず、気配も何か違う。警戒しながら、こっそりと外の様子を見ようとスライムが首を巣から出したその時、首元を何かに掴まれて巣穴から引っ張り出された。

（痛い⁉）

スライムが驚愕しながら、周りを見るとそこにはガラの悪そうな人族の三人組が集まっている。一人は小柄、一人はノッポ、一人は体格が良過ぎる人族だった。三人は、捕まえたスライムを見ながら下卑た笑みを浮かべている。その表情を見た瞬間、スライムに悪寒が走った。咄嗟に姿を変えて、スライムは捕まっていた小柄な男の手から逃げ出した。しかし、すぐにノッポの人族に捕まり、スライムは透明な箱に入れられてしまう。

それと同時に、人族達の嘲笑する声が森に響き渡る。スライムは怯え、心の中で呟いた。

（助けて……大猫さん……）

◇

大猫が、獲物を仕留めて巣に戻る途中、突然にそれは聞こえた。

「……!? 今の声はスライムか？ まさか……!!」

咥えていた獲物を捨て、大猫はスライムの待つ住処に急いだ。しかし、巣に戻るとそこにスライムの姿はなく、代わりに周りには人族の足跡が散乱していた。大猫は怒り狂い、雄叫びを森に響かせる。さらに、周辺に残る人族の匂いを嗅ぎ付け、最愛の妻を攫った相手を追いかけた。

一方、遠くからでも聞こえる雄叫びに、スライムを攫った男達は驚愕の表情を浮かべる。だが、すぐに下卑た笑みを浮かべると、スライムの入った箱をあえて地面に置き、大猫を待ち構えるのであった。

追いかける大猫は、匂いの動きが止まったことを察知すると警戒しながら走る速度を上げる。やがて、匂いの近くまでたどり着いた大猫は気配を消して抜き足、差し足、忍び足でゆっくりと彼らの見える場所に移動する。

人族は、周りに隠れるところのない少し開けた場所におり、スライムを透明な箱に入れていた。それを見た瞬間、大猫は怒りが頂点に達する。しかし、大猫は冷静さを失わず、三人組をじっくり観察していく。小柄、大柄、長身、まずは小柄な男から仕留め、長身、大柄と襲うべきだろう。攻め方を決めた大猫は、普段スライムに見せることの無い狩人の顔つきで男達を見つめていた。

間もなく、小柄な男が欠伸をした瞬間、大猫が動く。一瞬で跳躍して小柄な男に体当たりをかまし、吹き飛ばしたのだ。

その瞬間、小柄な男の悲痛な「ひぎゃあ!?」という叫び声が響く。すぐに大猫は辺りを怒りの形相で一瞥すると、激怒の雄叫びを轟かせた。人族達は一瞬怯むが、すぐに大猫に襲い掛かる。長身と大柄の男は、大猫の予想以上に機敏ではあったが敵ではない。彼らを組み伏せた大猫が、トドメを刺そうとしたその時、小柄な男の声が辺りに響く。

「おい!!　クソ猫、これをみろ!!」

「……!?」

大猫が振り向くと、小柄な男はスライムの透明な箱に、剣を突き立てている。さらに、その剣からはとても嫌な臭いを感じた。大猫はその臭いの正体を知っている。何度も対峙したことのある、魔物グリーンスネークの『毒』だ。大猫にはそこまでの害はないが、スライムにとっては猛毒となるだろう。大猫が怒りと、悔しさに表情を歪めるが小柄な男は下卑た笑みを浮かべる。

「へへ……よくわかってんじゃあねぇか。おい、お前達、そいつを弱らせろ。首輪を嵌められる程度にな」

小柄な男の一言で、長身と大柄の男達は立ち上がる。そして、大猫を弱らそうと痛めつけるが、大猫は微動だにせずに小柄の男を、鬼の形相で睨み続けていた。やがて、人族達は大猫を弱らすことが難しいと悟ると、小さくなれと指示を出す。スライムを人質に取られている大猫は、彼らの指示を理解して止むなく小さくなる。しかし、それと同時に、何やら首輪を嵌められてしまう。

嵌められた首輪は特殊な物らしく、大猫は思うように魔力を扱えなくなってしまった。人族達の嘲笑が森の中に響き渡る中、スライムと同様に大猫は彼らに捕まってしまう。そんな中、スライムは、震える声で大猫に謝った。

「大猫さん……ごめんなさい……私のせいで……」

「いや……お前が無事なら今はそれで良い……それに、逃げる機会は必ずある。心配するな、俺がお前を守ってみせる」

大猫は、妻であるスライムを安心させるように優しい言葉をかけた。ちなみに、大猫達の会話は人族達には伝わらない。そして、二匹はレナルーテでも悪名高い華族『マレイン・コンドロイ』の屋敷に連れて行かれたのであった。

その後、二匹は不思議な力を感じさせる『人族の子供』と出会うことになるのだが、それはまた別のお話……。

書き下ろし番外編

外伝　物語の始まり
『ライナー・バルディア』と
『ナナリー・ロナミス』の出会い2

「んん……うん、あぁ、もう朝か……ぐぅ、頭痛か、昨日は飲みすぎたな……」

その日ライナーは、マグノリアの帝都にある屋敷の自室で目覚めると、強烈な二日酔いに襲われる。しかし、ライナーを襲う二日酔いは、昨日彼の身に起きた運命的な出来事に起因しており、頭痛はしても悪い気はしなかった。

「ふふ……それにしても、あの時の令嬢が結婚相手となる『ナナリー・ロナミス』とは思いもしなかったな……」

ライナーは昨日までの出来事を感慨深げに思い返す。

ライナー・バルディアは、エスター・バルディア辺境伯の一人息子である。しかし今は、帝都における人脈作りと将来に向けた領地運営を学ぶため、帝都にあるバルディア家の屋敷で生活をしていた。帝都では友人であり、皇太子である『アーウィン・マグノリア』の補佐官という立場で日々業務に勤しんでいる。

それなりに忙しい日々を送っていた中、故郷の両親からライナーに一通の手紙が届いた。その内容は、両親が彼の縁談を用意したというのだ。そして、縁談の為に両親も帝都に来るという。ライナーは、最初はどうしたものかと思ったが、婚姻も一つの親孝行に繋がると考え、縁談を素直に受けることにしたのである。

そして、縁談当日となり『ロナミス家』に出向き、婚姻相手の『ナナリー・ロナミス』に対面すると、ライナーは言葉を失った。今にして思えば、あれは『一目惚れ』だったのだろう。

しかし、彼女と会話をしていく中でさらに驚きの事実がわかった。なんと以前、ライナーはナナリーが暴漢に襲われた時に、その場にいて彼女と知らずに救っていたのである。その際、ナナリーはライナーの名前をふとしたことで知り、ずっと探していたらしい。

他にも様々なことを話すうち、ライナーは彼女が好意を抱いてくれている事に気付き始める。また彼自身もナナリーに『一目惚れ』をしていたので、縁談を断る理由はなかった。

彼は気付けば、その場で婚姻を申し込んだのである。ナナリーは、喜んでライナーの申し出を受け入れた。また二人の両親も話がまとまったことを大変喜び、縁談の場となったロナミス家でそのままお酒を嗜むことになったのだ。

「しかし、父上も酒豪だがトリスタン殿もあそこまでの酒豪とは思わなかった。次からは飲むペースに気を付けねばならんな……」

そう、ライナーの父であるエスターは酒豪で有名である。その血を引いたのか、ライナーも酒で酔うという経験はほとんどない。しかし、昨日は自身の酒の強さを過信して、ナナリーの父であるトリスタンと同じペースで酒を飲み続けた結果、潰れてしまったのだ。その際、「主役の一人を酒で酔い潰すとは何事ですか⁉」とライナーの母であるトレットが、酒を勧めていたエスターとトリスタンに激怒していた。その時のナナリーは、大いに笑っていた気がする。幸い、記憶を辿れるので粗相はしていないはずだ……と、ライナーは胸を撫で下ろすが、突然ハッとした。

「む、いかん。そろそろ、業務の準備をせねば……⁉　ぐぅう……これが二日酔いか。はは、忘れられん一日になりそうだな……」

ライナーは嬉しそうな笑みを浮かべて自虐的な言葉を口にしながら、仕事の準備に取り掛かるのであった。

◇

ナナリーとの縁談から数日後……。

その日はライナーの両親であるエスターとトレットがバルディア領に帰る日であり、ライナーとナナリー、トリスタンが見送りに来ていた。

「ライナー、それにトリスタン殿とナナリー殿もわざわざ見送りに来ていただきかたじけない」

エスターは、言い終えるとその場を見渡して会釈をする。その様子に、ナナリーが嬉しそうな笑顔を浮かべた。

「とんでもないことでございます。これから家族となる方のお見送りに来るのは当然です」

「ナナリーの言う通りです。これからは、家族としてのお付き合いもありますからな。エスター殿、また酒をご一緒致しましょう」

トリスタンはニコリと笑みを浮かべ、片手でお酒を飲むような仕草を見せる。だが、その言動を見たナナリーが「キッ」と鋭い目線をトリスタンに向けた。これは、エスターとトリスタンが『婚約の祝い』の場において酒を飲み過ぎた結果、トレットが激怒した事が原因である。二人もそれがわかっているのだろう。彼女の仕草に、彼らは苦笑いをしていた。

トレットもそのやりとりに笑みを浮かべると、ナナリーに歩み寄りおもむろに彼女の手を取った。

「ナナリー、ライナーのことをよろしくお願いね。トリスタン殿には少し悪いけれど、私はあなたがバルディア領に来るのをとても楽しみにしているわ。また、色々とお話ししましょう」

「はい、お母さま。私もバルディア領に行くのを楽しみにしております」

彼女達のやりとりは、とても微笑ましく見ている者の心も温かくするものだ。ライナーは母であるトレットの笑顔を見て、改めて彼女との縁に感謝していた。その時、エスターがライナーにそっと声を掛ける。

「ライナー、すまんが少しだけ話したいことがある。こっちに来てくれ」

「……？　承知しました」

ライナーが怪訝な面持ちで彼に近寄ると、エスターは顔を寄せ女性陣に聞こえないように小声で話し始める。

「実はな……バルディア領の他国との国境付近に『大規模な盗賊団』が組織されるかもしれない。という情報が先日あったのだ。帝都でも何か他国から情報が上がっていないか？」

「……!?　いえ、そのような報告は他国からは何も来ていません。バルストやレナルーテ、もしくはズベーラに拠点のある盗賊団ということでしょうか？」

「わからん。この情報も急に上がって来たのだ。何でも、小規模な盗賊団が一つにまとまり大規模な盗賊団を組織しようとしているらしい。情報の真意がわからんが、本当に大規模な盗賊団が組織されると厄介だからな。私も近々、国境付近を直接視察するつもりだ」

ライナーはエスターの話を聞いて驚きの表情を浮かべていた。バルディア領は他国との国境がある『辺境』だ。他国からの密入国者や国境をまたいで窃盗や強盗を行う悪質な者達が一定数どうしても存在する。それらが国境付近に集結して、『大規模な盗賊団』が組織される可能性があるという情報は無視できない。勿論、それらに対処する為にも、バルディア家には騎士団がある。それでも、『大規模な盗賊団』となると油断は出来ないだろう。

ライナーの表情は先程とは違い、険しい面持ちを浮かべていた。それに気づいたエスターは、顔つきを少し和らげ笑みを見せる。

「心配するな。視察には騎士団長や副団長、それに精鋭も用意するつもりだ。ある程度の規模で行うことで、見えない相手を威嚇する意図もあるからな。ただ、帝都にも何か情報があればすぐに連絡してもらえるとありがたい」

「承知しました。私も帝都に上がってきている情報を調べてみます。あと、念の為に視察の詳細が決まりましたら私にも連絡をお願いします」

彼はライナーの言葉に頷くと話を続ける。

「わかった。視察の詳細が決まり次第、お前にも連絡をしよう」

「お願いします。父上、あまりご無理をされないようにしてください。失礼ながら、そろそろ騎士団を率いるには御歳が気になります」

エスターは一瞬きょとんとするが、すぐに息子の言葉の意味を理解して「言うようになったな!!」と大声で笑い始めるのだった。

その後、ライナーの両親は馬車に乗り、バルディア領の帰途についた。後日、ライナーには母親であるトレットから手紙が届く。その内容は主にナナリーを大切にするようにと記されていた。他にも、バルディア領から帝都までの旅の途中は夫婦水入らずで、案外楽しかった事。帝都ではナナリーとライナーの婚約に立ちあえてとても嬉しかった事などが書いてあり、ライナーは読みながら頬を綻ばすのだった。

◇

「……気の早いことだ。ふふ、それにしても父上が母上にこのような相談をする日が来るとはな」

その日、ライナーは帝都にある屋敷の自室にてトレットからの手紙を読んでいた。内容は、父親であるエスターが孫の名前をこっそり考えているということだ。男の子であれば、初代バルディア家当主の名前から『リッド・バルディア』をライナーに押すとトレットに熱弁しているらしい。トレットが「女の子ならどうするのですか？」と尋ねると、エスターは悩んだ末に初代バルディア家当主の妻の名前から『メルディ・バルディア』が良いと、これまた熱弁したそうだ。

ライナーは、厳格だった父親が孫の名前で悩んでいる姿を想像すると、つい笑いがこみ上げてきてしまう。その為、トレットの手紙を読むのに少し時間が掛かってしまった。しかし、トレットの手紙にある最後の一文に目が留まる。

「国境付近の視察に母上も同行する……？」

バルディア領から帝都に行くまでの旅路が余程楽しかったようだ。その為、エスターが行う国境付近の視察に同行したいと願い出たらしい。エスターも最初は渋ったが、最終的にトレットの願いを聞き入れたとある。

ライナーは一抹の不安を感じ、呆れ顔でため息を吐いた。

「はぁ……父上はお認めにならないが、昔から母上に甘いところがあるからな」

トレットからの手紙を読み終えると、ライナーはもう一通のエスターからの手紙を取り出した。

封を開け、中身に目を通す。内容は国境付近で行う視察の件だ。視察の規模は騎士団長のガヴェイン、副団長のグレゴリーを含めた精鋭四十名の構成とある。

これだけの規模なら、大規模な盗賊団であっても後れを取ることはない。むしろ、壊滅出来るほどの構成だ。ふと先程読んだトレットの手紙に視線を移す。

「この規模は、母上が同行するため用心を重ねたというところか……」

恐らく、エスターはトレットを連れて行きたくはなかったのだろう。しかし、トレットが折れない為、止むなく視察する騎士を増員。護衛力を高めるために対処したという感じがする。

視察の日程を確認するとライナーは驚いた。何故なら、今日だったからだ。手紙がバルディア領から帝都に来るまでには数日かかる。本来なら、もっと早い段階で郵送するはずだ。それをあえてしなかった理由……それを察したライナーは、再度ため息を吐いた。

「はぁ……『母上が視察に同行する』と私が聞いたら反対すると思って、あえて今日届くように送ったな。母上……子供じみた事を……」

手紙を読み終えると、ライナーは呆れ顔でやれやれと首を横に振った。

案外、こういった子供じみた事をするのはトレットだ。ライナーの母親であるトレットは、意外に悪戯好きなところがある。ライナーとエスターは何度かトレットの悪戯の被害にあっているのだ。

ナナリーがバルディア領に来たら、彼女もその被害に遭うのだろうか？　いや、意外にトレットと意気投合して、二人で悪戯を仕組んでくるかもしれない。ライナーは、結婚後の彼女達のやりとりを想像して人知れず頬が緩み、優しい笑みを浮かべていた。

◇

トレットとエスターからの手紙が届いてから数日後……。

ライナーは、その日もいつも通り帝都城内の執務室で、アーウィンの補佐を務めていた。アーウィンは執務室の机に座り書類に目を通していたが、ふと視線をライナーに移すと意味深な笑みを浮かべている。

「ライナー、そういえば『深紅の令嬢』と名高いナナリー・ロナミスと無事に婚約したそうじゃないか。この間の書類にお前達の結婚に関する申請書があったぞ」

ライナーは彼の言葉を聞くと、呆れ顔を浮かべて答えた。

「その通りだが……申請書から知りえるのは職権乱用じゃないか？」

「はは、そう言うな。立場上、どうしても目に入って来るのでな。まぁ、悪漢から救った時点で彼女はお前に好意を抱いている様子だったし、めでたい事じゃないか」

その時、彼の言葉にライナーは違和感を覚えた。ナナリーが悪漢に襲われたことをライナーは、本人から聞くまで気付いていなかった。そして、縁談の詳細についてはアーウィンに話していないはずだ。ライナーは、怪訝な面持ちで彼に訝しい視線を向ける。

「アーウィン……お前、あの時の令嬢がナナリー・ロナミスだと知っていたな？」

「おや？　言っていなかったかな？　私の妻であるマチルダとナナリーは友人でな。私も時折、城内で顔を合わせた事があるのだ」

彼はライナーに対してニヤリと笑いながら、少しおどけた様子で話を続ける。

「あの姿のナナリー殿も、城内で何度か見た事があるからな。お前もその場に居た事があるはずだぞ。私はすぐにピンと来ていたのだがな。むしろ、お前は気付いていなかったのか？　だとしたら、観察眼が足らんな」

言われてハッとしたライナーは、口元に手を当てながら心当たりを思い出していた。確かに、彼の業務を補佐していく中で、マチルダが開く社交界などに顔を出した事がある。ライナーは顔を上げると、おもむろに呟いた。

「確かに……言われてみれば、マチルダ殿のお茶会に伺った時に、赤い髪の令嬢がいたことがあった気がするな」

「ふふ、そうだろう？　今後はしっかりと観察眼を鍛える事だな。特に、妻の些細な変化には気付けるようにすることだ。気遣いと思い合いが夫婦円満の鍵だぞ。これからは気を付けろよ」

彼はライナーの戸惑った様子に、ニヤリと不敵な笑みを浮かべている。

ライナーは、縁談の日にナナリーに言われた事を思い出していた。確かに彼女は『お城で何度か見かけております』と言っていたのだ。その事を、アーウィンに諭されるまですっかり忘れていた。

ライナーは、額に手を当てながら自身の鈍さに呆れつつ返事をする。

「ご忠告痛み入る……」

彼は、ライナーが普段見せない落ち込んだ様子を見て、満足そうな笑みを浮かべた。それは、明らかにライナーをからかい楽しんでいる。と、その時、執務室のドアがノックされ兵士の声が聞こえて来た。

「アーウィン様、ライナー様の護衛騎士ダイナス殿が火急の要件とのことです。よろしいでしょうか？」

アーウィンとライナーは顔を見合わせると、互いに先程までのおどけた表情は消えて、険しい面持ちとなる。彼は、すぐに返事をしてダイナスの入室を許可した。間もなく、ドアが開かれダイナスが厳しい面持ちで二人の前に膝を突くと声を発した。

「皇太子アーウィン様、ご入室の許可を頂き有難く存じます」

「良い、それよりもライナーに火急の要件とはなんだ？」

アーウィンはいつもと違い、厳格な雰囲気を出しており執務室は緊張感に満たされている。ダイナスは彼の言葉に頷くと、懐からスッと一通の手紙を取り出してライナーに視線を向ける。

「恐れながら、詳細はこちらの中でございます。ライナー様、ご確認をお願いいたします」

「……わかった」

ライナーはダイナスが差し出した手紙を受け取ると封を開け、中を改める。そして、手紙の内容に目を通すと、驚愕の表情を浮かべて呟いた。

「視察団が襲撃された……だと⁉」

「……!? ライナー、視察団が襲撃されただと、どういうことだ!?」

バルディア領の国境付近で大規模な盗賊団が組織されるかも知れない。その情報がもたらされている事は、ライナーから彼にもすでに報告済みである。その為、ライナーが発した『視察団が襲撃された』という言葉で、アーウィンも事の重大さを理解して驚愕の表情を浮かべていた。

ライナーは手紙に目を通すと、彼にスッと手紙を差し出す。手紙の差出人はバルディア家の執事であるガルンからだ。

エスターとトレットがバルストとの国境付近の視察に出発した日の夕方、バルディア家に火急の知らせが届けられた。視察団が大規模な盗賊団に襲撃され、戦闘となったという知らせだ。バルディア家に知らせを届けたのは、視察団に選別されていた騎士だった。

彼は、副団長グレゴリーの指示により、手傷を負いながらも救援要請と視察団が襲撃されたという情報を持ちかえる為、屋敷に一人戻ったという。視察団とはいえ、バルディア騎士団の精鋭で構成されている。それにもかかわらず、盗賊団は救援が必要な程の相手なのか？ ガルンは疑問を抱くが、その理由は情報を持ちかえった騎士自身が示した。

騎士は、盗賊団から受けた傷口をガルン達に見せる。その傷口は通常では有り得ない濃い紫色に変色しており、誰の目にも明らかな『毒』による症状とわかった。視察団が大規模な盗賊団に毒を使った襲撃をされたことの報告を終えると、騎士はそのまま息絶える。

ガルンはこの時点で事の重大さを認識。視察団の救援部隊を組織して派遣する。同時に、帝都にいるライナーに対して万が一に備えて至急、領地に戻ってきてほしいという内容の手紙を送った。

それが、ライナーとアーウィンが目を通している手紙だ。ガルンからの手紙の文字は、彼らしくない少し乱雑な走り書きや震えた文字などもある。

アーウィンが手紙に目を通している間に、ライナーは深呼吸をして気を引き締めた。

「アーウィン、私はすぐにバルディア領に戻る」

「わかった。私もエスター殿の安否がわかるまでは、お前を領主代理として認める手続きをしておく。辛いだろうが、様々な可能性と最悪の事も想定して動いてくれ」

「承知した」

彼の言う様々な可能性とは、盗賊団を装った他国による襲撃。バルディア領に対しての侵略なども考えろという事だ。

ライナーは頷いて返事をすると、領地に戻る準備の為にダイナスを引き連れて城内の執務室を後にする。

城内を足早に歩いていると、ライナーの正面からやってきた気品と貫禄が漂う貴族がにこやかな顔で話しかけてきた。

「これは、ライナー殿。今日はアーウィン皇太子とご一緒ではないのですかな？」

「……ベルルッティ侯爵、ご無沙汰しております。今日は、私用が有りまして早めにお暇することになった次第です。アーウィン皇太子にご用件でしたら、今は執務室におられるかと存じます」

ライナーは会釈をした後、礼儀正しく丁寧に答えた。話しかけてきた相手は『ベルルッティ・ジャンポール侯爵』である。ジャンポール家はマグノリア帝国の中で、影響力の強い由緒ある貴族の一つだ。

政治における手腕もさることながら、人柄も良くベルルッティは人格者としても知られている。

ベルルッティはライナーの様子に何か感じたのか、心配そうな眼差しを向けた。

「ふむ、さようでしたか。では、私はこのまま執務室へご挨拶に行かせていただくかな。しかし、ライナー殿あまり顔色が良くないですぞ、ご無理はされないようにな」

「はい、ありがとうございます」

ライナーは会釈をすると、失礼のないように彼の横を通り過ぎる。しかし、そんなライナーの背中に声が掛けられた。

「ああ、ちょっと待ってくれ」

「……？　はい、なんでしょうか？」

急に呼び止められたライナーは、不思議な顔をしながら振り返る。ベルルッティは何とも照れくさそうに頬を掻きながら呟いた。

「その……エスター殿が帝都に来ることがあれば、良い酒が入ったので飲もうと伝えておいてくれ。会議では意見の対立もあるが、エスター殿と飲む酒が一番うまいのでな」

彼からの思いがけない言動に、ライナーは驚いた。エスターとベルルッティは会議ではよく意見が対立する為、仲が悪いように思われている。しかし、実際の所はこっそり二人で酒を嗜むほど仲が良いと、トレットからライナーは聞いたことがあったのだ。

ライナーは父親であるエスターと飲む酒が一番うまいと言われ、普段なら嬉しいだけだが、今日はとても複雑な感情が駆け巡った。ライナーは、自身の中を巡る複雑な感情を表に出さないように、平静を装い返事をする。

「……承知しました。そのように父上にお伝えしましょう」

「うむ。よろしく頼むぞ。ライナー殿も困った事があれば、気軽に言ってくれ。私で良ければ力になるぞ。では、呼び止めて申し訳なかったな」

ベルルッティは、ライナーの返事に優しい笑みを浮かべている。ライナーは、バルディア領に起きた事を話すべきか？　と考えたが、まだ詳細な状況がわからない中では下手に伝えれば混乱を招くと思い、返事をするだけに留めた。

「いえ、有難いお言葉ありがとうございます。では、これにて失礼致します」

ライナーは、彼に感謝の言葉を述べると会釈して彼に背を向ける。そして、そのまま帰途に就いた。

◇

帝都の屋敷に戻ったライナーは、すぐに領地に戻る準備に取り掛かった。屋敷の者達には、領地に戻ったらしばらく帝都には来ない可能性もある為、管理を徹底するように指示をする。

彼が屋敷の自室に戻ると机の上には、トレットとエスターから先日届いた手紙が置いたままになっていることに気付いた。

「……そういえば、置いたままにしていたな」

ライナーは、無造作に置いていた手紙をおもむろに手に取ると目を瞑り、祈るように言葉を振り絞った。

「父上、母上、今から参ります。どうか、ご無事で……」

言い終えると、ライナーは手紙を丁寧に机の引き出しの中にしまった。

貴重品をまとめ領地に戻る準備を終えたライナーは、自室を出ようとした時に何かを忘れているような感覚がする。何を忘れているのだろう。少しの間を置いてハッとしたライナーは、すぐに机に座ると走り書きでナナリー宛の手紙を書き記す。

その後、彼女宛の手紙を必ず本人に直接渡すようにと、執事に指示をするとライナーは、ダイナスと共にバルディア領に向けて出発した。

◇

数日後、ライナーとダイナスが屋敷に戻ると、ガルンが険しい表情で出迎えた。その表情で、彼は予期していた最悪の事態が起きている事を察する。しかし、ライナーは一切、感情を表に出すことは無かった。その姿は、『領主』としてバルディア領を率いていくと言う覚悟の表れでもあるのだろう。

ガルンは彼にエスターとトレットが死亡した事を伝え、遺体の回収も出来ていることを報告した。

「ライナー様、お二人のご遺体は丁重に保管しておりますので、ご案内いたします」

「……頼む。ダイナス、お前は騎士団の状況を確認してきてくれ。ガルン、騎士団長と副団長はどうだ」

ライナーの問いかけに、ガルンは首を横に振り、苦々し気に答えた。

「残念ながらお二人共、毒と刺し傷により、すでにお亡くなりになっております」

「……そうか、わかった。ダイナス、聞いての通りだ。お前を臨時ではあるが騎士団長代理に任命する。現状の騎士団をまとめてくれ」

ダイナスはライナーの言葉を険しい顔で聞くと、静かに頷いた。

「承知しました」

返事をしたダイナスは、会釈をするとその場を後にした。ダイナスがその場を去った後、ガルンはライナーを二人の遺体を置いている部屋に案内する。そして、部屋の前で立ち止まり、苦々し気な表情を浮かべた。

「こちらに、お二人のご遺体を安置しております。ただ、ご遺体はお二人が受けた『毒』により一部が黒く変色しております故、お気を確かにお持ちください」

「わかった」

ライナーは、ガルンの言葉に一言だけ発すると頷いた。そして、部屋に入ると丁重に安置されていた両親と彼は無言の対面をする。二人の遺体を見たライナーは、自身の後ろにいるガルンに顔を見せないように背中越しに呟いた。

「……すまん、少しだけ一人にしてくれないか」

「承知しました」

ガルンはライナーの言葉に頷き、返事をすると部屋から退室した。

◇

ライナーが、両親の遺体と対面して部屋で一人になりたいと言ってから、どれぐらいの時間が経過しただろうか。心配になったガルンは様子を見に行こうかと悩んでいたその時、ライナーが部屋から出てくるとガルンに向かって言った。

「ガルン、今から執務室に行く。そこで視察団と盗賊団で何があったのか詳細を聞かせろ!!」

「……!! 承知しました」

ガルンの返事を聞きながら、ライナーは執務室に足早に向かう。エスターがつい先日まで使っていた執務室に入室すると、部屋の中を見渡す。そして、机の上に『盗賊団』についての書類がある事に気付いた彼は、机に座りその書類を手に取るとパッと目を通す。そして、ガルンに書類を見せながら言った。

「ガルン、この書類は騎士団による事前調査書か?」

「はい、さようでございます」

ライナーは、再度書類に目を通すが内容にはこれと言って重要な情報はなかった。ただ、視察を行う前段階において、騎士団における事前調査によると大規模な盗賊団が組織される可能性は低いとある。

しかし、念のために騎士団による威力視察などで対応することを前向きに検討しておくべきとあった。騎士団長ガヴェイン、副団長グレゴリーのサインもある。

つまり、今回の盗賊団の奇襲は全く予期せぬことであり、情報を精査するための事前調査では、盗賊団が組織されるような形跡は無かったのだ。それにもかかわらず、盗賊団に視察団は奇襲されたということになる。

ライナーは、事前調査の段階で盗賊団の存在を何故察知できなかったのか？　疑念を感じ、怪訝な面持ちを浮かべる。

「ガルン、この書類には大規模な盗賊団が組織される情報の裏は取れなかったとある。だが、実際には視察団が奇襲された。父上は……何か言っていたか？」

「いえ、今回の視察は念のためにする程度で良さそうだと、エスター様も仰っておりました。それ故に、トレット様が同行したいというお気持ちを酌んでいたご様子です」

「……そうか」

ガルンは言葉を選びながら、悔しそうな表情をしている。ライナーは俯き、少し考え込んでから顔を上げた。

「騎士団の被害状況と盗賊団の状況を教えてくれ」

「畏まりました」

ガルンは会釈をした後、盗賊団の奇襲による騎士団との戦闘についての説明を始めた。視察は、ズベーラ、バルスト、レナルーテの順で国境付近を確認するという予定が組まれていた。

盗賊団が奇襲を仕掛けて来たのは、最後のレナルーテの国境付近だったという。

「レナルーテの国境付近……」

「はい、しかし、ダークエルフ達が行った可能性は低いと思われます」

ガルンは、ライナーの疑問に答えるように話を続けた。ガルンが派遣した救援の騎士団が情報をもとに駆け付けた時、辺りは血の匂い。そして、騎士と盗賊と思われる輩の死骸に充ちており、大地が血で赤く染まっていたという。

夫妻が乗っていた視察団の馬車近くにて、エスターとトレット。それから、副団長グレゴリーの死亡が確認される。

エスターは全身に刺し傷があった。他にも弓矢や槍先が刺さったままになっている部分もあったので、相当な激戦が繰り広げられていた事が窺える。

トレットは首元を鋭利なもので切られ、エスターの傍で絶命していたという。

副団長のグレゴリーもまた、刺し傷、弓矢、槍先などが見られ馬車の車輪を背にしながら息絶えていた。しかし、その手には剣がしっかりと握られており、最後まで抗おうとしていたことが窺えたという。

騎士団長のガヴェインに至っては、全身に剣や槍が刺さりながらも、鬼の形相で立ったまま絶命していたらしい。

夫妻を含め、騎士団全員の亡骸には毒による変色が見られた。その為、盗賊団が毒を用意して奇襲をかけた事、騎士団がそれに対して必死の抵抗をしていた様子が窺えたということだ。だが、ライナーを驚愕させたのは、騎士団が倒したと思われる盗賊団の人数だった。

「盗賊団の亡骸が……確認できるだけでも百人以上だと……!? 馬鹿な!! それ程の規模なら、確実に事前調査などによって情報を得られたはずだ‼」

「……はい、仰る通りでございます。恐れながら、今回の『盗賊団』は恐らく毒を用いて、計画的にエスター様を狙ったものとしか思えません」

『暗殺』……ガルンの言葉の意図をライナーは即座に理解する。そして、烈火の如き怒りがライナーの内から湧き上がった。だが、それでもライナーは冷静であろうと努める。しかし、冷静であろうとすればする程に、その怒りはライナーの身を焦がしていく。ライナーは自身を落ち着かせるために、震えた様子で深呼吸をした。

「……ガルン、ダイナスを呼んでくれ。今後の動きについて話したい」

「承知しました」

ガルンは、ライナーに会釈をした後、ダイナスを呼ぶために執務室を後にする。ライナーはガルンが部屋を出て行った後、目元を手で覆い隠して人知れず涙を流していた。

◇

後日、ライナーは帝都のアーウィンに、バルディア領で起きた事に関する経過報告の書類を送付した。盗賊団が、毒を用いて帝国の剣と名高いバルディア家の騎士団を中心とした視察団を襲撃。結果、当主である『エスター・バルディア』とその妻『トレット・バルディア』の死亡。さらに、バルディア騎士団の騎士団長、副団長を含め多大な犠牲が出たという報告は、アーウィンに衝撃を与えた。

しかし、周辺国の動きも考え、その情報は帝国内の一部の者達だけに共有されるに留まる。その後、アーウィンからの返信の手紙には、ライナーに『盗賊団』については周辺国の動きもある為、出来る限り秘密裏に調査するようにという指示。さらに、ライナー・バルディアを次期バルディア領当主の『辺境伯』として認めるという文言が記載されていた。屋敷の執務室で、帝都から届いたアーウィンの手紙を読み終えると、ライナーが寂し気に呟いた。

「……私が『辺境伯』か。随分と先の話だと思っていたが、まさかこんなに早くなるとはな」

その時、執務室のドアがノックされ、ライナーが返事をするとガルンとダイナスの二人が入室してきた。

「ライナー様、お呼びでしょうか」

ライナーは険しい顔でダイナスの言葉に頷くと、低い声で言った。

「うむ。帝都から手紙が返ってきてな。私は、正式にバルディア領の領主になり、『辺境伯』となった。ダイナス、お前を正式に騎士団長として任命する。それから、副団長の選別と減った騎士団員の補充も早急に行え」

「承知しました。それと、副団長については元冒険者の『クロス』にすでに、目星を付けておりますが、よろしいでしょうか？」

『クロス』という名前にライナーは聞き覚えがあった。確か、『バルディア領で結婚するから騎士団に入りたい』といきなりバルディア家にやってきた冒険者だ。エスターが当時物好きにも、直接相手をして実力と人柄を認めて特別に入団許可を出した人物だったと記憶している。

「……わかった。お前の推薦であれば間違いないだろう。だが、念のため『仮の副団長』としての期間は設けるぞ」

「承知しました。早速、クロスにそのように伝えます。あと、騎士団員補充の件で、三人ほど心当たりがあるのですが良いでしょうか？」

ダイナスはライナーの言葉に会釈をして返事をした後、団員補充の件にも触れてきた。視察団が全滅したという事は、騎士団の精鋭四十名も死亡した事になる。隣国との国境防衛力を維持する為にも、早急な人員補充は急務の一つであった。ダイナスの心当たりということで、問題はないだろう。

「わかった。その辺の裁量はお前に任せる。だが、補充する人員に関しては必ず、こちらに書類を回せ……何者であっても、身辺調査をせねばならん」

「承知しました」

ダイナスとの会話が終わるとライナーは、視線をガルンに移した。

「ガルン、悪いがバルディア家の全員の身辺調査を頼む。視察団が襲撃されたということは、必ず内通者がいたはずだ。嫌な役目と思うがよろしく頼む」

「畏まりました」

ライナーは、ダイナスとガルンに次々とするべきことを指示していく。その姿は、仕事に打ち込むことで、哀しみを少しでも忘れようとしているようであった。

◇

ライナーがバルディア領の当主となってから忙しい日々が続いており、早急に盗賊団の足取りを掴むため様々な動きを継続している。

領主暗殺という事実を隣国に伏せる為、今回の件は『視察中における不幸な事故』として、表向きは処理されることになった。しかし、そのことはライナーに人知れず、さらなる怒りと哀しみを募らせている。ライナーは、騎士団との戦いにおいて死んだ盗賊団員達の身元を調べ、関係者を洗いざらい調査した。その結果、彼らは何かしらの理由で、各国のギルドを追放された冒険者くずれで構成されていたことを突き止める。

そして、襲撃現場で見つからなかったバルディア家の紋章が入った剣が、バルストの曰くつきの商品を扱う店舗に流れていた情報を掴んだ。

ライナーはバルストに対して『バルディア家の紋章が入った剣が、事故現場より盗まれている』として、『返却と調査に協力しなければ、バルディア家に対する宣戦布告とみなす』という強い姿勢で臨み、バルストの貴族達を震え上がらせた。

その後、バルストの許可を得て店舗にバルディア騎士団が調査に押し入り、バルディア家の紋章が入った剣を押収。店に売った男の身元を確認する。その日の内に、男の元に騎士団が駆け付けるが、男はすでに自刃した様子で息絶えていた。

唯一の手掛かりとなると思われていた男の死亡報告を聞いた時、ライナーは鬼の形相を浮かべて人目も憚らず悔しがったという。

それから数日後……。エスター夫妻の死の真相はわからぬままに、葬儀を迎える事になるのだった。

◇

エスター夫妻の遺体はすでに処理され、埋葬は終わっている。だが、葬儀に関しては様々な処理を早急にする必要があったので、先送りにされていたのだ。

バルディア領で行われたエスター夫妻の葬儀には、エスターを慕っていた貴族達が集まり、貴族の参列者の中にはアーウィンやベルルッティも姿を見せていた。

葬儀は厳粛な雰囲気の中で行われる。葬儀が終わり、参列者が帰途に就く中、アーウィンやベルルッティが慰めの言葉をライナーにかけるが、彼の心は晴れない。

葬儀が終わり、人が居なくなるとライナーは「執務室で仕事をする」と、ガルンに言い残してその場を後にした。彼は執務室の前に辿り着くとおもむろにドアを開け、机に座る。机の周りには、エスターの私物などがまだ残っている状態だ。

ふと、エスターが使っていた筆を手に取り見つめながら、ライナーは寂しそうに呟いた。

「父上ならこのような時、どのように対応をするのだろうな……」

盗賊団の話をエスターから聞いた時に、もっと出来ることはなかったか？　母親であるトレットだけでも、事前に救える方法が何かあったのではないか？　ライナー自身、意味のない自問自答である事はわかっていても、つい考え込んでしまう。

その時、執務室のドアがノックされた。ライナーが返事をすると、執務室のドアが開かれガルンが会釈をする。そして、彼に来客が来たことを伝えた。誰がこのような時に来るのか？　と思った矢先、ガルンが来客の名前をライナーに伝える。

「……ご来客の方は『ナナリー・ロナミス』様でございます」

「ナナリー……ナナリー・ロナミスだと!?」

ナナリーが来た事実に驚愕した後、彼はすぐに彼女を出迎えに行った。

◇

ライナーが屋敷の玄関に行くと、そこに居たのは綺麗な赤い髪をした女性、間違いなくナナリー・ロナミス本人であった。

「ナナリー殿!! どうしてこちらに!?」

驚きの表情を浮かべているライナーに、ナナリーは礼儀正しく答えた。

「ライナー様……エスター様とトレット様の事を伺い、いても立ってもいられませんでした。この場に伺えなかった、父のトリスタンも心を痛めております。この度は本当にお悔やみ申し上げます」

「ナナリー殿……わざわざ足を運んでいただき、痛み入ります。帝都から馬車で移動は大変でしたでしょう。良ければ、先に来賓室でお休みになられますか?」

ライナーは彼女に会えて、どこか心の中が明るくなった気がしていた。ナナリーは、優しい笑みを浮かべる。

「急にお伺いしたのに申し訳ありません。沢山の荷物もありますので、差支えなければお部屋にご案内いただければ助かります」

彼女との会話にどこか違和感を覚えたライナーは、戸惑ったような表情で聞き返した。

「沢山の荷物……ですか。失礼ながらどの程度でしょうか？」

「……？　お手紙でお知らせしていたかと存じますが、嫁入り道具一式です」

この時、ライナーは彼女の言葉に呆気に取られるが、同時にガルンから何度かロナミス家からの手紙が来ていると言われていた事を思い出した。ライナーは、申し訳なさそうな顔をしてから、彼女に正直に手紙を読んでいなかった事を伝える。

「ナナリー殿、申し訳ない。言い訳になってしまうが、この度の件で忙しく頂いた手紙に目を通しておりませんでした……」

彼女はライナーの言葉を聞いても、驚かずにむしろ悪戯な笑みを浮かべた。

「ふふ……そうだと思っておりました。だから、来たのです。後、こちらが父のトリスタンから、ライナー様に充てた手紙です。どうか、お読みになってください」

彼女は話しながら手紙を手荷物から取り出すと、ライナーに差し出した。手紙を受け取ったライナーは、その場でナナリーの許可を得て丁寧に封を開けて中身を改める。

手紙の中には、トリスタンからお悔やみの言葉と、ナナリー・ロナミスとの婚姻について記載されていた。

ライナー達の婚約と婚姻に必要な手続きは、既にエスターとトリスタンが申請して受理されているらしい。その為、帝国の書類上、ナナリーはライナーの妻になっているということだった。

『ライナー殿。一人だと、色々と思い悩む事も多いだろう。ナナリーは、妻として君の力になりたい、と強く言っている。勝気な部分もあるが、芯が強く心優しい自慢の娘だ。大変な時に押しかけるような事をさせてすまないと思っている。だが、どうか、娘の心意気を酌んでほしい。そして、私からもいずれ話したいことがある。どうか、よろしくお願いする』

手紙を最後まで目を通したライナーは、額に手を当てながら首を小さく横に振った。その様子に、ナナリーが心配そうな表情を浮かべる。

「……妻として、ライナー様の力に少しでもなりたいと思ったのですが……私はご迷惑でしょうか？」

彼女の言葉にハッとしたライナーは、顔を上げると今までより、少しだけ明るい表情を見せた。

「いえ……そんな事はありません。ナナリー殿に会えた時、心の中でどこかホッとした自分がいました。私が先程、首を振ったのはナナリー殿を迎える準備をしていなかった、自分に対して呆れていただけです」

「そう……なのですか……？　それなら、私はこちらに居させていただいても良いのでしょうか？」

ライナーはニコリと笑みを浮かべると優しく言った。

「はい、ナナリー殿……いえ、ナナリーは私の妻なのですから、いつまでも私の傍に居ていただけるなら幸いです」

「……!!　あ、えと、その、ライナー……ありがとう……」

この日、ライナーにとって家族の別れとなる悲しい日であったが、同時に彼にとって大切な家族を新たに迎え入れた日にもなるのであった。

◇

ナナリーの嫁入り道具の荷物は一旦、来賓室にすべて持ち込まれた。ライナーが、彼女を受け入れる為の指示を出しておらず、本来用意すべきだった彼女の部屋など何も準備出来ていなかったからだ。事情を聞いたガルンは珍しく呆れ顔で、ライナーに厳しい視線を向ける。

「……ライナー様、お忙しく大変だった事は承知しております。ですが、お渡しいたした手紙をそのままにして、奥方様の初めてのお迎えの準備を何もされないのは、さすがにいかがと存じます」

「う……そんな目で見るな」

本来であれば、ガルンに指示してトレットの部屋を片付けた後、ナナリーに使用してもらうのが良いのだろうが、それも時間がかかる。部屋の準備が出来るまでの間、ナナリーは来賓室で過ごしてもらうことになった。彼女はライナーとガルンの様子に明るく微笑んだ。

「私は大丈夫ですので、気になさらないでください。それよりも、執事のガルン様ですね。ナナリー・ロナミスと申します。以後、よろしくお願いいたします」

「ナナリー様、私は執事でございます。ナナリー様は、ライナー様の奥様となるお方です。私に『様』は必要ございません。これからは気軽に『ガルン』とお呼びください」

ガルンは言い終えると、ナナリーに向かい会釈する。彼女はガルンの動作に頷くと、微笑みを浮かべて返事をした。

「……わかりました。ガルン、改めてよろしくお願いします」

ナナリーがバルディア家にやってきた、その日。屋敷内は急な来賓によってバタついていた。しかし、同時に今まで屋敷に蔓延っていた暗さが少し薄れ、明るくなる兆しのようなものを屋敷にいる皆に感じさせている。

ライナーは、その日の内に彼女の希望もあり、エスターとトレットが埋葬されているお墓の場所に案内する。彼女は、涙を流して二人と送る生活を楽しみにしていた事を墓前で語ってくれていた。

その日の夜、ナナリーとの夕食が終わると、まだ残っている仕事を片付ける為にライナーは執務室に戻る。どれぐらいの時間が経過しただろうか、気付くと窓から見える外は真っ暗になっていた。

「む……いかんな。そろそろ寝るか」

ライナーは座ったまま体を伸ばすと、目を通していた書類を片付ける。その後、執務室を出て自室に戻った。彼は上着を掛け、ベッドに横になろうとするが、そこで気付いた。ベッドには明らかに人の膨らみがあることに。なんだ？　と訝しげにライナーは布団をめくると、そこに居たのは寝息を立てているナナリーだった。

「……!?　ナナリー!!　何故、ここに!!」

「う、うう……え？　あ、ライナー、お帰りなさい……」

ライナーの言葉に、彼女は眠そうに目を手で擦りながら体を起こす。だが、明らかに寝ぼけている様子だ。ライナーは少し動揺しながらも、冷静に問い掛ける。

「ええと、ナナリー、君は私の部屋で何をしているのかな？」

「え……？　あ、そうでした!!　ライナーとゆっくり話をしたかったので、部屋をガルンに聞いて訪ねたのです。ですが、いらっしゃらなかったのでお待ちしておりました」

ライナーは、彼女の思いがけない行動力に思わず呆気に取られてしまった。だが、そこまでして来てくれた以上、彼女の思いを無下にするわけにもいかない。彼は深呼吸をすると、優しく微笑んだ。

「なるほど……わかりました。それで、私と話したい事とはなんでしょうか？」

「……失礼では有りますが、私にライナーのご両親、エスター様とトレット様の事を教えていただけないでしょうか？」

ライナーは彼女の言葉の意図が良くわからず、きょとんとした顔をする。だが、ナナリーの真剣な表情を見て、彼女なりに何か意図があるのだろうと考えた。

「わかりました……では、特別に私に答えられる限りでお伝えいたします」

「本当ですか⁉　それでしたら、ライナーが子供の頃の話から伺いたいです」

彼女の要望にライナーは苦笑しながら、両親との話をナナリーに話し始めた。だが、ナナリーに話せば話すほど、彼にとってエスターがどれだけ偉大な父であったたか。トレットがどれだけ、彼に愛を注いでくれたのか。怒りと多忙で忘れようとしていた気持ちが、ライナーの中から溢れようとしていた。

「……すみません、これ以上は……」

溢れ出る想いから、感情を抑制できそうにないと感じたライナーは、話を切り上げようとする。

だが、彼女はライナーの手を握ると小さく首を横に振った。

「差し出がましいようですが、そのお気持ちを私にも分けて頂きたいのです。私はライナー、あなたの妻としてここにいます。どうか、一人抱え込まず、私に話してほしいのです……手紙の返事がない事であなたの事を、私がどれだけ心配したかわかりますか？　お願い、一人で抱え込まないでライナー……」

彼女は優しく言葉を紡ぎ、ライナーの頭をそっと自身の胸の中に引き入れる。そして、慈愛に満ちた抱擁で彼を温かく包んだ。その瞬間、ライナーの中にあった様々な想いが溢れ出てしまう。

ナナリーは臆せず、ライナーから溢れ出た想いのすべてを慈愛を持って受け入れたのだった。

◇

数カ月後……。ナナリーがバルディア領に嫁いで来てから、屋敷の雰囲気はかなり明るくなっていた。彼女が持っている気質もあるのだろうが、ナナリーが見せる明るい笑顔と時折する悪戯は、屋敷の皆にトレットを彷彿させていたのだ。ちなみに、悪戯される対象は基本的にライナーである。

しかし、ダイナスやガルンもたまに被害にあっていた。

ライナーは変わらず盗賊団を調べ続けているが、暗殺の手掛かりになるような情報を掴むことが出来ずにいた。しかし、『情報がない』というのも一つの情報である。ここまで、手掛かりが出てこないということは、それなりの『大きな力』を持った存在が関わっているということだろう。執務室の机に座り、思案していたライナーは呟いた。

「……何年かかろうが必ず、バルディア家に手を出した事の報いを与えてみせる」

その時、執務室のドアが激しく叩かれる。何事かとすぐに返事をすると、ドアが開かれ入ってきたのはナナリーだ。しかし、その表情はいつもと違い、深い哀しみに満ちている。

「ナナリー、どうした？　何か問題でもあったのか」

ライナーは立ち上がり、ナナリーに近寄ると彼女はライナーの胸の中に飛び込んできて、声を震わせた。

「父上が……父上が帝都で亡くなったと手紙で連絡が来ました……」

「……!?　トリスタン殿が!!」

ライナーが驚愕の表情を浮かべると、彼女は泣きながらスッと一通の手紙を差し出す。それは、ナナリー宛ての『ロナミス家』からの手紙である。すでに、封が開いており、ライナーは丁寧に中身を取り出して目を通す。

手紙の内容としては、『トリスタン・ロナミス』が持病の心臓病による発作で急死したという報告であり、葬儀の為に一時的に帝都に戻ってきてほしいということだ。

ライナーは眉を顰めながら、ナナリーに優しく問いかけた。

「トリスタン殿は心臓が弱かったのか……？」

ナナリーはライナーの胸の中でコクリと頷き、震えた声を発した。

「……はい、でも最近の手紙では調子が良いと、医師のお話でも問題はないと言われておりましたので、安心していたのです」

「……そうでしたか。ともかく、すぐに準備をして帝都に参りましょう」

ライナーは、急な訃報で驚きはあったが、それ以上にナナリーを支えたいと強く思っていた。その日の内に、ライナー夫妻はトリスタンの葬儀を執り行う為、帝都に出発することになる。

帝都のロナミス家に辿り着くと、ナナリーは屋敷の者達に歓迎される。その後、『トリスタン・ロナミス』の葬儀が行われた。帝都で執り行う葬儀かつ、ロナミス家は由緒ある家柄でもあった為、予想以上に参列者は多い。結果、思いのほか大規模な葬儀となった。

参列者の中には、アーウィン、ベルルッティなどの姿も見られ、他にも帝国で有数の貴族が顔を連ねている。葬儀が終わると、ライナーはアーウィンから話しかけられた。

「……ライナー、お前の両親の事もあったばかりだと言うのに、大変だったな」

ライナーは小さく首を横に振り、優しい言葉で返事をする。

「私の時はナナリーが支えてくれた……次は私が彼女を支えたいと思っているよ」

アーウィンはライナーの返事に驚き、二人が仲睦まじい事を察して微笑んだ。だが、周りを軽く見渡した後、アーウィンは顔を凄めてライナーにしか聞こえない小声で呟いた。

「お前だけには伝えておくが、トリスタン殿の死には不審な点がある。私で内密に調査はするから、お前はナナリー殿を頼む」

「なんだと……!? わかった。だが、何かあれば私にも教えてくれ」

怪訝な表情をしているライナーに対して、アーウィンは静かに頷いた。ライナーは、自身の両親に加えて、彼女の父親も何かの陰謀に巻き込まれたのだろうか？ と、内心では激しい怒りを覚えていた。

その後、トリスタンの葬儀は何事もなく無事に終わる。ライナーはナナリーの傍に寄り添い彼女を支え続けていた。しかし、葬儀とは別に、解決しなければならない問題も発生している。ナナリーがバルディア家に嫁いでいるために、『ロナミス家』は跡継ぎとなる者がいないのだ。その為、ロナミス家で働いていた人は皆、当主が亡くなった哀しみと、これからの不安に満ちていた。

馬車で帝都に来る途中、ナナリーからこの件に関して相談を持ち掛けられたライナーは、ロナミス家の人達に一計を案じる。帝都にあるバルディア家の屋敷、もしくはバルディア領にある屋敷において、ロナミス家で働いていた人達を迎え入れる事にしたのだ。

この案は、ロナミス家で働いていた人達に喜ばれ、ほぼすべての人材をバルディア家が迎え入れることになる。

なお、『ロナミス家』の資産はすべて『ナナリー』が受け継ぐことになった。だが、その場合、バルディア家が実質的にロナミス家を吸収することになってしまう。一貴族として大きくなり過ぎるので、ロナミス家が所有していた領地と屋敷だけは帝国の預かりという事に落ち着いた。

葬儀も終わり、ライナー夫妻がするべき後処理を終えると、後の事を両家の執事達に任せて、二人は帰途に就く。

そして、バルディア領の屋敷にライナー夫妻が帰ってきた時のこと。ナナリーが馬車を降りようとした際、眩暈を催してライナーに寄りかかった。彼女は気丈に振る舞い「大丈夫です」と言ったが、ライナーはすぐにベッドで休むように伝え、念のために医者を呼んだ。

ナナリーは「大袈裟です」と気丈に言うが、心配してくれるライナーの気持ちが嬉しく、微笑んでいた。

その後、ライナーが呼んだ医師が到着する。訪れたのは女性の医師だ。少しでもナナリーの気が楽になるようにという配慮である。

彼女の診察が終わるまで別室で待機していたが、医師から結果を伝えたいとライナーは部屋に呼ばれる。その後、彼女が待つ部屋に入室すると、ナナリーはベッドから上半身を起こしており、少し顔を赤らめながら嬉しそうな顔をしていた。

何かあったのだろうか？　ライナーは、ナナリーが見せている表情と部屋に呼ばれた意図が繋がらず、きょとんとした表情を浮かべていた。そんなライナーの様子に、彼女が微笑んだ後、女性の医師が笑みを浮かべて丁寧に言葉を紡いだ。

「ライナー様、おめでとうございます。ナナリー様はご懐妊されております」

「は……？　かいにん？　懐妊⁉」

医師の言葉にライナーは目を丸くして驚いた。ライナーが視線をナナリーに向けると、彼女は嬉しそうにお腹に手を当てながらニコリと微笑んだ。

「ふふ……私とあなたの子が此処にいるのです。私も驚きました」

「そ、そうか……ありがとう、ナナリー。これほど、嬉しいことはないよ」

この日、悲しい出来事が続く二人に、思いがけない吉報がもたらされたのだった。

ナナリー懐妊の話はすぐに共有され、バルディア家の屋敷内は祝福に包まれていた。

そんなある日、ライナーがナナリーに相談があると言って、彼女の部屋を訪れる。ライナーはどこか照れくさそうにしながらも意を決すると話し始めた。

「その……生まれて来る子供の名前なのだが父上が、孫が生まれた際に男の子なら『リッド』、女の子なら『メルディィ』にしたいと生前に言っていたようでな。ナナリーさえ、よければこの名前を付けて良いだろうか？」

ライナーは言い終えると、トレットからもらった手紙をナナリーに差し出した。彼女は驚いた表情を浮かべるが手紙を受け取り、中身に目を通すと優しく微笑んだ。

「ふふ……お父様もお母様も、私達の事をとても楽しみにしてくれていたのですね……この子のことも……」

ナナリーは呟くと視線を自身のお腹に移して愛しそうにお腹を撫でる。そして、ライナーに視線を移すと、にこやかに答えた。

「とても良い名前だと思います。男の子なら『リッド』、女の子なら『メルディィ』……どちらも素敵です」

「ありがとう、ナナリー」

ライナーはナナリーの言葉が嬉しくて、普段は誰にも見せないようなとても優しい笑顔を浮かべている。

それから、時が経ちナナリーはライナーと同じ髪色と瞳を持った『男の子』を無事に出産した。その『男の子』の名前は、『リッド・バルディア』と名付けられる。

また、数年後にはナナリーは自身と同じ、綺麗な赤い髪と瞳を持つ『女の子』も出産。その子は『メルディィ・バルディア』と名付けられ、バルディア家はより祝福に包まれていくのだった。

◇

とある屋敷の一室にて……。

「当初の思惑と外れて、ナナリーとライナーが結婚致しましたが、今後はいかがいたしましょう?」

人の顔が見えないような暗がりの中で、男の畏まった様子の声が響いている。その声に対して、また別の男の声が暗がりの中に響いた。

「……静観だ」

別の男の声には凄みと貫禄があった。

「静観……でございますか?」

貫禄のある声に、疑問を感じる畏まった声の返事が部屋に響く。

「そうだ……必要な事ではあったが、少し派手に動き過ぎた。これ以上動くのは、危険だ。故にしばし静観する」

「……承知しました」

貫禄のある声に頷くように、畏まった声の男の返事が聞こえた後、男達の気配はその部屋から消えていくのであった。

あとがき

皆様、こんにちは。作者のＭＩＺＵＮＡです。早速ですが、この度は『やり込んだ乙女ゲームの悪役モブですが、断罪は嫌なので真っ当に生きます』を手に取って下さり、本当にありがとうございます。この場をお借りして、この作品の書籍に関わって下さった皆様に御礼申し上げます。ＴＯブックス様、担当のＨ様、素敵な絵を描いて下さったイラストレーターのＲｕｋｉ様、他ネットにて応援して下さった沢山の皆様、本書を手に取ってくれた皆様、本当にありがとうございました。

最近は、書籍作業、毎日更新、仕事と目が回りそうな毎日ですが、家族の支えで何とか持ちこたえられています。というのも、前述の作業に追われると家の事がほとんど何も出来ません。時間がいくらあっても足りないと感じる程です。その中、家族が支えてくれるというのは本当に心強く、ありがたいものでした。本当に、家族には感謝してもしきれません。

ところで家族と言えば、作中においても新しい家族としてリッド君にお嫁さんが出来そうです。二人も結ばれた暁には、支え合って頑張って欲しいと思っております。物語において全体像を描いてからないのでどうなるのか私も書きながらドキドキしています。物語において全体像を描いて一本の道筋は作っていますが、執筆していく中で『このキャラの性格や心理、立場を考えると、こう動くよなぁ』というのは良く出てきます。そして、その感覚を採用すると話はより面白く、広がっていくのです。私も執筆する中で感覚を採用したことで『予想外』の出来事がいくつかありました。その感覚が特に強いと私自身が感じているのが『ディアナ』です。彼女は当初、ここまで存在感を放つとは全く思っていませんでした。WEB上においても、その感覚を採用した結果で存在感が出た人物も多くいます。どのキャラがそうなのか？　ということも見てもらえると楽しいかも知れませんね。

さて、まだ『あとがき』のページもあるのでSSについても少し触れたいと思います。一巻と二巻のSSおいて、続きものとなった『ライナーとナナリーの過去編』とも言うべき内容です。これは元々、WEB上で大分後に書こうとしていたものを、より書籍を楽しんで頂こうと急遽執筆したものです。書きたいことが多すぎた結果、進行速度の関係でWEB上はリッドが登場しない『四方山話』を削っている部分が多々あります。削った部分をSSでどんどん書いているという状態ですね。ちなみに、四万文字以上のSSを書き下ろして提出した時、担当Hさんの反応は「一巻に入りきりません。前編、後編に分けてもいいでしょうか……？」と少し困惑していました。書籍のページ数は、当然決まっています。本編十五万文字程度なのに、SSが四万文字も追加されたらどう考えてもページ数が足りません。勿論、強引に入れ込むことも出来なくはないらしいですが、文字を小さくするなどの手法は書籍全体の読みやすさに影響します。結果、一巻と二巻で前編と後編に分かれたというわけですね。しかし今後もSSは、WEB上で描けなかったお話を沢山書きたいと思っていますので、書籍の醍醐味の一つになるかもしれません。あと、WEB上では本作の最新話を楽しめるので、是非そちらもご覧いただければ幸いです。その際に、本作のブックマークやフォロー、最大限の評価を『ポチッ』として頂ければ私のやる気もアップします（笑）。最後になりますが、実は三巻の発売もすでに皆様のおかげで決定しており、感無量です。皆様とまた三巻でお会い出来るのを楽しみにしております。最後までお読み頂きありがとうございました。

敬具

鳥人族
馬人族
狐人族
バルスト
（人族）
バルディア
レナルーテ
（ダークエルフ）
魔の森

猿人族
兎人族
王都
狼人族
ズーベラ
（獣人族）
猫人族
鼠人族
熊人族
教国トーガ
（人族）
帝都
マグノリア帝国
（人族）
アストリア
（エルフ）
森林地帯
ガルドランド
（ドワーフ）

やり込んだ乙女ゲームの悪役モブですが、断罪は嫌なので真っ当に生きます2

2023年2月1日　第1刷発行

著　者　MIZUNA

発行者　本田武市

発行所　TOブックス
〒150-0002
東京都渋谷区渋谷三丁目1番1号　PMO渋谷Ⅱ　11階
TEL 0120-933-772（営業フリーダイヤル）
FAX 050-3156-0508

印刷・製本　中央精版印刷株式会社

ISBN978-4-86699-733-9